TOPIK 한국어 어휘 고급

# 50天搞定
# 新韓檢
## 高級單字 新版

● 金耿希・金美貞・卞暎姬

# 前　言

## 「詞彙力就是語學的基石！」

　　學習語言自始至終，「詞彙」都有著舉足輕重的地位。剛開始學習韓語時，您一定有只用簡單的詞彙試著溝通過的經驗吧？然而漸漸進階到了中、高級，您或許會開始覺得詞彙成了您的絆腳石。我們認為，詞彙的學習是學語言之初至結束為止，最簡單卻也最困難的必經之路。對於想與韓國人溝通的人、準備考試的人，及以就業或移民為目標而努力的人來說，詞彙的學習可說是不可或缺。但是相信有很多人每次都是半途而廢、有始無終。既是語言基礎亦是語言核心的「詞彙」，要如何才能有趣、充實地學習呢？

　　《50天搞定新韓檢高級單字》將成為幫助您能夠自己學習韓語詞彙最親切的老師。制定好每天要唸的詞彙，一天天學習累積下來，您會發現一個在不知不覺中，已經知道不少高級重要詞彙的自己。本書中列出的詞彙，是以韓國語教育機關正在使用的韓國語高級教材詞彙及TOPIK考試中曾經出現過的詞彙為主而選定的。為適合讓高級水準的學習者們學習，選定的詞彙皆根據有多年韓語教學經驗的韓語老師之建議，依照詞性分門別類。而每個詞彙亦列出英語、中文二國語言翻譯，不僅讓您能輕鬆掌握詞彙的意義，也讓您能透過詞彙不同意義寫成的例句幫助學習理解。讀熟每天制定的詞彙量後，透過有趣的Quiz更可以再次檢視學習成果，亦能讓頭腦冷靜下來。

　　一個詞性分類結束之後，整理出了讓您能輕鬆理解的連接「적（的）、무（無）、화（化）」所形成的詞彙。一邊休息，韓語詞彙量就能快速、有趣且有效率地增加。

　　經過長久愁思後才誕生的本書，希望能成為可以引領大家到達最後目的地那般可靠的朋友。期盼正在學習的讀者們，全部都一定要和我們一起走到最後。

執筆者 全體

新韓檢高級單字
# 50天內完成

有可能在短期內將新韓檢高級單字學完嗎？當然沒問題！利用《50天搞定新韓檢高級單字》來準備的話，在50天內，高級程度的詞彙必能駕輕就熟。

請跟著以下日程表來學習。

## Study Planner

| Day 1 | Day 2 | Day 3 | Day 4 | Day 5 |
|---|---|---|---|---|
| 名詞 | 名詞 | 名詞 | 名詞 | 名詞 |
| Day 6 | Day 7 | Day 8 | Day 9 | Day 10 |
| 名詞 | 名詞 | 名詞 | 名詞 | 名詞 |
| Day 11 | Day 12 | Day 13 | Day 14 | Day 15 |
| 名詞 | 名詞 | 名詞 | 名詞 | 名詞 |
| Day 16 | Day 17 | Day 18 | Day 19 | Day 20 |
| 動詞 | 動詞 | 動詞 | 動詞 | 動詞 |
| Day 21 | Day 22 | Day 23 | Day 24 | Day 25 |
| 動詞 | 動詞 | 動詞 | 動詞 | 動詞 |
| Day 26 | Day 27 | Day 28 | Day 29 | Day 30 |
| 動詞 | 動詞 | 動詞 | 動詞 | 動詞 |
| Day 31 | Day 32 | Day 33 | Day 34 | Day 35 |
| 動詞 | 動詞 | 動詞 | 動詞 | 動詞 |
| Day 36 | Day 37 | Day 38 | Day 39 | Day 40 |
| 形容詞 | 形容詞 | 形容詞 | 形容詞 | 形容詞 |
| Day 41 | Day 42 | Day 43 | Day 44 | Day 45 |
| 形容詞 | 形容詞 | 形容詞 | 形容詞 | 形容詞 |
| Day 46 | Day 47 | Day 48 | Day 49 | Day 50 |
| 副詞 | 副詞 | 副詞 | 副詞 | 副詞 |

# 如何使用本書

### 如何學習好本書呢？

每一天都有要學的詞彙。然而一天30個詞彙既不會讓人感到壓力，也不會覺得太少。每天一點一點慢慢試著與它們親近，一旦和它們成為朋友，就不會覺得辛苦，而且能樂在其中。

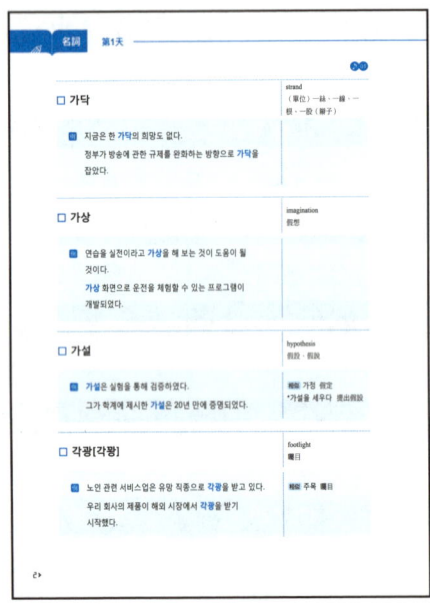

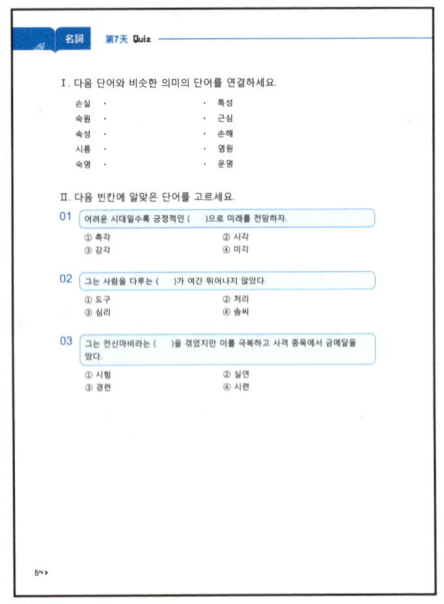

### 名詞第1天，今天也要認真！

列出的詞彙當中，將名詞的詞彙依가나다順序排列，同時附上翻譯。列出的詞彙中，和標記唸法不同的詞彙，會另外標示出[發音]。不僅如此，近似詞或常用的表現、補充說明等也會一起列出來。

### 學過的單字好好複習了嗎？

習慣每天學習30個詞彙後，可以透過簡單的Quiz來確認是否確實了解。總共答對了幾題呢？等一等！解答要等到做完題目後再看，知道嗎？

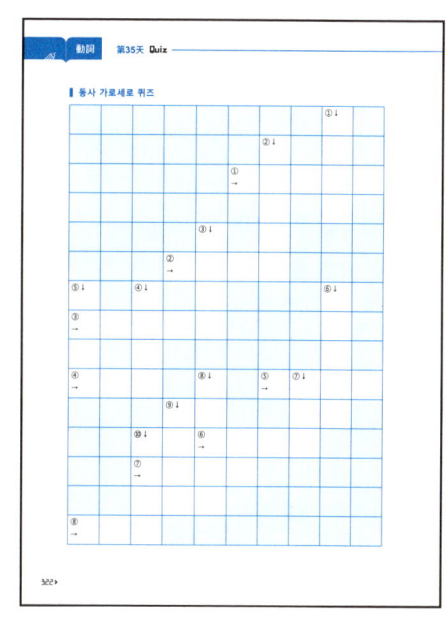

## 韓語詞彙是如何組成的呢？

　　韓語詞彙中，有很多都是漢字音詞彙。因此運用漢字，將會幫助您更容易熟稔大量詞彙。今天要不要來學一學連接「-적（的）」所形成的單字呢？

## 牛刀小試一下吧！

　　收錄了以詞性分類所組成的填字遊戲及文字接龍。請以輕鬆的心情試著解解看問題吧！

## 如何掃描 QR Code 下載音檔

1. 以手機內建的相機或是掃描 QR Code 的 App 掃描封面的 QR Code。
2. 點選「雲端硬碟」的連結之後，進入音檔清單畫面，接著點選畫面右上角的「三個點」。
3. 點選「新增至「已加星號」專區」一欄，星星即會變成黃色或黑色，代表加入成功。
4. 開啟電腦，打開您的「雲端硬碟」網頁，點選左側欄位的「已加星號」。
5. 選擇該音檔資料夾，點滑鼠右鍵，選擇「下載」，即可將音檔存入電腦。

# 目　次

前言

新韓檢高級單字50天內完成

如何使用本書

名詞（1～15天） ………………………………………………… 2

動詞（16～35天） ……………………………………………… 142

形容詞（36～45天） …………………………………………… 327

副詞（46～50天） ……………………………………………… 421

附錄──Quiz 解答 ……………………………………………… 470

# 50天搞定 新韓檢高級單字

名詞
動詞
形容詞
副詞

## 名詞　第1天

### □ 가닥
strand
（單位）一絲、一線、一根、一股（辮子）

例　지금은 한 **가닥**의 희망도 없다.
　　정부가 방송에 관한 규제를 완화하는 방향으로 **가닥**을 잡았다.

### □ 가상
imagination
假想

例　연습을 실전이라고 **가상**을 해 보는 것이 도움이 될 것이다.
　　**가상** 화면으로 운전을 체험할 수 있는 프로그램이 개발되었다.

### □ 가설
hypothesis
假設、假說

例　**가설**은 실험을 통해 검증하였다.
　　그가 학계에 제시한 **가설**은 20년 만에 증명되었다.

相似　가정　假定
*가설을 세우다　提出假設

### □ 각광[각꽝]
footlight
矚目

例　노인 관련 서비스업은 유망 직종으로 **각광**을 받고 있다.
　　우리 회사의 제품이 해외 시장에서 **각광**을 받기 시작했다.

相似　주목　矚目

50天高級

## □ 각오

determination
覺悟、決心

例 그 선수는 이번 시합에 임하는 **각오**를 밝혔다.
상대편의 기술과 조직력에 대한 얘기를 듣고 **각오**를 단단히 했다.

相似 다짐 決心

## □ 갈등[갈뜽]

conflict
矛盾、紛爭

例 이 드라마는 고부간의 **갈등**에 관한 얘기를 다루고 있다.
조직 생활을 하다 보면 **갈등**을 일으키는 사람들이 있기 마련이다.

*갈등을 해소하다 解決紛爭

## □ 갈피

way
頭緒、要領

例 **갈피**를 못 잡는 정부의 정책이 혼란만 가중시키고 있다.
그 일에 대해 어떻게 대처해야 할지 **갈피**를 잡을 수가 없었다.

相似 방향 方向

## □ 개발

development
開發

例 역사 유적이 많은 이 지역은 **개발**이 제한되어 있다.
인류는 미래를 위해서 대체 에너지 **개발**에 힘써야 한다.

名詞

## 名詞　第1天

### ☐ 거리낌
hesitation
顧慮、顧忌

例　불법을 저지른 그는 양심의 **거리낌**을 느꼈다.
　　그는 마음에 조금의 **거리낌**도 없이 당당하게 말했다.

### ☐ 걸림돌[걸림똘]
obstacle
絆腳石、障礙

例　생각하지 못한 **걸림돌**로 작업이 지연되었다.
　　낡은 사고방식은 회사의 발전에 **걸림돌**이 된다.

相似　방해　妨礙
*걸림돌을 치우다
　清除障礙

### ☐ 겨를
time
閒暇、空檔

例　일거리가 쌓여 잠시도 쉴 **겨를**이 없다.
　　회사에 도착 후 숨 돌릴 **겨를**도 없이 바로 일을 시작했다.

相似　새　（사이的縮寫）
　　　　之間
　　　틈　空檔、縫隙

### ☐ 격려[경녀]
encouragement
激勵、鼓勵

例　끊임없이 도전하는 그에게 **격려**의 박수를 보낸다.
　　네티즌들은 금메달을 딴 선수들에게 **격려**를 아끼지 않았다.

相似　독려　督促鼓勵
*격려를 하다/받다
　鼓勵／得到鼓勵

50天高級

 01

## ☐ 견문

例 그는 책을 통해 **견문**을 쌓아 나갔다.
여행은 **견문**을 넓힐 수 있는 좋은 기회이다.

information
見聞

相似 식견 見識
　　 지식 知識

## ☐ 견본

例 **견본**을 확인한 후 물건을 구입했다.
진열대에는 몇 개의 **견본**들이 전시되어 있었다.

sample
樣本

相似 샘플 樣本

## ☐ 결손[결쏜]

例 ① **결손** 가정을 위한 복지 대책이 시급하다.
② 원자재 값 폭등으로 커다란 **결손**을 보게 되었다.

deficit
缺損

相反 이득 利得
　　 이익 利益
*결손이 나다 有缺損

## ☐ 결실[결씰]

例 꾸준히 노력한 끝에 성공의 **결실**을 맺었다.
농부의 땀방울이 모여 풍성한 **결실**을 거둘 수 있었다.

fruition
收穫、成果

相似 결과 結果
　　 열매 果實
*결실을 맺다/거두다
（皆指事情有回報）
結果／收穫果實

名詞　第1天

☐ **결의**[겨릐/겨리]

　　determination
　　決心、決議

　例　노조는 파업 **결의**를 다지는 집회를 열었다.
　　　선수는 **결의**에 찬 목소리로 시합 전 각오를 밝혔다.

☐ **결핍**

　　lack
　　缺乏

　例　그는 영양 **결핍**으로 결국 입원하고 말았다.　　相似　결여　缺少
　　　아이의 주의력 **결핍**이 학습 능력의 저하를 가져 온다.

☐ **결함**

　　flaw
　　缺陷

　例　그의 말은 논리적으로 아무런 **결함**이 없었다.　　相似　결점　缺點
　　　이번 붕괴 사고의 원인은 건물의 구조적 **결함**이었다.

☐ **경쟁**

　　competition
　　競爭

　例　기술력이 높은 기업이 **경쟁**에서 이긴다.
　　　100대 1의 치열한 **경쟁**을 뚫고 입사에 성공하였다.

## 경향
tendency
傾向

例 최근 들어 패션의 복고주의 **경향**이 뚜렷하다.
청소년들은 연예인들을 모방하려는 **경향**이 강하다.

相似 성향 傾向

## 계기
opportunity, chance
契機

例 이번 일을 **계기**로 삼아 더욱 노력해야 한다.
이번 회의가 양측의 교류를 활성화시키는 **계기**가 되었다.

## 고정관념
stereotype
成見、刻板印象

例 **고정관념**을 깨트린 사람만이 새로운 발상을 할 수 있다.
남녀의 사회적인 역할에 대한 **고정관념**이 여전히 존재한다.

*고정관념을 지니다/갖다
擁有刻板印象

## 고집
stubbornness
固執

例 **고집**이 센 사람과 일하는 것은 힘든 일이다.
그는 자기 의견만을 내세우며 **고집**을 부렸다.

## 名詞　第1天

### □ 고찰
consideration
考察

例　그의 한국 역사에 대한 **고찰**은 깊이를 헤아릴 수 없을 정도다.
문화에 대한 **고찰** 없이 인간의 삶을 이해하는 것은 불가능하다.

### □ 고충
difficulty
苦衷、難處

例　관청은 국민의 **고충**에 귀를 기울여야 한다.
새로운 일에 대한 **고충**을 동료에게 털어놓았다.

相似　괴로움　痛苦

### □ 곤경
trouble
困境

例　**곤경**에 처한 친구를 돕는 것은 당연하다.
그는 어떠한 **곤경**에도 굴하지 않고 극복해 나갔다.

相似　역경　逆境

### □ 공로[공노]
contribution
功勞

例　그녀는 문화 발전과 대중화에 높은 **공로**를 세웠다.
그는 세계 평화에 기여한 **공로**로 노벨상을 수상하였다.

相似　공적　功績

## □ 공모1

例 그의 소설 작품은 신춘문예 **공모**에 입선하였다.
우리 회사의 새 제품 이름을 **공모**를 통해서 결정하려고 한다.

contest
公開招募

相似 모집 募集

## □ 공모2

例 그는 **공모** 혐의로 결국 체포되었다.
경찰은 두 사람의 **공모** 여부를 조사하고 있다.

conspiracy
共謀

## 名詞　第1天 Quiz

I. 다음 단어와 어울리는 단어를 연결하세요.

견문을　·　　　　　　　　·　인정받다
곤경에　·　　　　　　　　·　없다
겨를이　·　　　　　　　　·　빠지다
공로를　·　　　　　　　　·　넓히다

II. 다음 밑줄 친 부분과 의미가 같은 것을 고르세요.

**01**
가 : 요즘 대학생들에게 <u>각광</u>을 받고 있는 직업이 뭐라고 생각하세요?
나 : 네, 연예와 방송에 관련된 직업이 (　) 받고 있다고 할 수 있지요.

① 고충　　　　② 개발
③ 거리낌　　　④ 주목

**02**
가 : 고집이 센 아이는 어떻게 가르쳐야할지……. 걱정이에요.
나 : 저도 동감이에요. 매번 (　)를 부리면 어쩔 도리가 없어요.

① 각오　　　　② 결의
③ 억지　　　　④ 공로

**03**
가 : 축하해요. 그 동안 애쓴 노력의 <u>결실</u>이 이제야 빛을 보네요.
나 : 감사해요. 이런 값진 (　)를 맺게 되다니……. 다 여러분 덕분이에요.

① 격려　　　　② 공모
③ 열매　　　　④ 각오

## 名詞  第2天

### □ 공익
public good
公益

例 정부는 **공익**사업에도 민간 자본을 적극 유치하기로 했다.
성실한 이미지를 갖고 있는 그 배우는 **공익** 광고의 모델로 기용되었다.

### □ 공존
coexistence
共存

例 두 나라는 **공존**의 관계에 있다.
인간은 자연과 조화를 이루며 **공존**을 꾀한다.

相似 공생 共生

### □ 과찬
adulation
過獎

例 그렇게 말씀해 주시니 **과찬**이시네요.
**과찬**의 말씀을 들으니 몸 둘 바를 모르겠습니다.

### □ 관념
notion
觀念

例 이 식당은 위생에 대한 **관념**이 철저하지 못하다.
그는 시간 **관념**이 없어서 항상 사람들을 기다리게 한다.

相似 개념 槪念

## 名詞　第2天

☐ **관용**

generosity
寬容

例　죄가 엄중해서 재판부의 **관용**을 기대하기가 어렵다.
그는 남의 잘못을 너그럽게 용서하며 **관용**을 베풀었다.

相似　아량　雅量

☐ **관행**

customary, practice
慣行、慣例

例　잘못된 제도와 **관행**을 개혁해야 한다.
신임 사장의 합리적인 경영으로 고질적인 기업 **관행**이 깨졌다.

相似　관습　習慣

☐ **궁핍**

poverty
貧困

例　빈민층의 경제적 **궁핍**을 정부 차원에서 해결해야 한다.
그는 여전히 **궁핍**에서 벗어나지 못한 생활을 하고 있다.

相似　가난　貧窮

☐ **귀감**

role, model
模範、榜樣

例　그는 모든 이에게 **귀감**이 되는 훌륭한 인물이다.
그 위인이야말로 **귀감**으로 삼기에 부족함이 없는 분이다.

相似　본보기　典範

## □ 균형

balance
均衡

例 양 팀은 후반전까지 2:2로 팽팽한 **균형**을 이루었다.

농어촌을 개발하여 도시와 **균형** 있는 발전을 꾀해야 한다.

## □ 근검절약[근검저략]

thrift and saving
勤儉節約

例 그는 **근검절약**의 정신으로 생활하고 있다.

지금 같은 불경기에는 **근검절약**이 필요하다.

## □ 기량

ability
本領、本事

例 그는 월등한 **기량**으로 우승을 차지했다.

그는 **기량**이 너무 뛰어나 경쟁자가 없다.

相似 재주 本領
*기량을 발휘하다
　發揮本領

## □ 기반

base
基礎

例 좀 더 젊었을 때 경제적 **기반**을 다져서 여유롭게 살고 싶다.

그는 이미 40대에 단단한 **기반**을 갖춘 사업가가 되어 있었다.

相似 기틀, 기초 基礎

# 名詞　第2天

## ☐ 기세
force
氣勢

例　하루 사이에 몰려든 한파가 무섭게 **기세**를 떨치고 있다.
　　우리 팀은 초반의 **기세**를 이어가지 못하고 역전을 허용하고 말았다.

## ☐ 기우
overcare
杞人憂天

例　혹시 일이 잘못될까 봐 하는 걱정은 **기우**에 불과했다.
　　시간이 지나고 보니 내 생각은 한낱 **기우**에 지나지 않았다.

## ☐ 기질
disposition
氣質、特質

例　그는 선천적으로 예술가의 **기질**을 타고 났다.
　　그녀는 매사 긍정적이며 낙천적인 **기질**을 지녔다.

相似　성향　경향
*기질이 강하다　特質強烈

## ☐ 기치
banner
旗幟

例　그 후보는 경제민주화의 **기치**를 내걸고 대통령에 당선되었다.
　　그 나라는 10년 전부터 개혁의 **기치** 아래 변화를 꾀하기 시작했다.

*기치를 올리다　升旗

## ☐ 기틀

base
基礎

例 청년들의 사회 진출을 위해 **기틀**을 다져야 한다.
정부는 우리 사회의 우수한 인재를 양성할 수 있는 **기틀**을 마련해야 한다.

## ☐ 기품

dignifiedness
氣度、氣質

例 그의 풍채에서 학자의 **기품**이 배어 나왔다.
그녀의 옷차림에서 곱고 단아한 **기품**이 느껴진다

相似 품격, 품위  品格
*기품이 넘치다  氣度超凡

## ☐ 까닭[까닥]

reason
原因、理由

例 **까닭** 없이 가슴이 두근거렸다.
그가 화낸 **까닭**을 몰라 어리둥절했다.

相似 이유  理由

## ☐ 꼬투리

fault
小缺點、把柄

例 그가 사사건건 **꼬투리**를 잡으며 나를 괴롭혔다.
면접 때 따지거나 **꼬투리**를 잡는 질문을 받으면 당황하기 마련이다.

相似 트집  小缺點

名詞　第2天

## ☐ 낌새
sign
動靜、跡象

例　가스가 새는데도 아무런 **낌새**를 느끼지 못했다.
　　범인들이 경찰이 잠복해 있는 **낌새**를 눈치 채고 황급히 그곳을 떠나버렸다.

相似　기미　跡象
　　　조짐　徵兆
*낌새가 보이다　顯露徵兆

## ☐ 나름
depend on
依照~而定

例　누구나 자기 **나름**의 꿈이 있다.
　　무슨 일이든지 다 생각하기 **나름**이다.

*~기 나름이다
　取決於~、在於~

## ☐ 나위
worth
必要、餘地

例　꿈을 이룬 나는 더할 **나위** 없이 행복하다.
　　그 일로 사장의 위신이 땅에 떨어졌음은 더 이야기할 **나위**가 없다.

*~(으)ㄹ 나위 없이
　不值得~、別提~

## ☐ 남녀노소
regardless of age or sex
男女老少

例　청바지는 **남녀노소**를 불문하고 입을 수 있다.
　　그는 **남녀노소**를 막론하고 누구나 좋아하는 가수이다.

## □ 낭패

failure
沒面子、狼狽

例 그는 무모하게 일에 뛰어들었다가 **낭패**를 보았다.
그는 아내 몰래 보증을 섰다가 큰 **낭패**를 당했다.

## □ 노후

one's later years
晚年

例 ① 나의 꿈은 **노후**를 편안히 보내는 것이다.
② 회의에서 **노후** 아파트를 재건축하는 방안을 검토하였다.

*노후대책  老年準備

## □ 논거

reasons
論據

例 그는 상대편의 **논거**에 대하여 조목조목 반박했다.
그는 자신의 의견을 주장하기 위해 **논거**를 제시했다.

## □ 논란[놀란]

controversy
爭論、爭議

例 새로운 학설이 **논란**의 대상이 되고 있다.
하나의 의제를 두고 찬반 **논란**이 벌어졌다.

相似 논쟁 論爭、爭論
*논란을 일으키다
引起爭論

## 名詞　第2天

□ **논쟁**

argument
論爭

例　이 문제는 **논쟁**의 여지가 있다.

열띤 **논쟁** 끝에 어렵사리 결론에 도달하였다.

相似　논란　爭論、爭議
*논쟁을 벌이다　展開爭論

□ **논점[논쩜]**

point
論點

例　토론에서 **논점**을 흐리는 의견은 피하는 것이 좋다.

논술의 **논점**을 단순화하여 객관적인 평가가 가능하도록 하였다.

# 名詞 第2天 Quiz

Ⅰ. 다음 빈칸에 알맞은 단어를 고르세요.

01  가 : 미안해, 또 내가 부족한 게 있으면 말해줄래?
    나 : 넌 급한 성격만 고치면 더할 (    )가 없겠다.

① 계기  ② 기세
③ 나위  ④ 낭패

02  가 : 부장님께 보고할 때면 항상 긴장이 돼요. 혼내시려고 하는 것 같아서…….
    나 : 나도 그래. 무슨 말만 하면 매번 (    )를 잡으시니까…….

① 기치  ② 논거
③ 낌새  ④ 꼬투리

03  가 : 이번 프로젝트 잘 끝났지요? 고생하셨어요.
    나 : 걱정했던 일들이 다 (    )였지 뭐예요?

① 기우  ② 기세
③ 기품  ④ 노후

04  가 : 어느 조직이든 잘못 전해져 온 관습들로 인해 문제가 많습니다.
    나 : 낡은 (    )들을 뿌리 뽑으려면 많은 노력이 필요하다고 생각합니다.

① 관용  ② 관행
③ 균형  ④ 논거

## 名詞　第3天

□ **뇌물**　bribe / 賄賂

例　공무원이 **뇌물** 수수로 해임을 당했다.
그는 거액의 돈을 **뇌물**로 건넨 혐의로 구속되었다.

相似 상납금　獻金

□ **눈치**　wit / 眼神、臉色

例　동생은 긴장한 얼굴로 아버지의 **눈치**를 살폈다.
그는 **눈치**가 빠른 사람이라 남의 비위를 잘 맞춘다.

*눈치를 채다
看出來、察覺到

□ **능률[능뉼]**　efficiency / 效率

例　스트레스가 쌓이면 **능률**이 떨어지게 된다.
일의 **능률**을 올리려면 집중력을 키워야 한다.

相似 효과　효과
*능률이 향상되다
提高效率

□ **단결**　solidarity / 團結

例　우리는 굳센 **단결**의 의지로 시련을 이겨냈다.
온 국민이 **단결** 합심하여 국난을 극복합시다.

相似 단합, 협동, 결속　團結

## ☐ 단서

clue
線索

例 **단서**가 부족해서 용의자의 범행을 증명할 방법이 없다.
경찰은 사건의 **단서**를 찾기 위해 현장 조사에 열을 올렸다.

相似 실마리 線索
　　　열쇠 關鍵、鑰匙
*단서를 잡다 抓住線索

## ☐ 당부

request
囑咐、囑託

例 어머니는 내게 몸조심하라는 **당부**의 말씀을 남기셨다.
나는 그에게 비밀을 꼭 지켜달라고 거듭 **당부**를 했다.

相似 부탁 請託

## ☐ 당시

in those days
當時

例 이 작품은 **당시**의 시대상을 반영했다.
그 **당시** 난 5살밖에 되지 않은 어린아이였다.

相似 그때 當時

## ☐ 대상

object
對象

例 이겨야 할 **대상**은 바로 나 자신이다.
내가 사랑할 **대상**을 찾기란 쉽지 않은 일이다.

## 名詞　第3天

### □ 덜미

around the neck
後頸、後腦

例　① 밤길을 혼자 걷자니 덜미에 식은땀이 흘렀다.
　　② 그는 회사의 기밀 서류를 몰래 빼내려다가 덜미를 잡혔다.

*덜미를 잡히다　逮個正著

### □ 돌파구

breakthrough
突破口、突破點

例　그의 제안은 문제 해결의 돌파구가 되었다.
　　고민을 해결하기 위한 돌파구를 찾고 있다.

相似　해결책　解決方案

### □ 동작

motion
動作

例　이 춤은 동작이 커서 체력이 많이 소모된다.
　　그는 동작이 느려 굼뜨다는 소리를 많이 듣는다.

相似　몸짓　動作

### □ 동조

agreement
贊同、認同

例　고개를 끄덕여 그에게 동조의 뜻을 보내 주었다.
　　진심이 담긴 그의 연설은 많은 청중들의 동조를 얻었다.

相似　동의　同意

## □ 동향

trend
動向

例 그 사람의 **동향**을 낱낱이 파악하여 보고하세요.

학자로서 학계의 연구 **동향**을 살피는 것은 필수이다.

相似 동정, 흐름 動靜

## □ 두각

superiority
頭角、出頭

例 그는 학업에 남다른 **두각**을 보였다.

그는 해외 근무를 나가서도 뛰어난 업무 능력으로 **두각**을 나타냈다.

## □ 뒷받침[뒤빳침/뒫빳침]

support
後盾、支持

例 그의 성공에는 부모님의 **뒷받침**이 컸다.

가정 폭력 예방을 위해서 제도적 **뒷받침**이 절실하다.

相似 뒷바라지 照料
지지 支持

## □ 뒷전[뒤쩐/뒫쩐]

postponing
背地裡、暗中、後面

例 어려서부터 나는 항상 형에게 밀려 **뒷전**이었다.

대책 마련은 **뒷전**인 채 서로 비난만 해서는 안 된다.

## 名詞　第3天

☐ **등용문**

gateway to success
登龍門、跳板

例　이번 대회는 세계적인 스타가 되기 위한 **등용문**이다.
　　신인가수 **등용문**인 대한민국 가요제가 4일부터 열린다.

☐ **디딤돌[디딤똘]**

foothold
基石、墊腳石

例　① 개울을 건너다가 **디딤돌**을 헛디뎌 물에 빠졌다.
　　② 이번 회담은 양국의 관계 개선에 **디딤돌**이 될 것이다.

☐ **또래**

peer
同輩

例　우리 아이는 제 **또래**보다 키가 크다.
　　**또래** 문화는 자아 정체성 형성에 큰 영향을 미친다.

相似　동년배　同輩

☐ **뜬구름**

vapor
浮雲

例　**뜬구름** 잡는 소리 말고 현실성 있는 얘기를 좀 해 봐.
　　가끔은 인생사가 전부 **뜬구름** 잡는 것 같이 느껴질 때가 있다.

*뜬구름을 잡다
不切實際

24

## ☐ 마감
deadline
截止

例 **마감** 시간에 맞추느라 눈 코 뜰 새 없이 바쁘다.
오늘 원서 접수가 **마감**이 되기 때문에 서둘러야 한다.

## ☐ 마구잡이
at random
（做事不經思考）莽撞

例 이것저것 **마구잡이**로 사들이다가는 파산할지도 모른다.
**마구잡이**로 옆 차선에 끼어드는 매너 없는 운전자가 많다.

## ☐ 마찰
friction
摩擦

例 동료와의 **마찰**로 인해 회사 생활이 힘들어졌다.
부부 사이에 **마찰**이 생길 때마다 대화로 풀어 나가야 한다.

相似 분쟁 紛爭
　　 충돌 衝突
*마찰을 일으키다
　引起摩擦

## ☐ 막무가내[망무가내]
stubbornness
無可奈何

例 아무리 말려도 **막무가내**로 덤벼든다.
아이에게 몇 번 주의를 줘도 **막무가내**여서 포기하고 말았다.

# 名詞　第3天

## ☐ 막판

last moment
最後關頭

例　**막판**에 고비를 잘 넘겨서 다행이다.
다 이긴 경기였는데 방심하다가 **막판**에 역전을 당했다.

## ☐ 만료[말료]

expiration
到期

例　도서 대출 기간이 **만료**가 되었다.
계약 **만료**까지는 아직 6개월이 남았다.

相似　만기　到期、滿期
　　　종료　終止

## ☐ 말꼬리

the end of the word
話柄、話的最後

例　**말꼬리**를 잡고 늘어져서 말싸움이 한참 계속됐다.
항상 **말꼬리**를 흐려서 무슨 말인지 모를 때가 많다.

相似　말끝　話的最後

## ☐ 말문

one's mouth when speaking
話匣子、口

例　그의 날카로운 질문에 나는 **말문**이 막혀버렸다.
너무 슬픈 나머지 목이 메어 **말문**을 열지 못했다.

*말문이 막히다　封口

## □ 말썽

例 동생은 매번 **말썽**을 일으킨다.

너 또 **말썽**을 피우면 엄마한테 혼나니까 조심해.

trouble
紛爭、是非

相似 물의 眾議
　　 분란 紛亂
*말썽을 부리다　胡鬧

## □ 망상

例 나는 그 일에 대한 **망상**에 사로잡혀 견딜 수 없었다.

그는 한때 **망상**에 빠져 정신과 치료를 받은 적이 있다.

delusion
妄想

*망상에 잠기다
沉浸於妄想

## 名詞　第3天 Quiz

Ⅰ. 다음 단어와 어울리는 단어를 연결하세요.

능률이　·　　　　　　　　·　잡히다
덜미를　·　　　　　　　　·　피우다
말썽을　·　　　　　　　　·　향상되다
두각을　·　　　　　　　　·　나타내다

Ⅱ. 다음 빈칸에 알맞은 단어를 고르세요.

**01** 가 : 다음 주에 회사 전체 단합대회가 있을 예정입니다.
　　나 : 좋은 기회네요. 사원 모두가 (　　)의 의지를 보여주자고요!

① 단결　　　　　② 동향
③ 디딤돌　　　　④ 마찰

**02** 가 : 불경기에서 회복될 기미가 안 보이네요.
　　나 : 정부가 나서서 불황의 (　　)를 하루 빨리 찾아야 할 텐데요.

① 지지　　　　　② 동의
③ 등용문　　　　④ 돌파구

**03** 가 : 명진아, 대학원서 접수했어?
　　나 : 접수 (　　)일이 언제야? 아직 서류 준비도 못 했는데.

① 대상　　　　　② 두각
③ 마감　　　　　④ 막판

## 名詞　第4天

### ☐ 망신

shame, disgrace
丟臉

例　모르면서 아는 척하다가 **망신**을 당했다.
　　그는 한 번의 실수로 집안 **망신**을 톡톡히 시켰다.

相似　무안　無顏
　　　부끄러움　害羞

### ☐ 망정

nevertheless
幸好～不然

例　연락을 받았기에 **망정**이지 괜히 헛걸음 칠 뻔했다.
　　잠을 자 두었기에 **망정**이지 안 그랬으면 오늘 많이 피곤했을 거야.

*～기에 망정이지　幸好～

### ☐ 매듭

an end, conclusion
一個段落、結

例　① 이왕 도전을 했으니 **매듭**을 끝까지 짓는 것이 중요하다.
　　② 복잡한 문제지만 다 같이 한번 **매듭**을 풀어 해결해 보자.

相似　마무리
　　　（事情）尾巴、結尾

### ☐ 매연

exhaust gas
廢氣

例　도시의 **매연**으로 인해 건강이 위협 받고 있다.
　　공장들은 **매연**을 줄이기 위한 시도를 계속하고 있다.

## 名詞　第4天

### □ 매출
sales
銷售量

例　백화점에서 **매출**을 올리기 위해 할인 행사를 열었다.
지난달부터 생활용품의 **매출**이 증가세를 보이고 있다.

### □ 맥락[맹낙]
context
脈絡

例　앞뒤 **맥락**이 없는 이야기는 흥미를 끌지 못한다.
내용이 명확하지 않아서 글의 **맥락**을 찾기가 어려웠다.

相似　문맥 文意脈絡

### □ 면모
aspect
面貌

例　위기 상황에서 그는 또 다른 **면모**를 보였다.
그녀는 지성인의 **면모**를 갖춘 뛰어난 인재이다.

### □ 멸종[멸쫑]
extinction
滅絕

例　**멸종** 위기에 놓인 동물을 보호해야 한다.
공룡은 빙하기 때 **멸종** 위기에 직면했다.

## □ 명목

|例| 전쟁은 어떠한 **명목**으로도 행해져서는 안 된다.
회사는 인건비 절감이라는 **명목**으로 많은 사원들을 해고했다.

title
名目、名義

相似 구실 口實、藉口

## □ 명복

|例| 그는 영정 앞에서 고인의 **명복**을 빌었다.
우리는 용감히 싸우다 돌아가신 분들의 **명복**을 빌었다.

happiness in the next world
冥福

*명복을 빌다
（為去世的人）祈求冥福

## □ 명색

|例| 그는 **명색**이 독립 운동가의 자손이다.
**명색**이 지식인이라는 사람이 겉과 속이 달라서야 되겠습니까?

nominal
名義上

## □ 명성

|例| 그 배우는 왕년의 **명성**을 다시 찾고자 노력했다.
세계적으로 **명성**을 떨치고 있는 국립 발레단의 공연이 시작되겠습니다.

reputation
名聲

相似 명예 名譽
*명성을 날리다 成名

# 名詞　第4天

## □ 명칭
例　회사 **명칭**을 공모로 정하기로 하였다.
　　가게의 **명칭**이 바뀌어서 사람들이 혼란스러워했다.

name
名稱

相似　이름　名字

## □ 모범
例　그는 타의 **모범**이 되는 사람이라서 늘 칭찬을 받았다.
　　이번 성과는 다른 기업에게 충분한 **모범** 사례가 될 것이다.

exemplar, example
榜樣、模範

相似　본보기　典範
*모범을 보이다　樹立榜樣

## □ 모순
例　이 법은 여러 가지 면에서 **모순**을 안고 있다.
　　그 회사는 경영의 구조적 **모순**으로 적자에 시달렸다.

contradiction
矛盾

## □ 몫[목]
例　사람마다 해야 할 **몫**이 있는 법이다.
　　끝까지 포기하지 않고 내 **몫**을 다 하겠다.

one's share
份、該做的事

相似　역할　角色
　　　책임　責任
*몫을 챙기다　做好該做的事

## ☐ 묘미

true charm
樂趣

例 인생은 시련을 극복하는 데에 **묘미**가 있다.
책에서 새로운 의미를 발견할 때마다 독서의 **묘미**를 느낀다.

## ☐ 묵념[뭉념]

silent tribute
默哀

例 경건한 자세로 선열들에 대한 **묵념**을 올렸다.
나라를 위해 희생하신 분들에 대한 **묵념**의 시간을 가졌다.

## ☐ 문명

civilization
文明

例 그리스는 고대 **문명**의 발상지로 유명하다.
인간은 과학 **문명**의 경이적인 발달을 이루어냈다.

## ☐ 문물

products of culture
文物

例 그 나라는 외국의 유용한 **문물**을 받아들였다.
다른 나라를 통해 서양 **문물**이 들어오기 시작했다.

## 名詞　第4天

### ☐ 문턱
threshold
門檻

例　계절이 겨울로 들어서는 **문턱**에 서 있다.
우리 팀은 아쉽게도 우승의 **문턱**에서 패하고 말았다.

*문턱을 넘다　過門檻

### ☐ 물질[물찔]
material
物質

例　다이아몬드는 단단한 **물질**로 이루어져 있다.
인체에 유해한 **물질**이 없는 친환경 가구가 인기를 끌고 있다.

### ☐ 미궁
maze
迷宮

例　그 사건은 **미궁**에 빠져 해결될 기미가 안 보인다.
경찰은 **미궁**에 빠진 사건을 재수사하기로 결정했다.

*미궁에 빠지다　陷入迷宮

### ☐ 미끼
bait, decoy
誘餌

例　낚시꾼은 **미끼**로 물고기를 잡는다.
취업을 **미끼**로 한 사기가 구직자들을 두 번 울리고 있다.

## □ 미덕

virtue
美德

例 겸손은 **미덕**이다.

그는 양보의 **미덕**을 발휘하여 사람들로부터 박수를 받았다.

## □ 미련

attachment
迷戀、留戀

例 나는 이 일에 대한 모든 **미련**을 버렸다.

**미련**이 남아도 지나간 일은 잊는 게 좋다.

## □ 민원

civil complaint
請願

例 구청에서 **민원**을 해결해 주었다.

구청에 **민원**을 접수했더니 금방 연락이 왔다.

## □ 밑거름

foundation
基礎

例 실패는 성공을 위한 **밑거름**이다.

그 동안의 경험을 **밑거름**으로 하여 더욱 노력하십시오.

## 名詞　第4天

### ☐ 밑바탕[믿빠탕]

foundation
基礎、根基

例　정책 결정의 **밑바탕**은 여론이다.
　　그 작품의 **밑바탕**에는 우리 민족의 한이 담겨 있다.

相似　본바탕　底子、本質

### ☐ 바늘방석

a bed of thorns
針氈

例　**바늘방석**에 앉은 듯 마음이 괴롭고 쓰라렸다.
　　나를 두고 싸우는 통에 **바늘방석**에 앉아 있는 것 같았다.

## 名詞　第4天 Quiz

Ⅰ. 다음 밑줄 친 부분과 의미가 같은 것을 고르세요.

**01**
가 : 연말이라 들뜨기 쉬운데, 좀 더 집중해서 올해를 잘 마무리하도록 합시다!
나 : 이번 작업도 거의 끝나가고, (　　)을 잘 짓도록 하겠습니다.

① 매듭　　　　　　　② 명칭
③ 밑거름　　　　　　④ 역할

**02**
가 : 아이들을 바르게 키워야 하는 것은 바로 어른들의 몫이겠지요?
나 : 어른들의 (　　)에 따라 아이들의 미래가 달라지지요.

① 맥락　　　　　　　② 명목
③ 명성　　　　　　　④ 역할

Ⅱ. 다음 빈칸에 알맞은 단어를 고르세요.

**01**
가 : 천연 기념물인 조류들이 사람들의 이기심으로 점차 수가 줄어든다네요.
나 : 이러다가 모든 동물들이 (　　)의 위기에 놓이게 되는 건 아닌지, 걱정스럽습니다.

① 망신　　　　　　　② 멸종
③ 물질 만능　　　　　④ 바늘방석

**02**
배우 이경민 씨의 연기가 빛난 영화 '수상한 그 남자'가 천 만 관객돌파를 향해 달려나가고 있다. 이 배우의 활약이 없었다면 불가능한 일이었을지도 모른다. 그의 배우로서의 다재다능한 (　　)가 유감없이 발휘 되었기에 이러한 폭발적인 인기는 지속될 전망이다.

① 규모　　　　　　　② 기지
③ 면모　　　　　　　④ 묘미

## 名詞　第5天

### ☐ 바탕
basis
基礎

> 例　세금은 국가 재정의 **바탕**이 되는 재원이다.
> 실화를 **바탕**으로 한 영화가 인기를 끌고 있다.

### ☐ 반란[발란]
revolt
叛亂

> 例　그는 정치적 목적으로 **반란**을 일으켰다.
> 정부군은 **반란**을 진압하고 주동자를 체포했다.

相似　반역 反叛

### ☐ 반발
resistance
反抗

> 例　회사의 감원 결정에 사원들의 **반발**이 일었다.
> 새로운 제도는 사람들의 강력한 **반발**에 부딪쳤다.

### ☐ 반열
(join) the ranks of
行列

> 例　그는 드디어 명창의 **반열**에 서게 되었다.
> 그 배우는 데뷔 작품으로 스타의 **반열**에 올랐다.

## □ 반응

response
反應

例 그의 음악은 대중들의 어떠한 **반응**도 일으키지 못했다.
불합리한 정부의 처사에 사람들은 민감한 **반응**을 보였다.

## □ 반입

carrying in
帶入

例 기내 **반입** 물품에 대한 검사가 전보다 엄격해졌다.
세관 창고에는 불법 **반입**을 시도하려다 적발된 물건들이 쌓여 있다.

## □ 발상[발쌍]

way of thinking
發想

例 그의 **발상**은 언제나 기발하고 참신하다.
그 영화는 독특한 **발상**으로 주목 받고 있다.

相似 아이디어  主意、點子

## □ 방사능

radioactivity
放射性

例 **방사능** 누출 사고 지역의 오염 문제가 심각하다.
그 지역은 원자력 발전소의 폭발로 **방사능**에 오염되었다.

## 名詞　第5天

### ☐ 방안
plan, scheme, program
方案

例 보다 현실적인 **방안**을 내놓는 것이 시급하다.
정부는 문제 해결 **방안**을 다각도로 모색했다.

相似 대책 對策
*방안을 마련하다
　準備方案

### ☐ 방어
defense
防禦

例 인간은 누구나 자기 **방어** 본능이 존재한다.
우리 팀은 상대를 공격하기는커녕 **방어**에만 급급했다.

### ☐ 방침
policy
方針

例 모든 사원들은 회사 경영 **방침**에 따라야 한다.
반대 의견이 많지만 기존 **방침**대로 추진할 계획이다.

*방침을 정하다　制定方針

### ☐ 방패
shield
盾

例 전경들이 화염병을 **방패**로 막고 서 있다.
그는 권력을 **방패**로 삼아 부정을 저질렀다.

## □ 배경

background
背景、後盾

例 ① 이곳은 그 작품의 **배경**이 되는 곳이다.
② 집안 **배경**이 좋은 사람과 결혼하고 싶다.

## □ 배려

consideration
關懷、照顧

例 그는 남을 위한 **배려**의 정신이 부족하다.
그의 세심한 **배려**에 따뜻한 인간미를 느꼈다.

## □ 버릇[버른]

habit
習慣

例 아이의 나쁜 **버릇**은 빨리 고치도록 해야 한다.
자기 할 일을 남에게 미루는 것은 나쁜 **버릇**이다.

相似 습관 習慣
*버릇을 들이다 養成習慣

## □ 번영

prosperity
繁榮

例 두 나라는 인류의 공동 **번영**을 약속했다.
우리는 민주와 **번영**의 새 시대를 열어야 한다.

相似 번창 繁昌
　　 번성 繁盛
*번영을 이루다 帶來繁榮

## 名詞　第5天

### ☐ 변동
change
變動

例　가격은 수요와 공급에 따라 **변동**이 이루어진다.
　　이번 여행 계획에 **변동** 사항이 있으면 알려 주세요.

### ☐ 변천
change
變遷

例　시대의 **변천**에 따라 가치관의 다양한 방식들이 생겨났다.
　　이번 전시회에서는 의복의 **변천** 과정을 한눈에 볼 수 있다.

### ☐ 별개
separation
另外

例　그 문제와는 **별개**로 이것은 따로 논의해야 한다.
　　이 드라마는 그 영화와 제목이 같지만 내용은 전혀 다른 **별개**의 작품이다.

相似　별도　另外

### ☐ 별도[별또]
special, separate
另外

例　입학금을 마련하기 위해 **별도**의 적금을 들었다.
　　이것은 이전 계획과는 **별도**로 생각해 볼 문제이다.

相似　별개　另外

## □ 보람

effect, worth
意義、價值

例 그는 자신의 직업에 큰 **보람**을 느낀다.

봉사 활동은 힘이 드는 반면에 **보람**이 있다.

相似 만족감 滿足感

## □ 보상

compensation
補償、賠償

例 그는 아무런 **보상**을 바라지 않고 나를 도와주었다.

정부는 이번 태풍 피해에 대해 충분한 **보상**을 약속했다.

相似 배상 賠償

## □ 복용

taking a medicine, dosing
服用

例 임산부는 약물 **복용**에 각별히 주의해야 한다.

약물 **복용**으로 대회 출전 자격을 박탈당한 선수들도 있다.

## □ 복제[복쩨]

duplication, reproduction
複製

例 요즘 불법 **복제**에 대한 소송이 잇따라 제기되고 있다.

불법 **복제**는 남의 물건을 허락 없이 사용하는 것과 같다.

## 名詞　第5天

### ☐ 본능
instinct
本能

例　예뻐지고 싶은 것은 여자의 **본능**이다.
　　모든 동물은 종족을 보전하려는 **본능**을 가지고 있다.

相似　본성　本性

### ☐ 본보기
example
榜樣

例　부모의 언어 습관이 아이에게 좋은 **본보기**가 되도록 노력해야 한다.
　　많은 나라가 우리나라를 빠른 경제성장을 이룬 **본보기**로 삼고 있다.

相似　모범　模範

### ☐ 부담
burden
負擔

例　해외여행은 경제적으로 크게 **부담**이 된다.
　　학비는 학교에서 지원됐지만 생활비는 본인 **부담**으로 해야 했다.

### ☐ 부문
field, division
部門

例　자연과학은 여러 **부문**으로 나뉜다.
　　해마다 연말 방송 대상에서는 각 **부문**의 수상자를 선정한다.

相似　분야　領域

## □ 분노

例 그가 나를 속였다는 사실에 **분노**가 치밀었다.
　　선량한 시민의 죽음은 모든 사람의 **분노**를 샀다.

anger
憤怒

## □ 분량[불량]

例 이삿짐을 다 실으니 트럭 한 대 **분량**이 되었다.
　　이 보고서는 **분량**이 너무 많아서 파악하기가 힘들다.

amount
分量

## 名詞　第5天 Quiz

Ⅰ. 다음 단어와 어울리는 단어를 연결하세요.

방침을　·　　　　　·　삼다
반발이　·　　　　　·　일다
방패로　·　　　　　·　세우다
방사능에　·　　　　·　오염되다

Ⅱ. 다음 빈칸에 알맞은 단어를 고르세요.

**01**
가 : 여러 사기 방법으로 인한 카드 피해들이 점점 증가한다고 해요.
나 : 맞아요. 불법 카드 (　) 도 비일비재하다네요.

① 반란　　　　② 변동
③ 복제　　　　④ 부담

**02**
가 : 저희 부모님이 요즘 들어 부쩍 고향을 그리워하시는 것 같아요.
나 : 저도 공감해요. 누구나 고향으로 돌아가고 싶은 (　) 이 있잖아요.

① 배경　　　　② 방침
③ 본능　　　　④ 분량

**03**
가 : 현재 우리가 쓰고 있는 한글은 옛날과 참 많이 다르지요.
나 : 오래전부터 많은 문자의 (　) 과정을 거쳐서 그럴 거예요.

① 반발　　　　② 방안
③ 반응　　　　④ 변천

## 名詞　第6天

### □ 분야
field
領域

例　경제 **분야** 전문가를 모시고 열띤 토론을 했다.
정부는 시장 잠재력과 경쟁력이 있는 **분야**에 투자를 해야 한다.

### □ 분쟁
conflict
紛爭

例　두 나라는 영토 문제로 **분쟁**을 계속 해 왔다.
국가 간의 **분쟁**을 해결하기 위한 방법을 모색 중이다.

### □ 비결
know-how
秘訣

例　장수의 **비결**은 바로 긍정적인 사고방식이다.
좋은 성과를 내는 **비결**을 묻자 그는 근면과 성실이라고 했다.

相似　비법　秘方

### □ 비만
obesity
肥胖

例　아이들의 **비만**을 치료하기 위해서는 식단 조절이 필수적이다.
**비만**은 고혈압이나 심장병과 같은 성인병의 원인이 되기도 한다.

## 名詞　第6天

### □ 비법[비뻡]
secret formula
秘方

例 음식의 맛을 내는 **비법**을 전수 받았다.
이 물건은 전통적으로 내려온 **비법**을 이용해 만들었다.

相似 비결　秘訣

### □ 비율
ratio
比例

例 공공요금이 지난해와 같은 **비율**로 올랐다.
평균 수명 연장으로 노인 인구 **비율**이 높아지고 있다.

### □ 비중
importance
比重

例 신제품 개발비에는 광고비가 많은 **비중**을 차지한다.
오늘 뉴스에서는 대통령 특별 담화를 **비중** 있게 다루었다.

### □ 빈도
frequency
頻率

例 생활 속에서 속담의 사용 **빈도**를 조사하였다.
외래어의 범람으로 고유어의 사용 **빈도**가 점점 낮아지고 있다.

## □ 사기

> 例 그는 **사기** 혐의로 경찰에 구속되었다.
> 나이 드신 어르신들을 상대로 **사기**를 친 범인들이 검거되었다.

fraud
詐欺

## □ 사례

> 例 구체적인 **사례**를 들어 자세히 설명했다.
> 학교 폭력 **사례**를 조사한 결과 생각보다 심각했다.

example
事例、案例

## □ 사시사철

> 例 이곳에는 **사시사철** 눈이 내린다.
> 어디서든 **사시사철** 싱싱한 야채와 과일을 먹을 수 있다.

all year round
一年四季

## □ 사태

> 例 국경 지대에서 대규모 유혈 **사태**가 발생했다.
> 이번 **사태**는 이미 수습할 수 없는 지경에 이르렀다.

situation
事態、局勢

## 名詞　第6天

### ☐ 살림
housekeeping
家務

> ① 그는 결혼을 하고 따로 **살림**을 차려서 나갔다.
> ② 넉넉하지 않은 **살림** 탓에 어려서부터 궂은일을 많이 했다.

### ☐ 상생
coexistence
共生

> 인간과 자연은 **상생** 관계에 있다.
> 시민들의 삶의 질을 향상시키기 위해서는 **상생**의 정치를 해야 한다.

### ☐ 상식
common sense
常識

> 그 사람은 **상식** 밖의 행동을 자주 한다.
> 나는 그 작품의 **상식**을 뛰어넘는 이야기 전개가 아주 흥미로웠다.

### ☐ 상황
situation
情況

> **상황**에 따라 입장은 달라지게 마련이다.
> 그들은 건물 붕괴로 인한 피해 **상황**을 파악하고 있다.

## □ 새싹

bud
新芽

例 어린이는 나라의 **새싹**이다.

봄이 되자 파릇파릇 **새싹**이 돋아나고 있다.

## □ 생계

living
生計

例 일용직 일을 하면서 **생계**를 유지해 왔다.

가장은 한 가정의 **생계**를 책임져야 하는 부담을 안고 있다.

## □ 생성

creation
生成・產生

例 문화란 끊임없이 변화하고 **생성**이 되는 것이다.

우주의 **생성**과 소멸에 대한 새로운 이론이 등장했다.

## □ 생존

survival
生存

例 실종자의 **생존** 여부를 확인하고자 한다.

많은 사람은 치열한 **생존** 경쟁에서 살아남기 위해 노력한다.

## 名詞　第6天

### □ 선의[서니]

goodwill
善意

例 **선의**의 거짓말이 때로는 필요할 때가 있다.

처음엔 **선의**로 시작한 일인데 결국 남한테 피해만 주게 되었다.

相反 악의 惡意

### □ 선착순[선착쑨]

first come, first served
先後順序

例 참가 신청은 **선착순**으로 받습니다.

기념품은 **선착순** 100명에 한하여 지급됩니다.

### □ 성과[성꽈]

outcome
成果

例 이번 계약에서 기대 이상의 **성과**를 올렸다.

한 달이 지났는데도 아무런 **성과**도 거두지 못했다.

### □ 성능

performance
性能

例 최신 휴대 전화는 **성능**이 아주 뛰어나다.

자동차가 낡긴 했지만 **성능**은 믿을 만하다.

## 성분
ingredient
成分

例 단백질 **성분**에는 면역 물질이 들어 있다.

화장품 **성분**을 분석한 결과 유해 성분이 검출되었다.

## 성비
sex ratio
性別比例

例 올해 출생아 **성비**를 통계청에서 조사하였다.

최근 많은 학교에서 남녀 **성비** 불균형 현상을 겪고 있다.

## 성원
support, cheering
聲援

例 여러분의 **성원**에 힘입어 우승을 하게 되었습니다.

그는 팬들의 **성원**에 보답하겠다는 의지를 밝혔다.

## 성품
personality
品性

例 그 분은 **성품**이 바르고 온순하다.

훌륭한 리더가 되기 위해서는 올바른 **성품**을 지녀야 한다.

## 名詞　第6天

□ **성향**　　tendency
　　　　　　傾向

例　그 정당은 보수적인 **성향**이 강하다.

　　그는 사람들의 정치적 **성향**에 많은 궁금증을 가지고 있다.

□ **세균**　　germ
　　　　　　細菌

例　습도가 높으면 **세균**이 잘 번식할 수 있다.

　　면역력이 약해지면 우리 몸에 **세균**이 침투하기 쉽다.

## 名詞 第6天 Quiz

I. 다음 단어와 어울리는 단어를 연결하세요.

생계를 · · 차리다
사태를 · · 뛰어나다
성능이 · · 파악하다
살림을 · · 유지하다
선착순으로 · · 모집하다

II. 다음이 설명하는 단어를 <보기>에서 골라 쓰세요.

| <보기> | 비만 | 비법 | 상식 | 선의 | 비중 |
|---|---|---|---|---|---|
|  | 성과 | 성품 | 성향 | 세균 | 분쟁 |

01 [　　　　] : 일이 이루어낸 결과

02 [　　　　] : 사람의 성질이나 됨됨이

03 [　　　　] : 사람이 대부분 알고 있는 지식

04 [　　　　] : 다른 것과 비교할 때 중요한 정도

05 [　　　　] : 특정 집단이나 개인만이 알고 있는 특별한 방법

## 名詞　第7天

### ☐ 소감
personal comments
感想

例　그는 감격스러운 표정으로 수상 **소감**을 밝혔다.
이번 대회에 참가한 것만으로도 영광이라며 **소감**을 전했다.

### ☐ 소견
opinion
意見、看法

例　이번 안건에 대한 제 **소견**을 말씀드리겠습니다.
제 좁은 **소견**으로 보기에도 옳지 않다고 생각합니다.

### ☐ 소란
disturbance
吵鬧

例　피고인 측 사람들이 법정에서 **소란**을 일으켰다.
공공장소에서 **소란**을 피우는 행위는 다른 사람에게 피해를 준다.

### ☐ 소망
wish
願望

例　이 노래에는 통일에 대한 간절한 **소망**이 들어 있다.
둥근 보름달을 보며 한 해의 **소망**이 이루어지기를 빌어본다.

相似　소원　願望

## ☐ 소신

belief
信念

例 그는 끝까지 자신의 **소신**을 굽히지 않았다.

남들이 뭐라고 해도 **소신**을 갖고 이 일을 하겠다.

## ☐ 소재

material, subject matter
素材、題材

例 이 작품의 **소재**는 시간 여행이다.

반짝거리는 이 옷은 최첨단 **소재**로 만들었다.

## ☐ 속성[속썽]

attribute
屬性

例 나무의 **속성**은 불에 잘 타는 것이다.

대중문화는 상업적인 **속성**을 가지고 있다.

## ☐ 손길[손낄]

helping hand
援手、手藝

例 농사를 짓는 농부들의 **손길**이 바빠 보였다.

아이에게는 어머니의 **손길**이 절대적으로 필요하다.

**名詞** 　第7天

## ☐ 손실
loss
損失

> 例　전쟁은 인명과 재산에 막대한 **손실**을 입힌다.
>
> 　　이번 재해로 입은 경제적인 **손실**이 어마어마하다.

## ☐ 손질
repair, maintenance
修整、（動手）處理

> 例　나는 생선을 좋아하지만 **손질**은 할 줄 모른다.
>
> 　　그 집의 가구들은 오래됐지만 **손질**이 잘 돼 있었다.

## ☐ 솜씨
skill
手藝、手段

> 例　① 아내는 요리 **솜씨**가 좋은 편이다.
>
> 　　② 그는 사업가로서 사람을 다루는 **솜씨**가 훌륭하다.

## ☐ 수거
collection
回收

> 例　매년 재활용품 **수거**로 인한 수익이 점점 늘고 있다.
>
> 　　음식물 쓰레기는 냄새 방지를 위해 매일 **수거**를 한다.

## □ 수립

establishment
建立

例 우리 회사는 경영 전략에 대한 목표 **수립**이 시급하다.
광복절은 일본으로부터의 독립과 대한민국 정부 **수립**을 기념하는 날이다.

## □ 수면

sleep
睡眠

例 나는 과로로 인해 항상 **수면** 부족을 느낀다.
건강한 생활을 위해서는 적당한 **수면**을 취해야 한다.

## □ 수법[수뻡]

method
手法

例 최근 범죄 **수법**이 나날이 교묘해지고 있다.
이 그림은 새로운 **수법**을 이용해서 신선한 느낌을 준다.

## □ 수색

search
搜索

例 구조대원들은 사고로 인한 실종자 **수색**에 나섰다.
경찰은 압수 **수색** 결과 사건에 대한 증거를 확보했다.

## 名詞　第7天

### ☐ 수위
water level
水位、程度

例　① 장마가 계속되자 댐의 **수위**가 점점 높아지고 있다.
　　② 그 영화는 노출 **수위**가 높아 청소년들이 관람할 수 없다.

### ☐ 수칙
rule
守則、規則

例　그는 근무 **수칙**을 어겨서 강제로 퇴출당했다.
　　공사장에서는 안전 **수칙**을 반드시 지켜야 한다.

### ☐ 수확
harvest
收穫

例　이번 대회를 통해 뜻밖에 많은 **수확**을 거두었다.
　　최근 이상기온으로 농작물의 **수확**이 크게 줄었다.

### ☐ 숙면[숭면]
deep sleep
熟睡

例　잠들기 전 가벼운 운동은 **숙면**에 도움이 된다.
　　어제 오랜만에 **숙면**을 취했더니 몸이 가벼워졌다.

## □ 숙명[숭명]

destiny
宿命

例 우리가 다시 만난 것은 **숙명**이다.

그는 가난을 자신의 타고난 **숙명**으로 여기지 않았다.

相似 운명 命運

## □ 숙원

longstanding, desire
宿願

例 우리의 최대 **숙원**은 남북통일이다.

올해 안으로 도로 포장, 배수로 정비 등 우리 주민의 **숙원** 사업을 이루도록 하겠다.

相似 소원, 염원 願望

## □ 순간

moment
瞬間

例 너를 처음 보는 **순간** 첫눈에 반했어.

나는 단 한 **순간**도 너를 잊은 적이 없어.

## □ 숨통

windpipe, life
氣管、性命

例 이 도구는 짐승의 **숨통**을 단번에 끊기에 적합했다.

정부의 정책은 중소기업들의 **숨통**을 점점 조이고 있다.

## 名詞　第7天

### ☐ 승부

play, match
勝負

例　나는 오직 실력으로 **승부**를 겨루고 싶다.
　　두 팀의 팽팽한 실력 때문에 경기 시간이 끝나도록 **승부**가 나지 않았다.

相似　승패　勝敗

### ☐ 승산

chance of winning
勝算

例　나는 **승산**이 없는 싸움은 시작하지 않는다.
　　신제품 개발에 성공한다면 우리 회사도 **승산**은 있다.

### ☐ 시각

point of view, way of understanding
視角、眼光

例　부정적인 **시각**으로 사람을 대해서는 안 된다.
　　사람마다 **시각**의 차이가 있음을 인정해야 한다.

相似　관점　觀點

### ☐ 시련

ordeal
試煉、考驗

例　**시련**과 고통을 극복해 내면 더욱 용감해진다.
　　우리에게 어떤 **시련**이 닥친다고 해도 함께라면 두려울 게 없다.

## ☐ 시름

> 병이 호전된다는 소식을 듣고 한 **시름** 놓았다.
>
> 아픈 아들을 두고 어머니는 깊은 **시름**에 잠겼다.

anxiety
擔心、憂愁

## ☐ 시시각각[시시각깍]

> 사람들의 생각은 **시시각각**으로 변한다.
>
> **시시각각**으로 달라지는 사회 분위기에 적응하기가 어렵다.

moment by moment
時時刻刻

*시시각각으로 변하다
　時刻都在變化

名詞　第7天 Quiz

I. 다음 단어와 비슷한 의미의 단어를 연결하세요.

손실　·　　　　　·　특성
숙원　·　　　　　·　근심
속성　·　　　　　·　손해
시름　·　　　　　·　염원
숙명　·　　　　　·　운명

II. 다음 빈칸에 알맞은 단어를 고르세요.

**01** 어려운 시대일수록 긍정적인 (　　)으로 미래를 전망하자.

① 촉각　　　　② 시각
③ 감각　　　　④ 미각

**02** 그는 사람을 다루는 (　　)가 여간 뛰어나지 않았다.

① 도구　　　　② 처리
③ 심리　　　　④ 솜씨

**03** 그는 전신마비라는 (　　)을 겪었지만 이를 극복하고 사격 종목에서 금메달을 땄다.

① 시험　　　　② 실연
③ 경련　　　　④ 시련

## 名詞　第8天

### ☐ 식이요법
medical diet
飲食療法

例　난치병을 **식이요법**으로 치료해서 화제가 되었다.
　　몸매 유지를 위해서는 운동과 **식이요법**이 병행되어야 한다.

### ☐ 신경질
nervousness
神經質

例　친구가 이유 없이 **신경질**을 부려서 당황했다.
　　그녀는 중요한 일을 앞두고 예민해져서 그런지 **신경질**을 자주 낸다.

相似　성질　脾氣

### ☐ 신명
light-heartedness
興致

例　우리 한바탕 **신명** 나게 놀아볼까요?
　　축제 때에 흥겨운 음악을 듣고 **신명**이 나서 어깨를 들썩였다.

### ☐ 신분
social, status
身分

例　예전에는 **신분**과 계급에 따라 다른 옷을 입었다.
　　그는 자신의 **신분**을 밝히지 않은 채 많은 사람을 도와주고 있다.

## 名詞　第8天

### ☐ 신비
mystery
神秘

例　이곳은 자연의 **신비**를 간직하고 있다.
　　과학자들에 의해 생명과 우주의 **신비**가 조금씩 밝혀지고 있다.

### ☐ 신앙
(religious) faith
信仰

例　**신앙**을 갖는다는 것은 개인의 선택이다.
　　그녀는 **신앙**이 깊기 때문에 그 힘으로 많은 것을 극복할 수 있다.

### ☐ 실마리
clue
線索、頭緒

例　사건의 **실마리**가 좀처럼 풀리지 않는다.
　　드디어 이 문제를 해결할 수 있는 **실마리**를 찾았다.

### ☐ 실의[시리]
dejection
失意

例　그는 계속되는 사업 실패로 **실의**에 빠져 있다.
　　**실의**에 빠진 사람에게는 따뜻한 말 한마디도 위로가 된다.

## ☐ 실전[실쩐]

例 그는 **실전** 경험이 풍부하다.

연습 때는 실수가 많았지만 **실전**에 강한 선수니까 잘 해낼 것이다.

actual battle
實戰

## ☐ 실천

例 열 마디 말보다 한 번의 **실천**이 더 어렵다.

환경보호를 위해서는 작은 것부터 **실천**을 해야 한다.

practice
實踐

相似 실행　實現

## ☐ 실태

例 최근 아동 범죄 **실태**를 파악하고 있다.

그는 생활하수로 인한 수질 오염 **실태**를 조사 중이다.

actual condition
實際情況

## ☐ 심리[심니]

例 환자가 불안한 **심리** 상태를 보이고 있다.

그의 연구는 인간의 다양한 **심리**를 분석하는 것이다.

psychology
心理

## 名詞  第8天

### ☐ 심의[시미]
deliberation
審議

> 例 내년도 예산안 **심의**가 통과되었다.
> 그 노래는 선정성 여부를 놓고 **심의**를 받고 있다.

### ☐ 심정
one's feelings
心情

> 例 그에게 나의 솔직한 **심정**을 털어놓았다.
> 그는 하는 일마다 실패해서 죽고 싶은 **심정**이었을 것이다.

### ☐ 심혈
heart and soul
心血

> 例 그가 **심혈**을 기울여 만든 영화가 곧 개봉된다.
> 이것은 그 작가가 전국 각지를 돌며 10년 동안 **심혈**을 쏟아 만든 작품이다.

### ☐ 십상[십쌍]
be certain to
一定是

> 例 지나친 흡연과 음주는 건강을 해치기 **십상**이다.
> 철저한 준비 없이 사업을 시작하면 손해를 보기 **십상**이다.

*～기 십상이다 一定是～

## □ 씀씀이[씀쓰미]

spending money
開銷

例 어른들에 대한 아내의 마음 씀씀이가 매우 고맙다.
　　이번 달부터는 씀씀이를 좀 줄이고 저축을 늘리려고 한다.

## □ 악취

stink
惡臭

例 쓰레기통을 열어 보니 심한 악취가 코를 찔렀다.　　相反 향기　香氣
　　오랫동안 방치된 탓인지 빈방에서는 심한 악취가 났다.

## □ 안간힘[안깐힘]

struggling
全力

例 나는 쏟아지는 울음을 참으려고 안간힘을 썼다.
　　그는 실패한 사업을 다시 일으키기 위해 안간힘을 쏟았다.

## □ 안목

discernment
眼光

例 그는 사람을 보는 안목이 높다.
　　그는 전문가 못지않게 훌륭한 안목을 갖고 있다.

## 名詞　第8天

### ☐ 암시
hint
暗示

例　이 꿈은 앞으로 일어날 일에 대한 **암시**인 것 같다.
　　드라마에선 불행한 사고가 일어나기 전에 **암시**를 주곤 한다.

### ☐ 압도[압또]
overwhelm
壓倒

例　웅장하고 거대한 자연의 모습에 **압도**를 당했다.
　　나는 상대팀의 의기양양한 분위기에 **압도**가 되었다.

### ☐ 야심
ambition
野心

例　남자라면 어느 정도의 **야심**은 있어야 한다.
　　그는 권력에 대한 지나친 **야심**으로 무리한 계획을 세웠다.

### ☐ 양해
understanding
諒解

例　가게 주인의 **양해**를 구한 후 그곳에서 촬영을 했다.
　　그는 이웃들에게 아무런 **양해**도 없이 공사를 진행했다.

## ☐ 어리광

acting like a baby
撒嬌

例 아이는 다 컸는데도 부모 앞에서는 **어리광**을 피운다.

어른들이 너무 예뻐해 주니까 **어리광**만 느는 것 같다.

## ☐ 어원

origin of a word
語源

例 김 교수님은 우리말의 **어원** 연구에 힘쓰셨다.

언어학자들은 지금까지 많은 단어의 **어원**을 밝혔다.

## ☐ 억압

suppression
壓迫

例 우리나라는 역사적으로 많은 **억압**을 당했다.

개인의 자유와 권리를 **억압** 받는다면 민주주의 사회라고 할 수 없다.

## ☐ 억양

intonation
語調

例 표준어를 사용해도 **억양**을 들어 보면 출신 지역을 알 수 있다.

외국어를 자연스럽게 구사하려면 **억양**까지 완벽하게 할 줄 알아야 한다.

## 名詞　第8天

### ☐ 엄살
exaggeration of pain(hardship)
假裝（痛苦或有困難）

例　손만 살짝 댔는데 아파 죽겠다고 **엄살**을 떨었다.
　　별로 힘든 일도 아닌데 힘들다며 **엄살**을 부렸다.

### ☐ 엉망진창
mess
亂七八糟

例　무슨 일이 있었는지 방이 온통 **엉망진창**이었다.
　　동료가 갑자기 일을 그만두는 바람에 진행되던 일이 **엉망진창**이 되었다.

## 名詞　第8天 Quiz

Ⅰ. 다음 단어와 어울리는 단어를 연결하세요.

압도, 억압　　·　　　　　　　·　풀리다
실의, 유혹　　·　　　　　　　·　당하다
실마리, 의문　·　　　　　　　·　부리다
어리광, 엄살　·　　　　　　　·　빠지다

Ⅱ. 다음 (　　) 안에서 문장에 알맞은 단어를 골라 ○ 하세요.

01　그 사람은 ( 됨됨이, 씀씀이 )가 너무 커서 저축은커녕 매달 적자에 허덕이고 있다.

02　그는 이번 선거에서 반드시 당선이 되어 정치인으로서 성공하고자 하는 ( 야심, 심혈 )에 불타고 있다.

03　고양이들이 여기저기 어지르면서 돌아다니는 바람에 아침에 청소하고 나간 방이 ( 엉망진창, 야단법석 )이 되었다.

04　그는 온 국민의 간식인 떡볶이를 가지고 오랜 시간과 노력을 들여 최고의 맛을 구현해내는 데 ( 최선, 심혈 )을 기울였다. 그리하여 다른 음식점과 차별화에 성공했다.

05　큐레이터는 박물관이나 미술관에서 유물 관리, 자료 전시, 홍보 활동 등을 하는 사람을 가리킨다. 따라서 이러한 직업을 희망하는 사람들은 예술 작품을 보는 ( 안목, 시선 )을 키워야 한다.

## 名詞　第9天

### ☐ 여건[여껀]
condition
條件

例　그는 어려운 **여건** 속에서도 당당히 합격했다.
아직은 결혼을 하기 위한 충분한 **여건**이 마련되지 않았다.

### ☐ 여백
space
空白、留白

例　동양화는 **여백**의 미(美)를 중시한다.
그는 책에 **여백**을 남겨서 메모할 수 있도록 했다.

### ☐ 여유
compusure
餘裕、空暇

例　뭐가 그렇게 바쁜지 생활에 **여유**를 가질 수가 없다.
그의 **여유** 있어 보이는 성격과 태도가 마음에 들었다.

### ☐ 역량[영냥]
capability
能力、本領

例　그는 지도자로서 충분한 **역량**을 가지고 있다.
이번 프로젝트에서 당신의 **역량**을 마음껏 발휘해 보세요.

## ☐ 역전[역쩐]

turn-around
逆轉

例 우리 팀은 연장전 끝에 **역전**에 성공했다.

이 자서전은 인생 **역전**을 이루어낸 사람에 대한 이야기이다.

## ☐ 연간

yearly
全年、年度

例 **연간** 전력 소비량이 매년 늘고 있다.

우리 회사의 **연간** 매출액이 백 억을 넘었다고 한다.

## ☐ 연금

pension
退休金

例 요즘에는 **연금**을 노후대책으로 이용하는 사람들이 많다.

고령화 사회가 되면서 **연금** 제도를 재정비해야 할 필요가 있다.

## ☐ 연민

sympathy
憐憫

例 과연 **연민**이 사랑으로 바뀔 수 있을까?

나는 실패를 거듭하는 그의 모습에 **연민**을 느꼈다.

## 名詞　第9天

□ **열의[여리]**　enthusiasm
熱情、熱衷

例　한국의 어머니들은 교육에 대한 **열의**가 대단하다.
여건이 아무리 좋아도 하고자 하는 **열의**가 없으면 소용없다.

相似　열정　熱情

□ **염려[염녀]**　worry
擔心

例　여러분에게 **염려**를 끼쳐서 죄송합니다.
그 일은 제가 잘 처리할 테니 **염려** 놓으십시오.

相似　걱정, 근심　擔心

□ **예언**　prediction
預言

例　지구가 곧 멸망할 거라는 그의 **예언**은 빗나갔다.
나는 한 예언자의 불길한 **예언**을 듣고 잠을 이루지 못했다.

□ **예의범절**　etiquette
禮儀規矩

例　제일 먼저 가정에서 **예의범절**이 철저하게 지켜져야 한다.
우리나라는 동방예의지국으로 예로부터 **예의범절**을 중시했다.

## □ 예측

例 이번 선거 결과에 대한 **예측**이 어긋나 버렸다.

엉뚱한 그가 무슨 생각을 할지 도저히 **예측**이 안 된다.

forecast
預測

相似 예상　예상
　　　짐작　猜測、斟酌

## □ 오류

例 이 프로그램의 **오류**를 신속히 해결해야 한다.

얼마 전 출판된 책에서 많은 **오류**가 발견되었다.

error
錯誤

## □ 오산

例 일이 다 끝났다고 생각한다면 그건 너의 **오산**이야.

경제적 보상만으로 문제를 해결할 수 있다는 건 큰 **오산**이다.

misjudgment
錯估

## □ 옹호

例 동물 실험에 대한 **옹호** 의견이 나왔다.

국민으로서 기본적 인권을 **옹호** 받을 권리가 있다.

protection
擁護

## 名詞　第9天

### ☐ 외면
look away
不理睬、無視

例　그의 **외면**은 나를 더 비참하게 만들었다.
　　그 제품은 소비자들로부터 꾸준히 **외면**을 당해 왔다.

### ☐ 외환위기
foreign exchange crisis
外匯危機

例　**외환위기**를 맞게 된 정부는 여러 대책을 내놓았다.
　　이 책은 **외환위기**를 극복한 과정에 대해 기록해 놓았다.

### ☐ 요령
know-how
要領、訣竅

例　① 그는 **요령**도 피울 줄 모르는 성실하고 우직한 사람이다.
　　② 처음엔 무척 힘들었지만 **요령**이 생기고 나서는 덜 힘들다.

### ☐ 요행
luck by chance
僥倖

例　**요행**으로 얻은 행복은 금방 사라진다.
　　사람들은 **요행**을 바라는 마음으로 복권을 사기도 한다.

## 우호

friendship
友好

例 한국과 중국은 **우호** 관계를 맺었다.

두 나라 정상은 회담을 통해 **우호**를 더욱 증진시켰다.

## 운송

transportation
運送

例 철로를 이용한 화물 **운송**은 신속하게 이루어진다.

예전에는 배가 중요한 **운송** 수단으로 이용되기도 했다.

## 울타리

fence
籬笆、柵欄

例 ① 옛날에는 **울타리**가 낮아 마당이 훤히 보였다.

② 나는 대학교를 졸업하고 가족의 **울타리**를 벗어나 독립하였다.

## 원리[월리]

principle
原理

例 민주주의의 **원리**를 올바르게 이해해야 한다.

무조건 외우지 말고 먼저 **원리**를 파악하세요.

## 名詞　第9天

### ☐ 원본
original
原本（原始的版本、文件、資料等）

例 학교에서는 모든 서류를 **원본**으로 제출하라고 했다.
이 책의 **원본**은 하나밖에 없으며 현재 박물관에 보관 중이다.

### ☐ 원칙
principle
原則

例 다수결에 의해 기본 **원칙**을 세웠다.
**원칙**에서 벗어나는 행동을 하면 안 된다.

### ☐ 위계질서[위계질써]
order of rank
位階高低

例 군대는 **위계질서**가 엄격하게 지켜지는 곳이다.
가정과 사회에 모두 보이지는 않지만 **위계질서**는 존재한다.

### ☐ 위생
hygiene
衛生

例 **위생** 상태가 안 좋을수록 질병에 걸릴 확률이 높다.
학교 식당에서는 **위생** 관리에 특별히 신경을 써야 한다.

## □ 위안

> 같은 하늘 아래에 있음을 **위안**으로 삼고 널 잡지 않을게.
> 상처를 입은 그들에게 마음으로 **위안**과 용기를 주고 싶었다.

comfort
安慰

## □ 위용

> 올림픽 주경기장은 **위용**을 드러내며 대중에게 공개되었다.
> 골프 황제인 그는 이번 대회에서도 황제의 **위용**을 보여줄 수 있을지 기대가 크다.

dignity
威嚴

## 名詞　第9天 Quiz

Ⅰ. 다음 빈칸에 공통적으로 들어갈 단어를 고르세요.

01
( )을 기르다.
( )이 부족하다.
( )을 발휘하다.

① 역량　② 위생
③ 원리　④ 위안

02
( )을 피우다.
( )이 생기다.
( )을 터득하다.

① 위용　② 요령
③ 요행　④ 옹호

Ⅱ. 다음 단어와 단어의 설명이 맞는 것을 연결하세요.

우호　·　　　·　① 마주하기 싫어서 피하거나 받아들이지 않음.

여유　·　　　·　② 개인이나 국가 간에 서로 친하고 사이가 좋음.

외면　·　　　·　③ 주어진 조건

여건　·　　　·　④ 물질적, 시간적, 공간적으로 모자라지 않고 넉넉함.

위계질서　·　　　·　⑤ 지위나 나이 등에 의한 상하관계에서 당연히 있어야 하는 순서

## 名詞 第10天

### □ 위주
mainly
爲主

例 그 프로그램은 흥미 **위주**로만 만들어졌다.
채소와 과일 **위주**로 식단을 짰더니 몸이 가벼워졌다.

### □ 위탁
consignment
委託

例 대기업으로부터 **위탁**을 받아 물건을 제작했다.
정부에서 **위탁** 운영하는 어린이집이 인기가 많다.

### □ 유세
campaign
遊說

例 그는 차량을 이용해서 선거 **유세** 활동을 한다.
그 후보자는 서울의 한복판에서 거리 **유세**를 펼치고 있다.

### □ 유형
type
類型

例 드라마 속 인물은 몇 가지 **유형**으로 분류할 수 있다.
학생들은 시험에 많이 나왔던 문제 **유형** 위주로 공부했다.

## 名詞  第10天

☐ **유혹**  
temptation  
誘惑

例 나는 그녀의 **유혹**에 넘어가지 않으려고 애를 썼다.  
돈과 권력의 **유혹**에 빠져서 양심을 버린 적도 있었다.

☐ **은퇴**  
retirement  
退休

例 그 선수는 이번 대회를 마지막으로 **은퇴**를 선언했다.  
**은퇴** 후에는 조용한 시골에 내려가 여유롭게 살고 싶다.

☐ **응모**  
application for subscription  
招募

例 이번 경품 이벤트 **응모**는 마감되었습니다.  
**응모** 기간 내에 작품을 제출해서 당선이 되었다.

☐ **의도**  
intention  
意圖

例 그 작품에는 작가의 **의도**가 잘 나타나 있다.  
일이 **의도**대로 되지 않자 그만 상심하고 말았다.

## □ 의문

doubt
疑問

例 친구의 설명을 듣고는 모든 **의문**이 풀렸다.

그가 이 시간에 여기에 왜 왔는지 **의문**이다.

## □ 이론

theory
理論

例 **이론**을 배우고 나서 실기 수업을 할 것이다.

이 책은 경제에 관련된 **이론**들을 모아 놓은 책이다.

## □ 이면

the hidden side of
背後

例 역사의 **이면**에는 많은 희생자들이 존재한다.

한 사람의 성공 **이면**에는 많은 고통과 아픔들이 있다.

## □ 이치

reason
道理、法則

例 책에는 세상의 많은 **이치**들이 담겨 있다.

인간은 자연의 **이치**에 어긋나지 않게 살아야 한다.

名詞　第10天

## ☐ 인근
vicinity
附近

例　**인근** 도로에서 3중 추돌사고가 발생했다.
산불로 인해 **인근** 주민들이 많은 피해를 입었다.

## ☐ 인상
raising
上漲

例　공공요금 **인상** 기획안이 통과되었다.
임금 **인상**을 목적으로 대기업 노동자들이 파업 중이다.

## ☐ 인재
talented person
人才

例　학교는 우수한 **인재** 양성을 목표로 한다.
회사에서는 창조적인 **인재**를 발굴하기 위해 많은 노력을 한다.

## ☐ 인적
sign of life
人跡

例　그들은 **인적**이 없는 거리에서 말다툼을 했다.
이곳은 해가 지면 **인적**이 드물기 때문에 위험하다.

## □ 인접
adjacent
鄰近

例 **인접** 국가들과 친밀한 관계를 유지해야 한다.

서울을 비롯하여 **인접** 지역들도 전세가가 상승하고 있다.

## □ 인파
crowd
人潮

例 명동에서 많은 **인파**에 밀려 넘어질 뻔했다.

그는 광장에 모인 수많은 **인파** 속으로 유유히 사라졌다.

## □ 일각
corner
一角

例 우리가 지금 본 것은 빙산의 **일각**에 불과하다.

동성애 문제가 사회 **일각**에서 계속 제기되고 있다.

## □ 일거수일투족
one's every move
一舉一動

例 그는 나의 **일거수일투족**을 감시한다.

연예인들의 **일거수일투족**을 알아내기 위해서 밤낮없이 따라다니는 극성팬들도 있다.

## 名詞  第10天

### ☐ 일리
makes sense
有道理

> 例  네 말에도 **일리**가 없는 건 아니야.
> 양쪽 모두 **일리**가 있으니 양보와 타협으로 해결합시다.

### ☐ 일선[일썬]
the front lines
第一線

> 例  교수들이 **일선**에 나서서 해결 방안을 논의 중이다.
> 이번 계약을 성공리에 마친 후 **일선**에서 물러날 계획이다.

### ☐ 일쑤
be always doing
動不動、經常

> 例  그는 게임을 하다가 밤새우기 **일쑤**예요.
> 그녀는 성격이 급해서 뛰어가다가 넘어지기 **일쑤**이다.

*~기 일쑤이다  經常~

### ☐ 일품
excellent
極品

> 例  공연에서 그의 노래와 춤은 **일품**이었다.
> 겨울밤에 먹는 고구마와 김치 맛은 **일품**이다.

## □ 일환

part
一環

例 이번 여행은 역사 교육의 **일환**이었다.

환경 사업의 **일환**으로 도로에 나무를 심기로 했다.

## □ 임무

assignment
任務

例 그는 주어진 **임무**를 성실히 수행하고 있다.

그는 어려움 속에서도 맡은 바 **임무**를 완수했다.

## □ 입지[입찌]

location
環境、布局

例 우리나라는 수산업에 유리한 **입지** 조건을 갖추고 있다.

우리 회사는 이번 수출로 글로벌 회사로서 **입지**를 굳혔다.

## □ 자각

self-awareness
自覺

例 그의 작품은 부조리한 현실의 **자각**에서 시작되었다.

이 책을 통해 국가의 주인은 국민이라는 **자각**을 갖게 되었다.

## 名詞　第10天

□ **자격**　qualification 資格

例　① 외교관 **자격**으로 행사에 참가하였다.
　　② 졸업을 하기 위해서는 일정한 **자격**을 갖추어야 한다.

□ **자랑**　boast 自誇、炫耀

例　나는 네가 내 친구라는 것을 **자랑**으로 여긴다.
　　그는 만나자마자 계속 자기 **자랑**을 늘어놓았다.

名詞　第10天 Quiz

I. 다음 빈칸에 알맞은 단어를 쓰세요.

01　어떤 일을 할 수 있는 학식이나 능력을 갖춘 사람을 일컫는 말은?

| ㅇ | ㅈ |

02　자기의 처지나 능력 등을 스스로 깨닫는 것을 일컫는 말은?

| ㅈ | ㄱ |

03　크고 작은 동작 하나하나를 모두 일컫는 말은?

| ㅇ | ㄱ | ㅅ | ㅇ | ㅌ | ㅈ |

II. 다음 (　) 안에서 문장에 알맞은 단어를 골라 ○ 하세요.

01　늦게 자는 습관 때문에 아침에 지각하기 ( 일쑤예요, 일품이에요 ).

02　상대편의 이야기를 자세하게 들어 보니 그 사람들의 말에도 ( 일리, 일각 )이/가 있다는 생각이 들었다.

03　이번 올림픽을 끝으로 선수 생활을 끝낸 그는 팬들의 사랑에 보답하기 위해서 이번 5월에 ( 위탁, 은퇴 ) 무대를 마련한다고 한다.

04　투표일이 다가오자 선거 후보자들은 방송 차량을 이용해 ( 유세, 이면 ) 활동을 하는 등 활발한 움직임을 보이고 있다.

## 名詞　第11天

□ **자선**　　charity / 慈善

例　연말에 학생들을 위한 **자선** 음악회를 개최할 예정이다.
　　최근에는 어려운 이웃을 위해 **자선**을 베푸는 사람들이 늘었다.

□ **자질**　　qualification / 天分、資質

例　그는 아직 학자로서의 **자질**이 부족하다.
　　그는 아버지의 음악적 **자질**을 그대로 이어받았다.

□ **자태**　　figure / 姿態

例　그녀는 인터뷰 내내 우아한 **자태**를 유지했다.
　　화보를 통해 그녀의 아름다운 **자태**를 볼 수 있다.

相似　자세　姿勢　모습　樣子

□ **잡념[잠념]**　　distracting thoughts / 雜念

例　여러가지 **잡념**이 머릿속을 떠나지 않는다.
　　**잡념**을 없애기 위해서 어떻게 해야 합니까?

## 잡음

noise
雜音、閒話、非議

例 라디오에서 심한 **잡음**이 난다.

심판 판정 결과에 대한 **잡음**이 끊이지 않는다.

## 저항

resistance
抵抗

例 이 영화는 독재에 대한 **저항**의 이야기다.

나는 사회 비판과 **저항**에 대한 글을 읽고 있다.

相似 거부 拒絕
　　 반항 反抗
相反 굴복 屈服

## 적응

adaptation
適應

例 나는 새로운 곳에서의 **적응**이 쉽지 않다.

그의 성공 요인 중 하나는 빠른 **적응**이다.

## 적정[적쩡]

reasonableness
適當、合理

例 이 아파트의 **적정** 가격은 얼마입니까?

겨울철에도 실내 **적정** 온도를 유지해야 한다.

## 名詞　第11天

□ **전략[절략]**　　strategy 戰略

例　오늘은 판매 **전략**에 대한 회의를 하려고 한다.
　　이번 경기에서 우승을 하기 위해서는 **전략**을 잘 짜야 한다.

---

□ **전망**　　view, fore cast 視野、前途

① 산 위에 올라와 보니 **전망**이 좋다.
② 앞으로의 **전망**에 대하여 알아보겠습니다.

---

□ **절약**　　saving 節約

例　**절약**이야말로 부자가 되는 지름길이다.
　　에너지 **절약**을 위한 효과적인 방법은 무엇입니까?

---

□ **절차**　　procedure 手續

例　이혼할 때는 법적 **절차**를 거쳐야 한다.
　　이곳은 환불 **절차**가 너무 복잡하여 포기하였다.

相似　순서, 차례
　　　順序、次序

## □ 정복

conquest
征服

例 우주 **정복**이 나의 꿈이다.

선수들은 다시 한 번 정상 **정복**을 다짐했다.

## □ 정비

maintenance, organize
整備、整頓

例 교육 제도 **정비**가 시급하다.

나는 자동차 **정비** 일을 하고 있다.

## □ 정식

formal
正式

例 그는 **정식**으로 미술 교육을 받은 적이 없다.

오랫동안 사귄 여자 친구에게 **정식**으로 프러포즈를 하였다.

## □ 정의1[정의/정이]

definition
定義

例 민주주의의 **정의**가 뭐예요?

시대가 변해 민주주의에 대해 새로운 **정의**를 내렸다.

相似 뜻 意思

## 名詞　第11天

□ **정의2**[정의/정이]　justice 正義

例　**정의**는 반드시 승리한다.
사회 **정의**를 실현하기 위해 국민들이 모두 힘을 모았다.

□ **정책**　policy 政策

정부 **정책**만으로는 한계가 있을 것이다.
효과적인 **정책**을 세워 경기를 활성화시켜야 한다.

□ **정화**　purification 淨化

例　새 정부는 사회 **정화**를 위해 노력하고 있다.
학교 주변에 환경 **정화** 시설을 만들어야 한다.

□ **정황**　situation 情況

例　확인 결과 부실시공의 **정황**이 드러났다.
여러 가지 **정황**으로 보아 그가 범인임에 틀림없다.

相似　상황　情況

## □ 제격

perfect for
適合（有再好不過之意）、恰到好處

例 이 역할에는 그 배우가 **제격**이다.

칼로리가 낮은 과일과 채소가 다이어트에 **제격**이다.

## □ 제도

system
制度

例 그 나라의 사회 **제도**는 어떤가요?

나는 회사의 복지 **제도**에 대해서 불만이 많다.

## □ 제약

restriction
限制、制約

例 실패를 두려워하면 행동에 **제약**이 따른다.

이 회사의 좋은 점은 출퇴근 시간의 **제약**이 없다는 것이다.

相似　통제　管制
　　　 제한　限制
　　　 구속　約束

## □ 제자리걸음

remain stationary
原地踏步

例 한 달이 지났는데도 시청률이 **제자리걸음**이다.

몇 시간 동안 회의를 했음에도 결론이 나지 않고 **제자리걸음**이다.

## 名詞　第11天

### □ 조망
view
視野、遠景

例 창문을 남향에 만들어 채광과 **조망**이 좋다.
산에 오르면 사방으로 탁 트인 **조망**을 즐길 수 있다.

相似 전망　視野

### □ 조화
harmony
和諧、搭配

例 이번 공연은 동서양의 **조화**를 보여주었다.
주전 선수와 팀원들이 **조화**를 이루다 보니 경기력이 한층 좋아졌다.

相似 어울림　適合
相反 부조화　不和諧

### □ 존폐
(whether to) continue or eliminate
存廢

例 현재 사형제도 **존폐**에 대한 토론을 하고 있다.
이 일은 회사의 **존폐**와 관련된 심각한 문제이다.

### □ 주목
attention
矚目

例 저 사람은 전 세계의 **주목**을 받고 있는 감독이다.
드라마의 인기가 높아지면서 드라마에 삽입된 음악이 **주목**을 끌고 있다.

相似 주시　注視
　　 각광　矚目

## ☐ 주범

例 내 스트레스의 **주범**은 모두 시험이다.

사건을 신고한 사람이 이번 사건의 **주범**이었다.

main culprit
（造成不良結果的）主要原因、罪魁禍首

## ☐ 주체

例 국가의 **주체**는 국민이다.

모든 일은 자신이 **주체**가 되어 결정해야 한다.

main agent
主體

相似 핵심　核心
　　　중심　中心
相反 객체　客體

## 名詞　第11天

I. 다음 빈칸에 공통적으로 들어갈 단어를 고르세요.

01　(　)이 좋다/밝다.
　　(　)이 나쁘다/어둡다.

① 제격　　　　　② 제약
③ 전망　　　　　④ 주범

02　(　)을 짜다.
　　(　)을 세우다.

① 정복　　　　　② 주범
③ 조망　　　　　④ 전략

II. 다음이 설명하는 단어를 <보기>에서 골라 쓰세요.

<보기>　잡념　　적정　　조화　　정화

01　[　　　　　] : 서로 잘 어울림

02　[　　　　　] : 알맞고 바른 정도

03　[　　　　　] : 여러가지 잡스러운 생각

04　[　　　　　] : 더러운 것을 깨끗하게 함

## 名詞　第12天

### ☐ 줏대[주때/줃때]
backbone
骨氣、主見

例　그는 귀도 얇고 **줏대**도 없는 사람이다.
　　**줏대** 없는 행동을 하다가는 후회하기 마련이다.

### ☐ 중반
middle stage
中間階段

例　경기 **중반**이 지나니 선수들이 지쳐 보였다.
　　인생의 **중반**을 넘기고 보니 아쉬운 일들이 많다.

*초반-중반-후반
　初期－中期－後期

### ☐ 중앙
center
中央、中間

例　사무실 **중앙**에 큰 탁자를 놓았다.
　　모든 자료는 **중앙** 도서관에서 대여할 수 있습니다.

### ☐ 증진
enhancement
增進

例　양국은 우호 **증진**을 위해 교류를 활발히 했다.
　　국민들의 건강 **증진**을 위해 생활 체육을 활성화시켜야 한다.

相反　감퇴 衰退

101

名詞　第12天

## ☐ 지능
intelligence
智力

例　숫자를 이용한 게임은 **지능**에 도움이 된다.
　　**지능**이 좋은 사람들만 성공하는 것은 아니다.

## ☐ 지렛대[지레때/지렏때]
lever
槓桿

例　**지렛대**를 이용하여 무거운 바위를 옮겼다.
　　그 기업은 경제 발전의 **지렛대** 역할을 했다.

## ☐ 지름길[지름낄]
shortcut
近路

例　늦지 않게 **지름길**로 갑시다.
　　성공의 **지름길**은 노력밖에 없습니다.

## ☐ 지면
ground
地面

例　**지면**이 고른 곳에 돗자리를 펼까요?
　　평평한 **지면** 위에 집을 짓는 것이 좋다.

相似　땅　土地
　　　땅바닥　地面

## ☐ 지반

ground, foundation
地基

例 **지반**에 균열이 생기지 않도록 시멘트를 잘 발라야 한다.

시간이 오래 걸리더라도 **지반**을 먼저 다지는 것이 중요하다.

## ☐ 지수

index
指數

例 올해 소비자 물가 **지수**가 어떻게 되죠?

개가 원숭이보다 지능 **지수**가 낮게 나왔다.

## ☐ 지연

delay
延遲

例 출발 시간 **지연**으로 일에 차질이 생겼다.

공사 **지연**으로 말미암아 여러 문제점이 생겼다.

相似 지체 延遲

## ☐ 지장

disturbance
妨礙、打擾

例 다른 사람의 일에 **지장**을 주어서는 안 된다.

간단한 수술이라 생활에 **지장**을 주지 않는다.

相似 방해 妨礙

## 名詞　第12天

### ☐ 지침
guidelines
方針

例　회사의 **지침**에 이의가 있는 사람은 말해 주세요.

　　공사 **지침**을 마련하였으니 그대로 따라 주시기 바랍니다.

### ☐ 지혜
wisdom
智慧

例　책 속에서 삶의 **지혜**를 배울 수 있다.

　　이번 일은 모두의 **지혜**를 모아 해결해야 한다.

### ☐ 진로[질로]
course (of future life)
出路、前途

例　졸업 후에 **진로**를 결정했나요?

　　요즘 **진로** 상담을 받으러 오는 학생들이 많다.

### ☐ 진열[지녈]
display
陳列

例　골목에는 **진열**이 예쁘게 되어 있는 가게가 많다.

　　상품의 **진열**이 흐트러지지 않게 잘 정리해 주세요.

## □ 질

quality, nature of person
品質、品行

例 나는 양보다 **질**을 우선시한다.

**질**이 나쁜 친구들은 멀리하는 게 좋다.

相反 양 量

## □ 질의 [지릐/지리]

question
質問、質疑

例 학생들의 **질의**에 답하도록 하겠습니다.

그럼 지금부터 **질의** 시간을 갖겠습니다.

相似 질문 問題
相反 답 回答
*질의를 하다/받다
　質問/接受質問

## □ 차단

blockade
阻隔、隔絕

例 나는 전자파 **차단**에 대한 연구를 하고 있다.

자외선 **차단**을 위해 선글라스를 끼는 것이 좋다.

## □ 차원

level
層面

例 부동산 문제는 국가 **차원**에서 해결해야 한다.

이 문제를 좀 더 다른 **차원**으로 생각해 보는 것은 어때요?

## 名詞　第12天

### ☐ 차질
problem
差錯、問題

例　일에 **차질**이 생겨 큰 손해를 보았다.
　　이번 행사에 **차질**이 없도록 철저하게 준비하세요.

### ☐ 착오
mistake
差錯、失誤

例　일이 **착오** 없이 진행되어 다행이다.
　　제 **착오**로 이렇게 된 것이니 제가 보상하겠습니다.

相似　잘못, 실수　失誤

### ☐ 찬사
praise
讚美

例　이 작품으로 독자들에게서 많은 **찬사**를 받았다.
　　관객들은 영화감독에게 아낌없이 **찬사**를 보냈다.

### ☐ 참모습
true color
真面目

例　도대체 너의 **참모습**은 뭐야?
　　자신의 **참모습**을 남들에게 보여주기는 쉽지 않다.

## □ 처벌

例 잘못을 했으면 **처벌**을 받는 것이 당연하다.
　　죄를 짓고도 가해자는 **처벌**을 받지 않았다.

punishment
處罰

相似　벌　處罰

## □ 처지

例 친구의 **처지**가 굉장히 딱하게 됐다.
　　그 사람과는 **처지**가 비슷해서 그런지 동병상련을 느낀다.

position, circumstance
處境

相似　사정　事情
　　　상황　情況
　　　환경　環境

## □ 청중

例 예상 외로 **청중**의 호응이 좋았다.
　　이번 대회는 **청중** 평가로 결승 진출자를 뽑겠습니다.

audience
聽眾

## □ 체계

例 이 회사는 전달 **체계**가 복잡하여 일의 진행이 더디다.
　　생긴 지 얼마 안 돼서 그런지 **체계**가 잡히지 않은 것 같

system
體系

## 名詞  第12天

다.

□ **체면**  face(honor)
體面、面子

例 이번 일로 인해 나의 **체면**이 구겨졌다.
우리나라는 **체면**을 중시하는 문화이다.

相似 낯 臉
　　 면목 面目

□ **체증**  cougestion, indigestion
堵塞、噎到

例 출퇴근 시간에는 교통 **체증**이 심하다.
고민이 해결되자 십년 묵은 **체증**이 가시는 것 같다.

# 名詞 第12天 Quiz

Ⅰ. 다음 단어와 비슷한 의미의 단어를 연결하세요.

지연 ·　　　　　　　· 상황
지장 ·　　　　　　　· 면목
차단 ·　　　　　　　· 지체
처지 ·　　　　　　　· 장애
체면 ·　　　　　　　· 봉쇄

Ⅱ. 다음 빈칸에 알맞은 단어를 고르세요.

**01** 부모들은 자녀 교육의 궁극적인 목적이 무엇인지를 명확히 해야한다. 즉, 부모가 원하는 대로 공부를 시키는 것인가 아니면 자녀가 원하는 직업을 가지기 위해 교육을 시키는 것인가를 명확히 해야 한다. 부모가 원하는 것이 아닌 자녀가 하고 싶어하고 잘하는 일을 찾는 것이 자녀가 성공할 수 있는 (　　)이다.

① 지혜　　　　　　② 정식
③ 진로　　　　　　④ 지름길

**02** 최근 기반시설이 노후되고 문화・복지・편의시설의 부족으로 산업단지 내 취업을 기피하고 있는 청년들이 많다. 이를 극복하고 앞으로 산업단지가 새롭게 도약하기 위해 우선 산업단지 개발・관리에 대한 인식의 변화가 앞서야 한다. 저성장을 극복하기 위해 산업단지에 투자를 하고 일자리를 늘리도록 해 산업 단지가 경제 성장의 (　　) 역할을 할 수 있도록 해야 한다.

① 줏대　　　　　　② 체계
③ 지렛대　　　　　④ 참모습

## 名詞　第13天

### ☐ 체질
constitution(physical)
體質

例　체질에 맞는 약을 먹어야 효과가 있다.
　　부정부패가 많은 조직은 체질 개선에 힘써야 한다.

### ☐ 체통
dignity
體統、體面

例　어른으로서 체통을 지키세요.
　　양반은 체통을 차리는 것을 중요시했다.

相似　체면　體面
　　　품위　身分

### ☐ 추세
trend
趨勢

例　청소년들의 범죄가 증가하는 추세이다.
　　관광객이 지속적으로 감소 추세를 보이고 있다.

相似　경향　傾向
　　　흐름　走向

### ☐ 출신[출씬]
person's origin
出身、身家

例　그 회사에는 명문 대학 출신이 많다.
　　재벌가 출신의 정치인이 대통령 후보로 나왔다.

## ☐ 출판

publication
出版

例 나는 교수님의 **출판** 기념회에 참석했다.

그 기업은 **출판** 사업으로까지 확장하려고 한다.

## ☐ 충격

shock, impact
衝擊

例 아버지는 큰 **충격**을 받고 쓰러지셨다.

그 사람은 아직 **충격**에서 벗어나지 못하고 있다.

## ☐ 충동

impulse
衝動

例 예쁜 것을 보면 사고 싶은 **충동**을 느낀다.

우울증으로 인해 자살 **충동**을 느끼는 사람이 늘고 있다.

## ☐ 취지

purpose, intent
宗旨

例 이번 행사는 **취지**는 좋으나 효과가 있을지 의심스럽다.

그 배우는 영화의 **취지**가 좋아 출연을 결심했다고 한다.

相似 의도 意圖
　　　목적 目的

## 名詞　第13天

### ☐ 측면[층면]
aspect, side
側面、方面

例　상대팀은 **측면**이 약하니까 측면 공격을 하는 게 어때요?
　　이 장면은 교육적인 **측면**에서는 별로 좋지 않다고 생각합니다.

相似　방면　方面

### ☐ 치안
public order
治安

例　**치안**이 가장 좋은 나라가 어디인가요?
　　잇달아 발생한 범죄 때문에 경찰들은 **치안** 유지에 힘쓰고 있다.

### ☐ 치유
cure
治癒

例　**치유**의 숲에 오시면 포근함을 느낄 수 있습니다.
　　요즘은 **치유**를 목적으로 여행을 떠나는 사람이 많다.

### ☐ 침체
recession
停滯

例　경기 **침체**로 인해 청년 실업률이 증가하고 있다.
　　부동산 **침체**에도 특정 지역의 집값은 여전히 떨어지지 않고 있다.

## □ 침투
permeation
滲透

例 세균 **침투**를 막기 위해 소독제를 수시로 사용하고 있다.
세균과 공기의 **침투**를 막으려면 밀봉을 확실히 해야 한다.

## □ 쾌거
splendid achievement
壯舉

例 공연이 전일 매진되는 **쾌거**를 이뤘다.
이번 올림픽에서 금메달을 따는 **쾌거**를 이루었다.

## □ 타격
hit, shock, damage
打擊

例 태풍으로 인해 농가가 큰 **타격**을 받았다.
갑자기 뒤에서 **타격**을 가하는 바람에 피할 틈이 없었다.

## □ 타협
compromise
妥協

例 양보와 **타협**으로 화합을 이루어야 한다.
좋은 리더에게 필요한 것은 소통과 **타협**이다.

相似 협상 協商
협의 協議

## 名詞　第13天

□ **탈락**

dropping out
落選、淘汰

例　당선이 유력했던 그가 **탈락** 후보로 선정됐다.
　　몇 차례 **탈락** 위기가 있었지만 끝내 합격했다.

相反　통과　通過
　　　합격　合格

---

□ **탓[탇]**

because of
因為〜所致（而發生不好的事情）

例　이렇게 된 것은 모두 너의 게으름 **탓**이다.
　　내 **탓**으로 인해 모든 일이 물거품이 되었다.

相反　덕분　托〜福

---

□ **터전**

base
基地、根基

例　어부는 바다를 **터전**으로 생각하고 살아왔다.
　　북극곰은 환경파괴로 인해 삶의 **터전**을 빼앗겼다.

相似　근거　根據
　　　기초　基礎
　　　기반　基石

---

□ **토대**

foundation
基礎

例　그는 다양한 경험을 **토대**로 사업을 시작했다.
　　그는 과학적인 근거를 **토대**로 자신의 주장을 증명해 보였다.

相似　밑바탕　基礎
　　　터전　根基

## 통계

statistics
統計

例 **통계**에 따르면 경기는 회복될 기미를 보이지 않고 있다.
한국의 고령화 현상은 **통계**를 통해 더 확실히 알 수 있었다.

## 통념

common idea
普遍的概念

例 이 연극은 사회적 **통념**에 도전하는 작품이다.
그는 기존의 **통념**과 상식을 깰 참신한 아이디어로 관심을 모았다.

## 통증[통쯩]

pain
疼痛

例 비가 오면 허리 **통증**이 더 심해진다.
**통증**을 없애기 위해서는 꾸준한 건강관리가 필요하다.

相似 아픔 疼痛

## 통합

integration
統合

例 양측의 **통합**을 놓고 의견이 분분하다.
그들은 서로 양보하여 **통합**을 이루었다.

相反 분리 分離
분할 分割

## 名詞　第13天

### ☐ 퇴치
eradication
撲滅、清除

例　그는 마약 **퇴치** 운동에 앞장서고 있다.
　　그는 기생충 **퇴치** 사업을 실시하여 건강 증진에 힘쓰고 있다.

### ☐ 투기
speculation
投機

例　그는 부동산 **투기** 의혹을 받고 있다.
　　나는 **투기** 목적으로 집을 구입한 것이 아니다.

### ☐ 투자
investment
投資

例　정부는 환경 기술 개발에 **투자**를 확대하기로 했다.
　　주식 **투자** 상품은 안정적인 수익을 기대하기 힘들다.

### ☐ 투정
tantrum
折騰（淘氣、折磨人）

相似　불평　不滿

例　어린애처럼 철없는 **투정**은 그만 두세요.
　　아이는 심술이 났는지 종일 **투정**만 부리고 있다.

## □ 특색[특쌕]

distinct characteristic
特色

例 평범한 음식보다 **특색** 있는 음식이 각광을 받고 있다.

정부는 지역별 **특색**을 이용하여 관광 상품을 개발하였다.

相似 특징 特徵

## □ 특유

unique
特有

例 양고기는 **특유**의 향이 난다.

독일 맥주는 **특유**의 쌉쌀한 맛이 잘 살아 있다.

相似 고유 固有

## 名詞　第13天 Quiz

I. 사람의 체질은 크게 태양인, 태음인, 소양인, 소음인으로 구별을 할 수 있는데요. 당신은 어떤 체질입니까?

| 태양인 | 태음인 | 소양인 | 소음인 |

II. 다음 그래프를 보고 빈칸에 알맞은 단어를 골라 쓰세요.

<보기>　투자　　통계　　침체　　추세

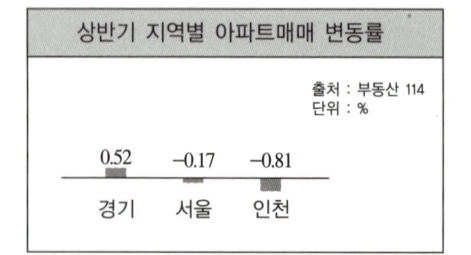

**상반기 지역별 아파트매매 변동률**
출처 : 부동산 114
단위 : %

0.52　-0.17　-0.81
경기　서울　인천

부동산 114가 조사한 ( 1 ) 자료에 따르면 최근 서울과 수도권 지역의 아파트 매매율이 감소하는 ( 2 )이다. 이러한 부동산 ( 3 )로 인하여 아파트를 비롯한 부동산에 ( 4 )를 하는 사람도 더불어 감소하였다. 앞으로 부동산 활성화를 위한 대책이 시급하다.

# 名詞　第14天

## □ 특집[특찝]
feature, special edition
特輯

例　설날 **특집** 프로그램은 가족 영화가 많다.
　　우리 회사는 창립 기념일을 맞아 **특집** 사보를 발행하였다.

## □ 틈새
crack
空隙

例　창문 **틈새**로 들어오는 바람이 차다.
　　치아 **틈새**가 벌어져서 교정이 필요하다.

相似　틈　縫隙
　　　간격　間距

## □ 파급
spread, influence
波及

例　이번 일로 인해 어떤 **파급**이 예상됩니까?
　　그 보고서는 지역 경제에 미치는 **파급** 효과에 대해 조사했다.

## □ 파동
wave
波動

例　잔잔한 강가에 돌을 던지니 수면에 **파동**이 일었다.
　　지난 해에 석유 공급의 부족에 따른 가격 폭등으로 석유 **파동**이 있었다.

相似　움직임　動作

## 名詞　第14天

### ☐ 판단
judgment
判斷

例 이제는 과감히 **판단**을 내려야 할 때다.
모든 일은 자신의 **판단**에 따르는 수밖에 없다.

### ☐ 판독
decipherment
解讀

例 야구 경기에 비디오 **판독** 제도가 도입되었다.
경기 녹화 장면은 **판독**이 불가능할 정도로 화질이 좋지 않다.

### ☐ 판정
judgment
判定

例 심사의 **판정** 기준이 모호해 신뢰도가 떨어진다.
비디오 판독으로 심판의 **판정**이 옳았음이 증명되었다.

相似　판단　判斷
　　　판별　判別

### ☐ 패기
ambition
志氣、雄心

例 청년들은 열정과 **패기**로 창업을 했다.
의욕과 **패기**가 넘치는 분들의 많은 지원 바랍니다.

## □ 팽창

例 복부 **팽창**은 건강의 적신호를 나타낸다.
기업은 양적 **팽창**이 아닌 질적 팽창에 힘써야 한다.

expansion
膨脹

相反 수축 收縮

## □ 편식

例 어린이들에게 **편식**과 비만 예방 교육을 하고 있다.
건강을 위해서는 **편식** 없이 골고루 먹는 것이 좋다.

to eat only what one wants
偏食

## □ 평생

例 나는 **평생**을 같이 할 사람을 찾고 있다.
그는 **평생** 한 우물만 판 끈기 있는 사람이다.

lifetime
一生

相似 일생 一生

## □ 폐기물

例 음식물 **폐기물**이 해마다 증가하고 있다.
현재 **폐기물**을 재활용할 수 있는 방법을 연구 중이다.

waste
廢棄物

## 名詞　第14天

### □ 포부
ambition
抱負

例　그는 이번 경기에서 승리를 하겠다는 **포부**를 밝혔다.
네가 갖고 있는 **포부**를 실현하려면 열심히 노력해야 한다.

相似　희망 希望
　　　계획 計畫
　　　야망 野心

### □ 포용
magnanimity
包容

例　리더에게 필요한 것은 배려와 **포용**이다.
**포용**은 남을 너그럽게 감싸주는 것이다.

相反　배척 排斥

### □ 폭력[퐁녁]
violence
暴力

例　최근 아동과 관련된 **폭력** 사건이 자주 발생하고 있다.
이 영화는 학교 **폭력**을 의미 있게 다룬 영화라 청소년들에게 추천했다.

### □ 표창
commendation
表彰

例　그는 대통령으로부터 우수 시민 **표창**을 받았다.
우리 학교에서는 봉사활동을 열심히 한 학생에게 **표창**을 수여하였다.

## □ 품격[품껵]

例 그의 **품격**이 있는 행동은 참 멋있었다.

이 책은 **품격** 있게 사는 방법에 대한 내용을 다루었다.

dignity
品格

相似 품위　品味
　　　격　格調

## □ 풍모

例 눈 덮인 산세의 **풍모**는 아름답기 그지없었다.

그 사람의 마음 씀씀이만 봐도 대인의 **풍모**가 느껴진다.

appearance
風貌、風采

## □ 핀잔

例 자꾸 **핀잔**을 듣다 보니 의기소침해졌다.

친구가 왜 이렇게 늦었냐며 **핀잔**을 주었다.

scolding
責備

## □ 핑계

例 그는 사과는 하지 않고 **핑계**만 대고 있다.

바쁘다는 **핑계**로 찾아뵙지 못해 죄송합니다.

excuse
藉口、理由

## 名詞　第14天

□ **하자**　　flaw
　　　　　　瑕疵

例　**하자**가 없는 물건으로 배달해 주세요.
　　　**하자**가 있는 제품은 바로 교환해 드립니다.

相似　결점　缺點

---

□ **한복판**　middle, center
　　　　　　中間、中心

例　그는 길 **한복판**에서 장사를 하고 있다.
　　　서울 시내 **한복판**에서 인질극이 벌어졌다고 한다.

相似　가운데　中間
　　　중앙　　中央

---

□ **함양**　cultivation
　　　　　涵養

例　클래식은 아이들의 정서 **함양**에 좋다.
　　　학교에서는 학생들의 능력 **함양**을 위한 교육을 하고 있다.

---

□ **항목**　article
　　　　　項目

例　설문 조사에서 잘못된 **항목**을 수정해 주세요.
　　　건강 검진을 받을 때 어떤 검사 **항목**을 선택하는 게 좋을까요?

相似　조항　條款
　　　사항　事項

## □ 향수병[향수뼝]

homesickness
思鄉病、鄉愁

例 외롭거나 몸이 아플 때 **향수병**에 걸리기 쉽다.

**향수병**이란 집을 떠나 낯선 곳에 갔을 때 겪는 증상이다.

## □ 허구

fiction
虛構

例 과학적 근거 없이 **허구**로 밝혀진 민간요법이 많다.

이 영화는 **허구**의 내용을 현실감 있게 잘 만들었다.

## □ 현황

present condition
現況

例 사장님은 오자마자 회사 자산 **현황**을 확인했다.

이번 사건으로 인한 구체적인 **현황**을 살피고 대책을 마련해야 한다.

## □ 협조[협쪼]

cooperation
協助

例 경찰이 검찰에 수사 **협조**를 요청했다.

여러분들의 **협조**로 이 일은 무사히 마칠 수 있었습니다.

相似 협력 協力
　　 도움 幫助

## 名詞　第14天

□ **형편**

　circumstances
　情況、生活情況

例　지금은 여행갈 **형편**이 아니다.

　　그는 갑자기 일자리를 잃어 **형편**이 꽤 어려워졌다.

相似　상황　狀況

□ **혜택**

　benefit
　好處、恩澤

例　현대인들은 문명의 **혜택**을 누리고 있다.

　　정부는 독거노인들이 복지 **혜택**을 받을 수 있도록 대책을 마련했다.

## 名詞　第14天 Quiz

Ⅰ. 사람들이 흔히 하는 핑계들은 어떤 게 있을까요?

사귀자고 하는 이성을 거절할 때 하는 핑계

1. 지금 누구를 사귈 여유가 없어.
2. 너와 잘 맞지 않을 거 같아.
3. 너에게 부담주고 싶지 않아.
4. 너는 나보다 더 좋은 사람을 만나야 해.
5. 너에게 잘 해줄 자신이 없어.

회사에서 정시에 퇴근하고 싶을 때 하는 핑계

1. 오늘 부모님 생신이라서요. 가족들이랑 저녁 모임이 있습니다.
2. 저 영어 학원에 가야 해서요. 학원비도 비싼데 결석하면 손해죠.
3. 감기 기운이 있는데 병원이 늦게까지 진료를 안 한다고 해서요.
4. 조금만 늦어도 길이 너무 막혀서 일찍 들어가겠습니다.
5. 저도 이제 결혼해야죠. 소개팅 시간에 늦어서요.

## 名詞　第15天

### ☐ 호응
response, acting in concert
響應

例 행사는 예상 외로 **호응**이 좋았다.
　 강연은 청중들의 뜨거운 **호응**을 얻었다.

### ☐ 호칭
appellation
稱呼

例 나이와 성별에 따라 **호칭**이 다르다.
　 사람을 만날 때 어떤 **호칭**으로 불러야 할지 난감할 때가 많다.

相似 칭호 稱呼

### ☐ 호평
favorable comment
好評

例 두 배우의 연기에 **호평**이 쏟아졌다.
　 게시판은 시청자들의 **호평**으로 채워졌다.

相反 악평 惡評
　　 혹평 批評

### ☐ 혹한[호칸]
bitter cold
酷寒

例 **혹한** 속에서도 훈련은 계속됐다.
　 오랜 **혹한**으로 에너지 가격이 상승하였다.

相似 강추위 嚴寒
相反 무더위, 폭염 酷暑

## 혼돈

chaos
渾沌

例 유럽 전역이 재정 위기로 **혼돈**에 빠졌다.

부패 정권이 계속되는 한 **혼돈**의 시대가 끝나지 않을 것이다.

相反 질서 秩序

## 혼란[홀란]

confusion
混亂

例 여당의 분열로 정치적 **혼란**이 초래되었다.

해외에 사는 교포들 중에 자신의 민족성과 정체성에 **혼란**을 겪는 사람들이 많다고 한다.

## 혼합

mixture
混合

例 아이들은 물감놀이로 색의 **혼합**을 배운다.

과일과 야채로 만든 **혼합** 음료가 인기를 끌고 있다.

## 화근

source of trouble
禍根

例 모든 일은 항상 욕심이 **화근**이다.

**화근**이 될 만한 일은 아예 안 하는 것이 낫다.

## 名詞　第15天

### ☐ 화두
topic
話題

例　올해 최고의 **화두**는 소통이다.
　　실업 문제가 국가적 **화두**로 떠오르고 있다.

### ☐ 화법[화뻡]
speech
說話的方法

例　그녀의 솔직한 **화법**에 청중들의 호응이 좋았다.
　　가끔은 직설 **화법**보다 간접 **화법**이 효과적일 때가 있다.

### ☐ 화제
topicality
話題

例　그는 올해 **화제**의 인물로 선정되었다.
　　영화와 드라마의 성공으로 그는 **화제**의 주인공이 되었다.

*화제가 되다　成為話題
　화제를 낳다　造成話題
　화제를 모으다　收集話題

### ☐ 화질
image quality
畫質

例　휴대 전화의 **화질**이 매우 선명하다.
　　컴퓨터 **화질**이 흐린 데다가 화면도 자꾸 꺼진다.

## ☐ 화합

harmony
和睦、和諧

例 우리 회사는 조직의 **화합**을 위해 회식을 자주 한다.

구세대와 신세대는 운동 경기를 통해 **화합**의 장을 이뤘다.

## ☐ 화해

reconciliation
和解

例 그녀는 나와의 **화해**를 거부했다.

친구에게 **화해**의 손길을 내밀었다.

## ☐ 확답[확땁]

definite answer
明確的答覆

例 기자의 질문에 그는 **확답**을 피했다.

이 문제에 대해 바로 **확답**을 줄 필요는 없다.

## ☐ 확률[황뉼]

probability
機率

例 우리 팀이 경기에서 이길 **확률**이 크다.

준비 없는 창업은 실패할 **확률**이 높다.

## 名詞　第15天

### ☐ 확보[확뽀]
securement
確保

例 우리는 경쟁력 **확보**를 위해 노력해야 한다.

학교에서는 학교 주변의 안전 **확보**에 애쓰고 있다.

### ☐ 확장[확짱]
expansion
擴張

例 우리 병원은 **확장** 이전을 하게 되었다.

그는 사업 **확장**을 위해 밤낮으로 일하고 있다.

### ☐ 환상
illusion, fantasy
幻想

例 여러분을 **환상**의 세계로 초대합니다.

그는 관객들에게 **환상**의 무대를 보여주었다.

### ☐ 환심
favor
歡心

例 나는 그녀의 **환심**을 사기 위해 선물을 준비했다.

그 식당은 맛과 분위기로 손님들의 **환심**을 얻었다.

## ☐ 황금기

golden age
黃金時期

例 지금이 내 인생의 **황금기**라고 생각한다.

자신의 역량을 펼치며 주변 사람들에게 인정받는 시기를 **황금기**라고 부른다.

## ☐ 획득[획뜩]

acquisition
獲得

例 메달 **획득**을 위해 열심히 노력하고 있다.

이 강의는 고득점 **획득**을 원하는 학생들을 위해 개설되었다.

## ☐ 횡포

tyranny
橫行

例 대기업의 **횡포**에 중소기업은 어려움이 크다.

독점 기업의 **횡포**가 심해서 소비자들만 피해를 보고 있다.

## ☐ 효율

efficiency
效率

例 업무의 **효율**을 높이려면 인간관계가 중요하다.

기업의 목표는 적은 자본으로 최대의 **효율**을 얻는 것이다.

## 名詞　第15天

□ **훈련[훌련]**　training 訓練

例　선수들은 힘든 **훈련**을 이겨냈다.
　　단기간의 **훈련**으로 최대의 효과를 끌어냈다.

相似　수련 修練
　　　단련 鍛鍊

□ **훼손**　damage 毀損

例　사생활 침해를 한 그를 명예 **훼손**으로 고소하였다.
　　우리는 자연 **훼손**을 막기 위한 방법을 강구해야 한다.

□ **흉내**　imitation 模仿

例　그는 연기자들의 **흉내**를 잘 낸다.
　　그는 그저 **흉내**만 낼 뿐 잘 하는 것은 아니다.

相似　모방, 시늉　模仿

□ **흔적**　trace 痕跡

例　나는 세월의 **흔적**을 지우고 싶다.
　　범인은 증거를 남기지 않기 위해 **흔적**을 없앴다.

相似　자취, 종적
　　　蹤跡、痕跡

## ☐ 흥망

例 강대국의 **흥망**을 통해 역사를 배운다.

외교는 국가의 **흥망**을 가르는 중요한 업무이다.

rise and fall
興亡

相似 흥망성쇠　興亡盛衰

## ☐ 흥행

例 그 영화는 **흥행**에 성공하였다.

그녀는 잇달아 작품을 성공시키며 **흥행** 보증 배우가 됐다.

success
（追求營利）播映、票房

## 名詞　第15天 Quiz

Ⅰ. 다음 빈칸에 알맞은 단어를 고르세요.

01　최근 입시 제도가 바뀌면서 수험생과 학부모, 교사 사이에 큰 (　)이 일고 있다.

① 혼란　　　　　　　　② 혼합
③ 화근　　　　　　　　④ 화합

02　그는 상사의 (　)을/를 사기 위해 아첨하느라 바빴다.

① 환상　　　　　　　　② 환심
③ 획득　　　　　　　　④ 횡포

03　영화의 (　)을 위해서 영화사는 홍보에 전념하고 있다.

① 훼손　　　　　　　　② 흔적
③ 흥망　　　　　　　　④ 흥행

Ⅱ. 한국 영화를 보면서 한국어 공부를 해 보는 건 어떨까요?
호평을 받은 화제의 영화를 소개해 드릴게요.

한 줄 평론

- 정말 감동적입니다. 최고네요.
- 마음이 따뜻해지는 영화!
- 사랑에는 나이가 없는 것 같다.
- 말이 필요없는 영화.
- 배우들의 연기력 최고!
- 아름답다는 말밖에.

## 명사 끝말잇기 퀴즈

| 환 | 심 | - | 심 | ㅈ | - | ㅈ | ㅂ | - | ㅂ | ㅈ | - | 중 | ㅂ | -

| ㅂ | 발 | - | 발 | ㅅ | - |   | 생 |

1. 기뻐하고 즐거워하는 마음. * | 환 | 심 | 을 사다

2. 마음속에 품고 있는 생각이나 감정. | 심 | ㅈ |

3. 흐트러진 체계를 정리하여 제대로 갖춤. 기계나 설비가 제대로 작동하도록 보살피고 손질함. 도로나 시설 따위가 제 기능을 하도록 정리함. | ㅈ | ㅂ |

4. 다른 것과 비교할 때 차지하는 중요도. *○○이 높다/크다/낮다 | ㅂ | ㅈ |

5. 일정한 기간 가운데 중간쯤 되는 단계. *초반 - ○○ - 후반 | 중 | ㅂ |

6. 어떤 상태나 행동 따위에 대하여 거스르고 반항함. *○○을 사다 | ㅂ | 발 |

7. 어떤 생각을 해냄. 또는 그 생각. | 발 | ㅅ |

8. 서로 조화를 이루어 이롭게 함. 서로가 서로를 이롭게 하여 공존함. |   | 생 |

## 名詞　第15天 Quiz

생 ㅅ - ㅅㄱ - ㄱ찬 - 찬ㅅ - ㅅㅈ -
ㅈㅅ - 식ㅇㅇ법

9. 사물이 생겨남. 또는 사물이 생겨 이루어지게 함. 相反 소멸　생 ㅅ

10. 이루어 낸 결실 *○○를 얻다/올리다/거두다　ㅅ ㄱ

11. 지나치게 칭찬함. 또는 그런 칭찬.　ㄱ 찬

12. 칭찬하거나 찬양하는 말이나 글. *○○를 받다/듣다　찬 ㅅ

13. 일의 형편이나 까닭.　ㅅ ㅈ

14. 정당한 격식이나 의식.　ㅈ ㅅ

15. 올바른 식생활의 방법. 좋은 건강에 필수적인 식품의 균형된 선택을 강조하며 질병을 개선 및 회복시키려는 치료 방법.　식 ㅇ ㅇ 법

# 잠깐! 쉬어가기-1 休息一下！①

## ～적（的）

| 적（的）- 성격 |||
|---|---|---|
| | 英語 | 中文 |
| 정적 | static | 靜的 |
| 외향적 | extrovert | 外向的 |
| 보수적 | conservative | 保守的 |
| 사교적 | sociable | 社交的 |
| 낙관적 | optimistic | 樂觀的 |
| 낙천적 | positive | 樂天的 |
| 진취적 | enterprising | 有進取心的 |

| 적（的）- 사고(생각) |||
|---|---|---|
| | 英語 | 中文 |
| 근시안적 | short-sighted | 目光短淺的 |
| 즉흥적 | extempore | 即興的 |
| 창의적 | creative | 創造性的 |
| 파격적 | unconventional | 破格的、打破常規的 |
| 획일적 | uniform | 統一的 |
| 과학적 | scientific | 科學的 |

| 적（的）- 외모 |||
|---|---|---|
| | 英語 | 中文 |
| 이국적 | exotic | 異國風情的 |
| 감각적 | sensible | 感覺的、感性的 |
| 귀족적 | aristocratic | 貴族的 |
| 매력적 | fascinating | 迷人的 |
| 전형적 | typical | 典型的 |

# 잠깐! 쉬어가기-1 休息一下！①

## 적（的）- 생활

|  | 英語 | 中文 |
|---|---|---|
| 일상적 | routine | 日常的 |
| 안정적 | stable | 穩定的 |
| 서민적 | folksy | 有民間風味的 |
| 자연친화적 | eco-friendly | 環保的 |

## 적（的）- 과정

|  | 英語 | 中文 |
|---|---|---|
| 필연적 | inevitable | 必然的 |
| 필수적 | essential | 不可或缺的 |
| 선택적 | selective | 選擇性的 |

## 적（的）- 계획

|  | 英語 | 中文 |
|---|---|---|
| 세부적 | detail | 細部的 |
| 실질적 | substantial | 實質的 |
| 정기적 | periodic | 定期的 |

## ～자（者）

### 자（者）

|  | 英語 | 中文 |
|---|---|---|
| 가해자 | perpetrator | 加害者 |
| 낙오자 | straggler | 落伍者 |
| 배우자 | spouse | 配偶 |
| 범법자 | offender | 犯法者 |
| 수혜자 | beneficiary | 受惠者 |
| 완벽주의자 | perfectionist | 完美主義者 |
| 적임자 | right person | 適當的人 |
| 피해자 | victim | 被害者 |

## 대 (大～)

| 대 (大) | | |
|---|---|---|
| | 英語 | 中文 |
| 대가족 | large family | 大家族 |
| 대규모 | large scale | 大規模 |
| 대대적 | extensive | 大規模的 |
| 대용량 | high capacity | 大容量 |
| 대로변 | main street | 大街 |
| 대기업 | big company | 大企業 |

## ～감 (感)

| 감 (感) | | |
|---|---|---|
| | 英語 | 中文 |
| 고립감 | a sense of isolation | 孤立感 |
| 무게감 | a sense of weight | 重量感 |
| 성취감 | a sense of achievement | 成就感 |
| 안정감 | a sense of stability | 穩定感 |
| 유대감 | sense of fellowship | 同伴意識 |
| 예감 | foreboding | 預感 |
| 중압감 | heavy feeling | 壓迫感 |
| 죄책감 | a sense of guilt | 罪惡感 |
| 책임감 | a sense of responsibility | 責任感 |
| 이질감 | a feeling of strangeness | 違和感 |

動詞　第16天

## ☐ 가늠하다

guess
估計、推測

> 例　그는 얼굴과 목소리로는 나이를 **가늠하기가** 어려웠다.
> 나는 곧 다가올 미래의 모습을 **가늠해** 봐도 잘 상상이 되지 않는다.

相似　짐작하다　預估、估計

## ☐ 가다듬다

calm oneself down
鎮靜、穩住

> 例　그는 정신을 **가다듬고** 공부에 집중하기 시작했다.
> 그는 잠시 말을 멈추고 호흡을 **가다듬은** 후 다시 말을 이어 갔다.

*목소리를 가다듬다
　清嗓子

## ☐ 가두다

lock up
關在裡面

> 例　애완견을 **가두어** 놓고 키운다면 아예 키우지 않는 것이 좋다.
> 학교에서는 학생들을 공부라는 틀 속에 **가둬** 놓고 평가하려고 한다.

## ☐ 가려내다

pick out
挑選

> 例　방학 때 전자제품 회사에서 불량품을 **가려내는** 일을 했다.
> 이번 평가전에서 선수를 **가려내** 국가 대표를 선발할 예정이다.

相似　골라내다　挑選

50天高級

## ☐ 가로지르다
cross
穿過

例 학생들은 운동장을 **가로질러** 밖으로 나갔다.

초원을 **가로지르다** 보면 크고 작은 동물들을 만날 수 있다.

相似 횡단하다 橫越

## ☐ 가리다
distinguish, be shy of strangers
認生、分辨

例 ① 아이가 낯을 많이 **가린다**.

② 그는 돈을 버는 일이라면 수단과 방법을 **가리지** 않는다.

*음식을 가리다 挑食

## ☐ 가열하다
heat
加熱

例 프라이팬에 기름을 두르고 **가열하기** 시작했다.

물을 계속 **가열하면** 100℃에서 끓기 시작한다.

*가열되다 加熱

## ☐ 각인되다 [가긴되다, 가긴뒈다]
stamped on
刻印

例 어릴 적 고향의 풍경은 마음속에 깊이 **각인되어** 있다.

그는 처음부터 성실한 이미지로 사람들에게 **각인되었다**.

相似 기억되다 記住

動詞

143

## 動詞　第16天

### ☐ 간섭하다[간서파다]
interfere
干涉

例　남의 사생활에 쓸데없이 **간섭하는** 것은 옳지 않다.
매번 **간섭하는** 부모님 때문에 같이 생활하기가 힘들다.

相似　참견하다　參與、介入

### ☐ 간주하다
regard
看做、當作

例　교사는 학생들에게 담배를 소지한 것도 흡연으로 **간주하겠다고** 했다.
서울시는 앞으로 미세먼지 주의보가 이틀 이상 계속되면 재해로 **간주하겠다고** 밝혔다.

相似　여기다　認為

### ☐ 간파하다
see through
看破

例　그는 문제의 핵심을 정확하게 **간파했다**.
경찰은 범인들의 도주로를 미리 **간파하고** 잠복하고 있다.

相似　알아차리다　察覺、看出

### ☐ 감당하다
be able to manage
承擔

例　① **감당할** 수 없는 일이라면 포기하는 게 좋다.
② 내가 **감당할** 수 없는 성격의 동료와 일하게 되어 괴롭다.

相似　처리하다　處理
　　　해내다　搞定
　　　견디다　承受

## □ 감수하다

sit down under
甘願承受、感受

例 나는 어떠한 비난이라도 **감수하겠다**.

　　손해 보는 것을 **감수하고** 한번 시도해 보자.

相似 받아들이다　接受

## □ 감시하다

observe
監視

例 CCTV로 그 건물에 출입하는 사람들을 **감시한다**.

　　그는 부정 선거를 **감시하는** 자원 봉사자로 나섰다.

## □ 감안하다

take into consideration
考慮

例 부모님의 많은 연세를 **감안해서** 가까운 곳으로 여행지를 정했다.

　　그의 어려운 가정 형편을 **감안하여** 장학금 대상자로 추천했다.

相似 고려하다　考慮
　　참작하다　斟酌

## □ 감지하다

notice
感知、察覺

例 그는 본능적으로 위험을 **감지하고** 그 자리에 멈춰 섰다.

　　이 건물에는 온도 변화를 **감지하는** 센서가 설치되어 있다.

*감지되다　感受到

動詞　第16天

## ☐ 감축하다[감추카다]

reduce
縮減

例　정부는 올해 공공기관의 예산을 **감축했다**.
　　매출이 줄자 회사에서는 인원을 **감축하기로** 결정했다.

相似　줄이다　減少
*감축되다　被縮減

## ☐ 감행하다

press ahead with
斷然實行

例　젊은이들은 실패를 무릅쓰고 모험을 **감행하였다**.
　　무리한 사업을 **감행하는** 바람에 그는 결국 파산하고 말았다.

## ☐ 강요하다

compel
强迫

例　그들은 나에게 모든 것을 자백하라고 **강요했다**.
　　부모들은 자식들에게 자신들의 사고방식을 **강요하곤** 한다.

## ☐ 강행하다

push ahead
强行

例　그는 주변 사람들의 만류를 뿌리치고 일을 **강행했다**.
　　그 배우는 교통사고 후에도 촬영을 **강행해서** 사람들을 놀라게 했다.

## 개다

fold
畳

- 例 이불을 **개** 놓고 방을 청소했다.
  옷을 **개서** 옷장에 정리해 놓았다.

## 개방되다

open
開放

- 例 해외 시장이 **개방돼서** 수입품이 쏟아져 들어오고 있다.
  우리 학교 도서관은 학생은 물론 시민들에게도 **개방되어** 있다.

*개방하다　開放

## 개입하다[개이파다]

intervene
介入

- 例 3자가 **개입하면서** 일이 더 복잡하게 얽혔다.
  아이들 싸움에 부모가 **개입해서** 더 큰 싸움이 되었다.

相似　관여하다　干擾
　　　끼어들다　插進、擠進
*개입되다　被介入

## 개혁하다[개ː혀카다]

reform
改革

- 例 교육 제도를 학생 중심으로 **개혁하고** 있다.
  잘못된 제도와 관행을 **개혁하고자** 하는 모임을 만들었다.

*개혁되다　改革

動詞　第16天

## ☐ 갱신하다
renew
更新

例
① 그 선수는 이번 경기에서 신기록을 **갱신하는** 대기록을 세웠다.
② 사람들이 운전면허증을 **갱신하기** 위해서 줄서서 기다리고 있다.

## ☐ 거두다
harvest, win
收起、獲得、收穫

例
① 그는 눈물을 **거두고** 밝은 표정을 지었다.
② 국가대표팀은 올림픽에서 좋은 성과를 **거두었다**.
③ 가을이 되면 농촌에서는 곡식을 **거두느라** 눈 코 뜰 새가 없다.

*승리를 거두다　獲勝
*숨을 거두다=죽다
　斷氣=死亡

## ☐ 거들다
assist
幫忙

例
그는 남의 일도 잘 **거들어** 주는 정이 많은 사람이다.
방학이 되면 자식들이 시골로 내려와 일손을 **거들어** 준다.

## ☐ 거르다
skip
省略

例
아무리 바빠도 끼니를 **거르면** 안 된다.
오늘은 아침 식사를 **걸렀더니** 배에서 꼬르륵 소리가 난다.

## ☐ 거머쥐다

grab
緊握、完全占據

例 ① 갑자기 누군가 내 멱살을 **거머쥐고** 흔들었다.
② 이번 대회의 우승으로 그는 부와 명예를 **거머쥐게** 되었다.

相似 휘어잡다　揪住

## ☐ 거스르다

go against
違抗

例 ① 지금까지 한 번도 부모님의 뜻을 **거슬러** 본 적이 없다.
② 과장님이 오늘 예민하시니까 신경을 **거스르는** 행동을 하지 맙시다.

*시대를 거스르다
　不合時代

**動詞** 第16天 Quiz

Ⅰ. 다음 단어와 어울리는 단어를 연결하세요.

도로를 · · 거르다
식사를 · · 개혁하다
제도를 · · 가다듬다
목소리를 · · 가로지르다

Ⅱ. 다음 빈칸에 알맞은 단어를 <보기>에서 골라 문장에 맞게 쓰세요.

<보기>   거들다   간파하다   개방하다   감안하다   가열하다

01  개인 소득을 (    ) 세금을 부과할 것이다.

02  집안일을 (    ) 드렸더니 굉장히 기뻐하셨다.

03  신선한 우유를 (    ) 영양분이 파괴된다고 한다.

04  경기에서 상대방의 약점을 한 눈에 (    ) 이길 수 있다.

05  고궁은 명절에도 (    ) 때문에 방문하면 즐거운 시간을 보낼 수 있다.

動詞　第17天

## □ 거치다

go through
經過

例　① 그는 일본을 **거쳐서** 미국으로 갈 것이다.
② 우리 회사 제품은 엄격한 심사를 **거쳐** 출시되었다.

*손을 거치다　經手

## □ 건지다

recover, save
撈回（本錢）、救

例　① 투자한 사업에서 그럭저럭 본전은 **건진** 셈이다.
② 응급조치 덕분에 구사일생으로 목숨을 **건질** 수 있었다.

## □ 검증하다

vertify
檢驗

例　가설을 **검증하기** 위한 실험을 해야 한다.
토론을 통해 후보들의 자격을 객관적으로 **검증할** 필요가 있다.

*검증되다　被檢驗

## □ 격리되다[경니되다]

isolated
被隔離

例　비인간적인 범죄를 저지른 자는 사회에서 **격리되어야** 한다.
그 병실은 세균 침입을 막기 위해 철저하게 외부와 **격리되어** 있다.

*격리하다　隔離
　격리시키다　使隔離

151

**動詞** 第17天

## ☐ 견주다
compare
比較

例 소비자 물가가 전년과 **견주어** 볼 때 조금 상승했다.
그 사람의 실력은 누구와도 **견줄** 수 없을 정도로 뛰어나다.

相似 비교하다 比較

## ☐ 결근하다
absence
缺勤

例 그는 몸이 아파 회사에 **결근할** 수밖에 없었다.
요즈음 독감 때문에 **결근하는** 직원들이 생겼다.

## ☐ 겸비하다
combine with
兼備

例 그녀는 지혜와 미모를 **겸비한** 재원이다.
쇼핑센터는 넓은 매장과 주차 공간을 **겸비했다**.

## ☐ 겸하다
combine
兼

例 그는 비서일 뿐만 아니라 운전사의 역할까지 **겸하고** 있다.
그는 요즘 직장 일에 집안일까지 **겸하다** 보니 정신없이 바쁘다.

## □ 계발하다

develop
啟發

例 그는 꾸준히 책을 읽고 자신을 **계발하는** 데에 열심이었다.
담임 선생님은 학생들의 타고난 재능을 **계발하려고** 애썼다.

*계발되다　被啟發

## □ 고갈되다

exhausted
枯竭

例 틀에 박힌 생활을 하다 보니 아이디어가 **고갈되었다**.
에너지 낭비가 계속될수록 우리의 자원은 점점 **고갈될** 것이다.

相似 바닥나다　用完
*고갈시키다　使枯竭

## □ 고발하다

accuse
告發

例 ① 그는 사기 혐의로 동업자를 경찰에 **고발했다**.
② 사회문제들을 **고발해서** 해결점을 찾는 TV 프로그램이 많아졌다.

## □ 고사하다

decline firmly
堅決推辭

例 그는 회장직을 맡아달라는 주위 권유를 끝내 **고사했다**.
그 배우가 출연을 **고사해서** 급하게 다른 배우를 찾았다.

相似 사양하다　推辭

**動詞** 第17天

## ☐ 고정하다
fix
固定、凝住（視線）

例 다친 다리를 **고정하기** 위해 깁스를 했다.
　　그는 시선을 **고정한** 채 아무 말이 없었다.

*고정하다　固定
　고정시키다　使固定

## ☐ 고조되다
rise
高漲

例 ① 흥분한 탓에 목소리가 **고조되었다**.
　　② 나라 사이에 전쟁 위기감이 **고조되었다**.

相似 높아지다　提高
*열기가 고조되다
　熱氣（情緒）高漲

## ☐ 공감하다
empathize
共鳴

例 그의 상황이 나와 비슷하니 **공감할** 수 있었다.
　　그는 친구의 말에 **공감하는** 듯 고개를 끄덕였다.

*공감되다　有共鳴

## ☐ 공유하다
share
共享、分享

例 회사 사람들의 연락처를 **공유하는** 것이 좋겠다.
　　친구들과 지난 추억을 **공유한다는** 것은 여간 즐거운 일이 아니다.

## □ 관여하다[과녀하다]

be involved in
干預

例 공무원은 직접 선거에 **관여해서는** 안 된다.

괜히 끼어들어 문제가 생길 바에는 일체 **관여하지** 않는 것이 현명하다.

## □ 관장하다

take charde of
掌管

例 국회의장은 국회의 제반 업무를 **관장하게** 된다.

그는 수년 전부터 센터의 모든 행사를 **관장해** 오고 있다.

相似 맡다 擔負責任
　　주관하다 掌管

## □ 관측되다

be observed
被觀測

例 ① 인공위성에 의해 우주에서 바라본 지구 표면이 **관측되고** 있다.

② 우리나라가 이번 대회에서 종합 10위 안에는 들 것으로 **관측되었다**.

相似 관측하다 觀測

## □ 교차하다

intersect, be complicated
交錯、交織

例 대학 합격 소식을 듣는 순간 만감이 **교차하는** 기분이었다.

이곳은 여러 방향의 도로가 **교차하는** 자리라서 상당히 위험하다.

動詞　第17天

## 교체되다
be replaced
交替

例　부식된 낡은 상수도관이 새것으로 **교체되었다**.
　　그 투수는 어깨 부상이 심해져 다른 투수로 **교체되었다**.

相似　대체되다　替代
*교체하다　交替
　교체시키다　使交替

## 구비하다
repair, fulfill
具備

例　자격 조건을 **구비하신** 후에 지원해 주세요.
　　요즘 취업에 **구비해야** 할 서류를 마련하느라 정신이 없다.

相似　갖추다　具有
　　　완비하다　完整具備

## 구사하다
have a command of
自由運用

例　그는 외국인이지만 우리말을 자유자재로 **구사할** 줄 안다.
　　그는 어릴 적에 이민을 가서 영어를 유창하게 **구사할** 줄 안다.

## 구현하다
realize
實現

例　한반도 평화를 **구현하기** 위해 많은 노력이 필요할 것이다.
　　이 프로그램은 입체적인 사운드를 제공해 집 안에 영화관을 **구현할** 수 있다.

## 국한되다[구칸되다]

be limited
侷限

例 환경오염 문제는 더 이상 선진국에만 **국한된** 것이 아니다.
변화를 두려워하는 기성세대의 속성은 우리나라에만 **국한된** 것이 아니다.

相似 한정되다 限定

## 권장하다

encourage
鼓勵

例 보건소에서는 독감 예방접종을 받도록 **권장한다**.
최근 심각해진 미세먼지 문제로 외출 시 마스크 착용을 **권장하고** 있다.

相似 권유하다 勸誘

## 귀담아듣다[귀다마듣따]

listen carefully
仔細聆聽

例 어른들의 말씀은 **귀담아들어서** 나쁠 것이 없다.
아무리 설명해도 **귀담아듣지** 않는다면 아무 소용이 없다.

## 귀속하다[귀소카다]

be under the jurisdiction of
歸屬

例 정부는 그가 소유한 땅을 국가로 **귀속할** 예정이다.
지급 기한일 초과 시 복권 당첨금은 국고로 **귀속한다**.

*귀속되다  被歸為

動詞

**動詞** 第17天

## ☐ 규제하다

regulate
規定

例 방송에서는 외래어 사용을 **규제하고** 있다.

환경 보호를 위하여 비닐 봉투 사용을 **규제하고** 있다.

*규제되다 被規定

## ☐ 극대화하다

maximize
極大化

例 최근 A사에서는 휴대성을 **극대화한** 태블릿 pc를 출시했다.

그 기업은 이익을 **극대화하기** 위하여 구조 조정을 추진했다.

*극대화시키다 使極大化

## 動詞　第17天 Quiz

Ⅰ. 다음 단어와 비슷한 의미의 단어를 연결하세요.

견주다　·　　　　　　·　갖추다

국한되다　·　　　　　·　한정되다

고사하다　·　　　　　·　비교하다

겸비하다　·　　　　　·　사양하다

Ⅱ. 다음 빈칸에 알맞은 단어를 고르세요.

**01** 친구의 고민을 들을 때 (　) 듣는 것이 중요하다.

① 건지면서　　　　② 권장하면서
③ 고갈되면서　　　④ 공감하면서

**02** 반드시 헬멧을 쓰고 오토바이를 타도록 (　) 있다.

① 결근하고　　　　② 고정하고
③ 규제하고　　　　④ 극대화하고

**03** 사회의 부조리함을 (　) 영화가 인기리에 상영되고 있다.

① 거치는　　　　　② 검증하는
③ 계발하는　　　　④ 고발하는

## 動詞　第18天

### ☐ 급등하다[급뜽하다]

rise sharply
暴漲

例　장마로 인해 농산물 가격이 **급등했다**.

그 배우의 인기가 상승하면서 소속된 회사의 주가가 **급등했다**.

相似　폭등하다　暴漲
相反　급락하다　暴跌

### ☐ 급락하다[금나카다]

drop sharply
暴跌

例　부동산 경기의 침체로 집값이 **급락하고** 있다.

올림픽 중계방송의 영향으로 주말 드라마의 시청률이 **급락했다**.

相似　폭락하다　暴跌
相反　급등하다　暴漲

### ☐ 급변하다[급뼌하다]

change suddenly
驟變

例　인터넷의 발달로 사회가 **급변하고** 있다.

회사가 살아남기 위해서는 **급변하는** 국제 정세에 발맞춰야 한다.

### ☐ 급증하다[급쯩하다]

increase rapidly
暴增

例　값비싼 제품의 국내 판매가 **급증하면서** 소비자 불만 사례가 늘었다.

올 여름 무더위로 인해 냉방 제품을 구매하는 소비자들이 **급증했다**.

## 기권하다 [기꿘하다]

abstain
棄權

例 상대가 **기권하는** 바람에 부전승으로 결승에 진출했다.

우리 팀은 선수들의 잇따른 부상으로 이번 경기에 **기권할** 수밖에 없었다.

相似 포기하다 放棄

## 기어가다

crawl
滑行、爬行

例 눈이 와서 도로의 차들이 엉금엉금 **기어가고** 있다.

병사들은 총알을 피해 바닥에 엎드린 채 조금씩 **기어갔다**.

## 기여하다

contribution
貢獻

例 교통의 발달은 국제 무역이 발전하는 데에 크게 **기여했다**.

그는 세계 평화에 **기여한** 공로로 노벨 평화상을 수상하였다.

相似 공헌하다, 이바지하다 貢獻

## 기울다

lean, go under
傾斜、衰微

例 ① 지진으로 인해 건물이 한쪽으로 **기울었다**.

② 사업이 망하면서 집안이 **기울기** 시작했다.

## 動詞　第18天

### □ 기인하다
arise(result) from
起因

例　무역 적자는 주로 수출 부진에 **기인한** 것이다.
　　서울의 땅값 상승은 인구 증가에서 **기인하였다**.

相似　말미암다　由於

### □ 기탁하다[기타카다]
donate
寄託、委託

例　그는 전 재산을 양로원에 **기탁했다**.
　　그는 자신의 모교에 장학금을 **기탁했다**.

相似　기부하다　捐贈
　　　맡기다　委託

### □ 기피하다
avoid
避免

例　최근 사회에는 결혼을 **기피하는** 풍조가 생겼다.
　　요즘 진학을 앞둔 학생들이 이공계 전공을 **기피하고** 있다.

相似　꺼리다, 피하다　避免

### □ 꺼리다
be unwilling
忌諱、不願意、避免

例　익숙하지 않은 일은 **꺼려지는** 게 사실이다.
　　내 친구는 내성적이라서 사람 만나는 것을 **꺼리는** 편이다.

*양심에 꺼리다　違背良心

## ☐ 꼽다

point out
指定

例 기자들은 올해 최고의 인물로 박 선수를 **꼽았다**.
기혼 여성들은 스트레스 원인으로 명절 및 집안 행사를 1위로 **꼽았다**.

*손꼽아 기다리다
 盼望已久

## ☐ 꾸리다

pack, manage
維持（生計）、打包（行李）

例 ① 그녀는 살림을 혼자 **꾸려** 왔다.
② 이사를 하도 많이 다녀서 짐을 **꾸리는** 데에 능숙한 편이다.

*살림을 꾸리다  持家

## ☐ 꾸물대다

hang fire
磨蹭

例 그렇게 **꾸물대다가는** 비행기를 놓칠 수도 있다.
아침에 **꾸물대는** 바람에 결국 한 시간이나 늦게 도착했다.

相似 꾸물거리다  磨蹭

## ☐ 꿈틀대다

wriggle
波動、蠕動

例 ① 최근 주택 가격이 **꿈틀대고** 있다.
② 바닥에서 **꿈틀대는** 벌레를 발견했다.

相似 꿈틀거리다  蠕動

## 動詞　第18天

### □ 끼얹다[끼언따]
pour
澆

例 ① 강의실 분위기는 물을 **끼얹은** 듯 조용하다.
② 정신 좀 차리라고 얼굴에 찬 물을 **끼얹고** 싶었다.

相似 뿌리다　撒

### □ 나무라다
scold
責備

例 그는 **나무랄** 데가 없는 사람이었다.
친구의 잘못을 **나무랐더니** 도리어 나에게 화를 냈다.

### □ 낙제하다[낙쩨하다]
fail
落榜、不及格

例 **낙제하지** 않으려면 최소 70점은 받아야 한다.
시험에서 한 과목을 **낙제하는** 바람에 다시 수업을 들어야 한다.

相似 떨어지다　落下
　　 유급하다　留級

### □ 낙후하다[나쿠되다]
lag
落後

例 이번 방학에 **낙후된** 학교 시설을 보수할 계획이다.
이 지역의 시설들은 다른 도시에 비해 **낙후된** 편이다.

相似 뒤떨어지다　落後

## □ 날뛰다

leap, run wild
手舞足蹈、狂奔

例 좋아하는 아이돌 가수의 사인을 받고 좋아서 **날뛰었다**.

주택가에 멧돼지가 출현하여 1시간가량 **날뛰다** 경찰이 쏜 총에 맞았다.

## □ 날리다

let fly, win fame, go broke
使~飛、失去（財產）、揚名

例 ① 아이들은 종이비행기를 하늘로 **날렸다**.

② 어렵게 모은 재산을 사기로 모두 **날려** 버렸다.

③ 그는 1980년대에 한창 이름을 **날렸던** 영화배우이다.

## □ 남발하다

overuse
濫發

例 그 친구는 지키지도 못할 약속을 **남발하고** 다닌다.

후보가 공약들을 **남발해서** 오히려 국민의 신뢰를 떨어뜨렸다.

## □ 남용하다

abuse
濫用

*남용되다 被濫用

例 약을 **남용할** 경우 건강을 해칠 수도 있다.

공공기관이 공문서에 외국어를 **남용하고** 있는 것으로 드러났다.

## 動詞　第18天

□ **납득하다[납뜨카다]**

accept a situation
理解

例　나는 그의 행동을 도저히 **납득할** 수가 없다.

　　아무리 생각해도 이번 심판의 판정을 **납득하기** 어렵다.

相似　이해하다　理解

□ **납입하다[나비파다]**

pay
繳納

例　두 달 동안 밀린 미납금을 모두 **납입했다**.

　　그는 5년 동안 **납입해** 온 보험을 해약했다.

□ **내다보다**

look out, foresee
向外看

例　밖에 큰 소리가 들려 창문으로 **내다보았다**.

　　미래를 **내다보고** 직업을 신중히 선택해야 한다.

□ **내몰다**

drive out
趕走

例　① 그들은 그녀에게 누명을 씌워 궁지로 **내몰았다**.

　　② 미흡한 복지제도가 빈곤층을 죽음으로 **내몰았다**.

## ☐ 내뱉다[내밷따]

spit out
吐出、脫口而出

例 생각 없이 **내뱉는** 말들은 다른 사람에게 상처를 줄 수도 있다.

그는 상스러운 욕을 **내뱉어서** 주위 사람들을 불쾌하게 만들었다.

## ☐ 내뿜다[내뿜따]

blow
噴出

例 자동차에서 **내뿜는** 매연이 환경을 오염시킨다.

소주를 물인 줄 알고 마셨다가 깜짝 놀라 나도 모르게 **내뿜었다**.

動詞　第18天 Quiz

Ⅰ. 다음 빈칸에 공통적으로 들어갈 단어를 고르세요.

01　아내 혼자 살림을 (　) 고생이 많다.
　　내일 새벽에 출발해야 해서 짐을 서둘러 (　) 한다.

① 꼽다　　　　　　② 꾸리다
③ 날리다　　　　　④ 내뿜다

02　그는 양심에 (　) 행동은 절대로 하지 않는다.
　　그녀는 내성적이라 혼자 모임에 참석하는 것을 (　) 편이다.

① 꺼리다　　　　　② 내몰다
③ 나무라다　　　　④ 기권하다

Ⅱ. 다음 빈칸에 알맞은 단어를 고르세요.

01　최근 인터넷을 통해 물건을 사다가 피해를 보는 사례가 (　) 있다.

① 급증하고　　　　② 기어가고
③ 기여하고　　　　④ 기탁하고

02　오래된 아파트 단지의 (　) 시설들을 교체해야 한다.

① 낙후된　　　　　② 남발한
③ 남용한　　　　　④ 납입한

03　현실에만 안주하지 말고 앞날을 (　) 지혜가 필요하다.

① 날뛰는　　　　　② 끼얹는
③ 꾸물대는　　　　④ 내다보는

## 動詞　第19天

### ☐ 내세우다
assert, put up(a candidate)
主張、推薦

例　자유당에서는 젊은 사람을 대통령 후보로 **내세웠다**.
그 사람은 다른 사람의 의견은 듣지도 않고 자기 의견만 **내세웠다**.

相似　내놓다　拿出

### ☐ 넘겨다보다
look over, covet
眼紅、張望

例　① 남의 몫까지 **넘겨다보는** 것은 이기적인 행동이다.
② 고개를 들어 담장 안을 **넘겨다보았으나** 아무도 없었다.

相似　넘보다　圖謀

### ☐ 넘나들다
move in and out
進進出出、來往

例　다양한 음악 장르를 **넘나드는** 국악 공연이 펼쳐지고 있다.
그는 저체온증으로 생사를 **넘나들다가** 가까스로 구조되었다.

### ☐ 누리다
enjoy
享受

例　그 가수는 요즘 폭발적인 인기를 **누리고** 있다.
부와 명예를 **누리며** 사는 사람은 그다지 많지 않다.

相似　만끽하다　盡情享受

## 動詞　第19天

### □ 눈여겨보다
pay attention
留心看、專注看

例　그의 행동 하나하나를 **눈여겨보니** 비로소 납득이 갔다.
　　평소에 **눈여겨** 본 사람에게 어렵사리 마음을 고백했다.

### □ 뉘우치다
regret
懊悔

例　그는 자기의 잘못을 진심으로 **뉘우치고** 있었다.
　　그녀는 자신의 실수를 **뉘우치며** 다시 시작할 것을 다짐했다.

相似　반성하다　反省

### □ 다그치다
urge
迫使

例　부모님이 **다그치면** 오히려 의욕이 떨어지기 쉽다.
　　사장은 직원에게 일을 빨리 끝내라고 **다그치기** 일쑤였다.

相似　몰아붙이다　逼迫

### □ 다다르다
reach
到達、達到

例　정상에 **다다랐을** 때 산에 올라온 보람을 느꼈다.
　　자신이 정한 목표점에 **다다른** 순간 성취감을 느낀다.

相似　도달하다　到達

## □ 다물다

shut, (hold) one's mouth
閉（嘴）

例 대답하기 난처한 상황이라 그저 입을 **다물** 수밖에 없었다.

용의자는 한 마디도 하지 않고 입을 **다물고** 묵비권을 행사했다.

## □ 다스리다

govern, control
管理、治理

例 ① 감정을 **다스리는** 법을 아는 것은 정신 건강에 도움이 된다.

② 나라를 잘 **다스리는** 일은 국민의 마음을 잘 어루만지는 일이다.

## □ 닥치다

approach
迫近

例 시련이 **닥칠지라도** 힘을 합쳐 잘 극복해야 한다.

원고 마감일이 **닥쳤는데도** 일에 속도가 붙지 않는다.

## □ 단장하다

decorate, dress up
裝飾、裝扮

例 사무실을 새로 **단장했더니** 분위기가 좋아졌다.

오랜만의 외출이라 예쁘게 **단장하고** 친구를 만났다.

相似 꾸미다 裝飾

動詞

動詞　第19天

## □ 단절되다

be severed
斷絕

例　과도한 줄임말은 세대 간 의사소통을 **단절되게** 한다.
요즘에는 휴대 전화가 없으면 외부와 연락이 **단절된다**.

*단절시키다　使斷絕

## □ 단축되다[단축뙤다]

be shortened
被縮短

例　지하철이 개통되어 예전에 비해서 출근 시간이 많이 **단축되었다**.
스모그가 심각한 지역에 사는 사람은 수명이 **단축될** 수 있다고 한다.

相似　줄어들다　減少
*단축하다　縮短

## □ 달구다

heat
燒熱

例　① 그는 쇠를 **달구어** 농기구나 무기를 만들었다.
② 분위기를 좀 더 **달구기** 위해 초대 가수 한 분을 모셨습니다.

相似　뜨겁게 하다
　　　使變熱
　　　고조시키다
　　　使高潮

## □ 달리하다

be defferent
不同

例　그는 매번 팀원들과 의견을 **달리해서** 갈등을 빚곤 했다.
조리법을 **달리하다** 보면 새로운 맛을 내는 메뉴가 탄생되기도 한다.

## □ 달성하다[달썽하다]

> 例　올해 세운 판매 목표를 충분히 **달성할** 수 있다.
> 우리는 목표를 **달성하기** 위해 최선을 다해 노력하고 있다.

achieve
達成

相似　이루다　實現

## □ 달이다

> 例　아이에게 정성껏 보약을 **달여서** 먹였다.
> 한약을 **달여서** 먹었더니 체력이 좋아진 것 같다.

decoct
煎（藥）

相似　끓이다　煮
　　　졸이다　燉

## □ 달하다

> 例　그 곳의 인구가 수백만에 **달했다**.
> 술 마시는 분위기가 절정에 **달했다**.

reach
達到

相似　다다르다, 이르다
　　　到達

## □ 대두되다

> 例　최근 학교 폭력이 사회의 심각한 문제로 **대두되고** 있다.
> 소외 계층에 대한 현실적 지원책의 필요성이 **대두되고** 있다.

come to the forefront
突顯、浮出

動詞

動詞　第19天

## ☐ 대비하다
be prepared for
準備

例　대입 시험을 **대비하기** 위해 특강을 신청했다.
부모님께서는 노후에 **대비하기** 위해 보험에 미리 가입해 두셨다.

*대비시키다　讓~準備

## ☐ 대응되다
correspond
對應

例　한국어의 글자와 소리는 일대일로 **대응된다**.
한국어와 **대응되는** 다른 언어와의 대조 연구가 활발하다.

*대응하다　對應

## ☐ 대처하다
handle
應付

例　급변하는 국제 정세에 능동적으로 **대처해야** 한다.
지금 상황에서 보다 효과적으로 **대처할** 수 있는 방안을 마련해 보자.

相似　대응하다　應對

## ☐ 대체하다
substitute
代替

例　중간고사를 **대체할** 수 있는 보고서를 작성하고 있다.
전기를 **대체해서** 쓸 수 있는 에너지 개발이 시급하다.

*대체되다　代替

174

## 대치하다

confront
對峙

例 시위대가 시내 한복판에서 경찰들과 **대치하고** 있다.

새로운 사업에 대해 서로 반대되는 의견들이 팽팽하게 **대치하고** 있다.

## 더듬다[더듬따]

grope, trace
摸索、追尋

例 ① 그는 벽을 **더듬어서** 형광등의 전원을 켰다.

② 그는 기억을 **더듬어** 옛 친구의 이름을 생각해 냈다.

*말을 더듬다
　口吃、結巴

## 덜렁대다

behave carelessly
冒失

例 **덜렁대다** 실수할 수 있으니 꼼꼼하게 확인하세요.

그는 성격이 **덜렁대는** 편이라 물건을 자주 잃어버린다.

相似 덜렁거리다
　　 冒失、不穩重

## 도달하다

reach
到達

例 그는 전력 질주하여 가장 먼저 결승점에 **도달했다**.

양측이 합의점에 **도달하기까지** 시간이 많이 걸렸다.

相似 달하다 到達

**動詞**　第19天

□ **도래하다**　　　come, arrive
　　　　　　　　　　到來

例　가까운 미래에 로봇 시대가 **도래할** 것이다.
　　고령화 시대가 **도래하고** 있지만 제도적인 뒷받침이 아직 미비하다.

□ **도모하다**　　　promote
　　　　　　　　　　圖謀

例　회사 내에서 친목을 **도모하기** 위한 모임들이 생겼다.　　相似　꾀하다　謀劃、策畫
　　이 계획은 도시와 농촌의 균형 있는 발전을 **도모하기** 위한 것이다.

## 動詞　第19天 Quiz

I. 다음 단어와 비슷한 의미의 단어를 연결하세요.

달성하다　·　　　　　·　이루다
대처하다　·　　　　　·　반성하다
뉘우치다　·　　　　　·　주시하다
눈여겨보다　·　　　　·　대응하다

II. 다음 밑줄 친 부분이 틀린 것을 고르세요.

01
① 이번 주 부서 간 친목을 도모하는 행사가 열린다.
② 육아휴직 제도의 혜택을 누리는 사람들이 많아졌다.
③ 서울의 발자취를 더듬어 보는 다큐 프로그램이 방송되었다.
④ 올해 목표한 실적을 다스리기 위해 모든 사원들이 열심이다.

02
① 정규 방송을 대치하는 프로그램이 긴급 편성되었다.
② 여름철 야외 활동 시 안전사고에 대비한 교육이 필요하다.
③ 덜렁대는 성격을 고치기 위해 메모하는 습관을 가지기로 했다.
④ 사고방식의 차이 때문에 세대 간 대화가 단절되는 경우가 많다.

## 動詞　第20天

### ☐ 도배하다
paper fill(the newspapers)
用紙貼滿、（在網頁留下重複的圖像或文字）洗版、（場所）充斥（事物）

例　① 내 방을 예쁜 벽지로 **도배해서** 기분이 새롭다.
　　② 네티즌들은 인터넷 기사를 보고 홈페이지를 악성 댓글로 **도배했다**.

### ☐ 도용하다
steal, plagiarize
盜用

例　개인 정보를 **도용하는** 사례들이 늘고 있다.
　　연예인의 사진을 **도용해서** 홍보에 이용하는 인터넷 쇼핑몰이 많다.

*도용되다　被盜用

### ☐ 도태되다
fall behind
被淘汰

例　경쟁에서 이기지 못하면 **도태될** 수밖에 없다.
　　우리 사회에서 빠른 시간 내에 성과를 내지 못하면 **도태되기** 십상이다.

*도태시키다　使淘汰

### ☐ 독차지하다
monopolized
獨佔

例　아이는 집안 어른들의 사랑을 **독차지하고** 있다.
　　그는 부모님의 유산을 **독차지하기** 위해 소송을 시작했다.

## 돋보이다 [돋뽀이다]

stand out
引人注目

例 평범하지만 **돋보이는** 사람들이 있다.
그는 자신을 **돋보이게** 하기 위해서 외모에 신경을 많이 쓴다.

相似 두드러지다 突出

## 돌이키다

look back, have second thought
回顧

例 ① 이제라도 마음을 **돌이켜서** 착하게 살았으면 좋겠다.
② 나는 언제나 잠자리에 들기 전에 하루 일을 **돌이켜** 생각한다.

## 동감하다

sympathize
有同感

例 나는 그의 말에 **동감했다**.
내 글에 **동감하는** 사람들이 응원의 메시지를 보내주었다.

相似 공감하다 有同感

## 동원하다

mobilize
動員

例 모든 인력을 **동원하여** 피해 복구에 최선을 다하고 있다.
그는 좋아하는 그녀의 마음을 얻기 위해서 온갖 방법을 다 **동원하였다**.

*동원되다 動員起來

## 動詞　第20天

### ☐ 동정하다
sympathize
同情

例　나는 부모를 잃고 갈 곳이 없는 아이들을 **동정한다**.
　　남을 무조건 **동정하다가는** 상대방의 자존심에 상처를 줄 수도 있다.

### ☐ 동참하다
participate in, join
共同參加

例　나는 불우한 아이들을 돕는 운동에 **동참하고** 있다.
　　그는 민주화 투쟁에 **동참해** 줄 것을 시민들에게 당부했다.

*동참시키다
讓～一起參加

### ☐ 되새기다
think back
回想、重溫

例　그 작품은 색다른 모습으로 가족의 의미를 **되새기고** 있다.
　　삼일절을 맞아 독립운동의 정신을 **되새기는** 시간을 가졌다.

### ☐ 되짚다[되집따]
backtrack, search one's heart
返回、回顧

例　① 걸어 내려온 산길을 **되짚어** 올라가 보았다.
　　② 지나온 인생을 **되짚어** 보니 이런저런 후회가 든다.

## ☐ 두드러지다

stand out
顯著、突出

例 그는 모든 경기에서 **두드러지는** 활약을 보여주었다.
얼굴에 살이 빠질수록 입가의 주름이 더욱 **두드러졌다**.

相似 드러나다 顯著

## ☐ 둘러싸다

surround
圍繞

例 이번 인사 문제를 **둘러싸고** 찬반 의견이 팽팽하다.
수 십 그루의 은행나무들이 운동장 주변을 **둘러싸고** 있다.

## ☐ 뒤덮이다

be covered
被覆蓋

例 어제 내린 눈으로 온 세상이 하얗게 **뒤덮여** 있다.
경기장이 응원전을 펼치는 사람들의 환호성으로 **뒤덮였다**.

## ☐ 뒤엉키다

get tangled, intertwine
糾結、交織

例 ① 창고 안에는 쓰지 않는 물건들이 **뒤엉켜** 있었다.
② 머릿속이 복잡한 생각으로 **뒤엉켜** 견딜 수가 없었다.

相似 얽히다 交織

動詞　第20天

## ☐ 뒤지다
rummage
翻找

例　경찰들이 집안 구석구석을 샅샅이 **뒤졌다**.
　　책상 서랍을 **뒤져** 잃어버린 물건을 찾아냈다.

## ☐ 뒤척이다
toss and turn
翻身、輾轉

例　그는 고민이 많은지 밤새 **뒤척였다**.
　　남편이 밤새도록 **뒤척이는** 바람에 한숨도 못 잤다.

## ☐ 드나들다
come in and out
進出

例　이 항구에는 여러 나라에서 온 배들이 **드나든다**.
　　아파트 주차장에는 밤낮없이 많은 차량이 **드나들고** 있다.

相似　출입하다　出入

## ☐ 드러나다
be exposed
露出、顯露

例　오랫동안 감춰져 있던 진실이 **드러나기** 시작했다.
　　이번에 새롭게 **드러난** 입시제도의 문제점에 대해 토론이 벌어졌다.

## □ 들뜨다

come off, be excited
（心）浮動、（紙）翹起

例 ① 축제 기분에 **들떠** 공부가 손에 잡히지 않는다.
② 장마가 지난 뒤에 보니 벽지가 조금 **들떠** 있었다.

## □ 들썩거리다[들썩꺼리다]

feel restless, rise and fall
坐立不安、動盪不安

例 ① 가만히 앉아 있지 못하고 엉덩이를 **들썩거린다**.
② 요즘 물가가 **들썩거리기** 시작해서 주부들의 걱정이 많다.

## □ 들이닥치다

drop in without warning
闖入、不期而至

例 ① 아무런 연락도 없이 회사 사람들이 집으로 **들이닥쳤다**.
② 갑작스럽게 **들이닥친** 불행은 그녀의 인생을 바꿔놓았다.

## □ 들이마시다

breathe in inhale
吸入

例 목이 말라 물 한 잔을 단숨에 **들이마셨다**.
신선한 공기를 **들이마시니** 머리도 맑아지는 것 같다.

## 動詞　第20天

### ☐ 들키다

be exposed, be discovered
被發覺

例　수업시간에 몰래 문자 메시지를 보내다가 선생님에게 **들켰다**.
거짓말을 **들키기** 전에 부모님께 사실을 말씀드리는 게 좋겠다.

相似　발각되다
　　　（事情）敗露
　　　걸리다　被逮（住）
　　　들통 나다
　　　穿幫、被揭穿

### ☐ 등장하다

appear
登場

例　① 이 드라마는 한류 스타가 **등장해** 많은 인기를 얻었다.
② 이제는 산업용 로봇뿐만 아니라 애완용 로봇까지 **등장했다**.

### ☐ 등재하다

register
刊登

例　최다 공연 횟수로 그 가수를 기네스북에 **등재했다**.
자국의 명소를 세계 기록 유산에 **등재하기** 위한 노력이 계속되고 있다.

*등재되다　被刊登

### ☐ 따돌리다

exclude
排擠、拋在後面

例　① 학교에서 친구를 **따돌리는** 일들이 비일비재하다.
② 앞서 달리던 선수가 뒤쫓아 오던 선수를 **따돌리고** 1등을 차지했다.

## ☐ 따지다

例 이번에 발생한 문제의 원인을 **따져** 보자.

쇼핑을 할 때 잘 **따져서** 구입하는 것이 좋다.

weigh
追究

## ☐ 떨치다

例 모든 걱정을 **떨쳐** 버리고 마음을 편안하게 가지세요.

그 사고에 대한 불길한 생각을 쉽게 **떨칠** 수가 없었다.

shake off
擺脫、搖（抖）動

動詞　第20天 Quiz

Ⅰ. 다음이 설명하는 단어를 완성해 보세요.

01  왠지 마음이 설레거나 기대된다는 것을 일컫는 말은?
| ㄷ | ㄸ | 다 |

02  다시 기억해서 생각한다는 것을 일컫는 말은?
| ㄷ | ㅅ | ㄱ | 다 |

03  다른 것들에 비해 특별히 뛰어나서 눈에 잘 띈다는 것을 일컫는 말은?
| ㄷ | ㄷ | ㄹ | ㅈ | ㄷ |

Ⅱ. 다음 (　) 안에서 문장에 알맞은 단어를 골라 ○ 하세요.

01  비밀을 ( 뒤지자, 들키자 ) 너무 부끄러워 얼굴이 빨개졌다.

02  그가 나를 ( 동정하는, 등장하는 ) 것 같아 자존심이 상했다.

03  노력을 하지 않는 사람은 경쟁 사회에서 ( 도용할, 도태될 ) 수 있다.

04  그 논문이 표절된 것으로 ( 드나들어서, 드러나서 ) 모두가 충격을 받았다.

05  갑자기 경찰이 ( 들이닥쳐서, 들썩거려서 ) 사무실을 수색하기 시작했다.

## 動詞　第21天

### □ 떼다
peel off, issue
開立（文件）、取下

例 ① 나는 주민 센터에서 주민등록등본 한 통을 **떼었다**.
② 관리인이 벽에 붙어 있는 홍보지를 모두 **떼어** 버렸다.

### □ 뚫다[뚤타]
pierce, break through
穿、鑿

例 ① 고등학교 때 처음으로 귀를 **뚫었다**.
② 우리 팀의 공격수가 수비수를 **뚫고** 골을 터뜨렸다.

### □ 뛰어넘다[뛰어넘따]
jump over, surpass
跳過、越過

例 ① 그는 단번에 높은 담을 **뛰어넘었다**.
② 그 영화는 보통 사람들의 상상을 **뛰어넘는** 이야기로 화제를 모았다.

*예상(한계)를 뛰어넘다
　超越預期（界限）

### □ 뜸해지다
become remote
疏遠、變少

例 친구의 연락이 **뜸해져서** 왠지 걱정이 되었다.
우리는 점차 만나는 횟수가 **뜸해지다가** 자연스럽게 헤어지게 되었다.

## 動詞　第21天

### ☐ 띄다[띠다]
stand out
顯眼、引人注目

例　그녀의 밝은 미소가 눈에 **띄었다**.
　　어두운 색보다 밝은 색 옷이 눈에 잘 **띈다**.

相似　튀다　顯眼

### ☐ 마다하다
reject
拒絕

例　기자의 끈질긴 인터뷰 요청에 **마다할** 수가 없었다.
　　그 배우는 위험한 연기도 **마다하지** 않고 직접 연기했다.

相似　거절하다　拒絕

### ☐ 마비되다
be paralyzed
麻痺

例　① 불의의 교통사고로 인해 그는 하반신이 **마비되었다**.
　　② 신고가 폭주해서 사이버 수사팀의 업무가 **마비될**
　　　 지경이다.

### ☐ 만끽하다[만끼카다]
enjoy
享受

例　그는 대학 합격의 기쁨을 **만끽했다**.
　　나는 구속받지 않고 자유를 **만끽하고** 싶다.

相似　즐기다, 누리다　享受

## 말미암다 [말미암따]

*owing to*
由於

例 경기 침체로 **말미암아** 대기업들이 투자 규모를 줄이고 있다.

생각지도 못했던 기회로 **말미암아** 인생의 변화를 가져올 수도 있다.

## 맞먹다 [만먹따]

*contend against*
抗衡

例 커피 한 잔 가격이 웬만한 밥 한 끼 값과 **맞먹는다**.

아들과 팔씨름을 해보니 이제 나와 힘이 **맞먹는다는** 것을 느꼈다.

相似 대등하다 對等

## 맞서다 [맏써다]

*oppose*
作對

例 양측 주장이 팽팽하게 **맞서고** 있다.

그는 역경에 굴복하지 않고 **맞서** 싸우는 용기를 보여 주었다.

## 매기다

*rank*
打（分數）、定（價）

例 학생들의 쓰기 점수를 **매겨** 봤더니 결과가 형편없었다.

벼룩시장에서는 자신이 직접 물건에 값을 **매겨** 팔 수 있다.

## 動詞 第21天

### □ 매달리다
suspend, cling
掛、糾纏

例 ① 아이는 아빠의 팔에 **매달려** 장난을 쳤다.
② 헤어지자는 그녀에게 **매달려** 봤지만 소용없었다.

### □ 매도하다
sell over
出售

例 토지를 **매도하기** 위해 계약서를 작성했다.
주식을 **매도하려는** 사람들이 한꺼번에 몰리면서 주가가 급격히 떨어졌다.

### □ 매료되다
be fascinated with
被迷住、被吸引

例 모두들 그녀의 아름다운 목소리에 **매료되었다**.
이 뮤지컬은 전 세계 사람들이 **매료된** 걸작이라고 할 수 있다.

相似 매혹되다 被迷惑
*매료시키다 使~迷住

### □ 맺히다[매치다]
form
凝聚、凝結

例 그녀의 눈에 눈물이 그렁그렁 **맺혀** 있었다.
운동을 시작한 그의 이마에는 땀방울이 송골송골 **맺히기** 시작했다.

## ☐ 머물다

stay
滯留

例 정원의 꽃들에 그녀의 시선이 오랫동안 **머물렀다**.

그는 한 곳에 **머물며** 살기보다는 이곳저곳 떠도는 생활을 더 선호한다.

## ☐ 머뭇거리다[머묻꺼리다]

hesitate
猶豫

例 그는 자신감이 없는 나머지 **머뭇거리며** 대답했다.

그녀는 낯선 사람에게 길을 물어보기를 잠시 **머뭇거렸다**.

相似 망설이다 躊躇

## ☐ 면제하다

exempt
免除

例 그 카드 회사는 실적이 우수한 고객에게 회비를 **면제해** 준다.

정부는 올림픽에서 메달을 획득한 선수에게 병역을 **면제해** 준다.

## ☐ 면하다

avoid, escape from
免除、避免

例 그는 신속한 판단 덕분에 교통사고를 **면할** 수 있었다.

그가 범인이라면 법적인 처벌을 **면할** 수 없을 것이다.

相似 피하다 避免

## 動詞　第21天

### ☐ 멸망하다
go to ruin
滅亡

例 그 나라는 이웃 나라의 침입으로 결국 **멸망하고** 말았다.

인류가 가까운 미래에 곧 **멸망할** 것이라는 예언이 계속되고 있다.

### ☐ 명심하다
keep in mind
銘記

例 나는 아버지가 해 주신 말씀을 **명심하고** 있다.

모든 성인병의 근원은 비만에서 비롯된다는 것을 **명심하세요**.

相似 유념하다 記住、留心
새기다 銘記、刻

### ☐ 모방하다
imitate
模仿

例 아동은 어른들의 행동과 대화를 **모방한다**.

이 그림은 유명 작가의 그림을 **모방하여** 그린 위작이다.

### ☐ 모색하다[모새카다]
seek
摸索

例 정부는 중소기업의 해외시장 활로를 **모색하고** 있다.

회사 임원진들은 이번 회의에서 새로운 해결 방안을 **모색하기로** 했다.

相似 찾다 尋找

## □ 몰두하다[몰뚜하다]

be absorbed
埋頭、投入

例 우리 회사는 몇 년간 연구에 **몰두해서** 신제품을 완성했다.
그는 경기가 얼마 남지 않았기에 오직 훈련에만 **몰두했다**.

相似 몰입하다 投入、沉浸

## □ 몰리다

rush, be accused of
被誣陷、聚集

例 ① 아무 죄도 없는 그가 범인으로 **몰렸다**.
② 백화점 세일 매장에 사람들이 한꺼번에 **몰렸다**.

## □ 몰아붙이다

corner, attack incessantly
訓斥、逼迫

例 ① 아이를 혼낼 때 무조건 **몰아붙이면** 안 된다.
② 우리 축구팀은 후반전에서 거세게 **몰아붙이다** 역전에 성공했다.

## □ 몰입하다[모리파다]

be immersed in
投入、沉浸

例 배우의 부정확한 발음 때문에 드라마에 **몰입하기** 어렵다.
그는 어수선한 분위기 속에서도 감정에 **몰입하여** 좋은 연기를 선보였다.

相似 집중하다 專注、集中
몰두하다 埋頭、投入
열중하다 熱衷

動詞　第21天

□ **묘사되다**　　be described
　　　　　　　被描寫

例　그 그림에는 사람들의 표정이 자세히 **묘사되어** 있다.　　*묘사하다　描寫

　　이 작품은 옛날 조선시대의 생활상이 잘 **묘사되어** 있다.

□ **무르다**　　return
　　　　　　（後悔）退回

例　바둑에서 바둑알을 놓고 다시 **무르는** 것은 예의가 아니다.

　　이 옷은 구입한 지 한 달이 지났기 때문에 돈으로 **무를**
　　수는 없다.

## 動詞　第21天 Quiz

I. 다음 단어와 어울리는 단어를 연결하세요.

눈물이, 땀이　　·　　　　　　　　·　맺히다

값을, 점수를　　·　　　　　　　　·　매기다

방법을, 방안을　·　　　　　　　　·　만끽하다

예상을, 한계를　·　　　　　　　　·　뛰어넘다

자유를, 기쁨을　·　　　　　　　　·　모색하다

II. 다음이 설명하는 단어를 <보기>에서 골라 쓰세요.

| <보기> | 떼다 | 마다하다 | 마비되다 | 매료되다 | 머물다 |
|---|---|---|---|---|---|
|  | 머뭇거리다 | 몰두하다 | 몰리다 | 묘사되다 | 면제하다 |

01 　　　　　　　: 매력에 빠지다.

02 　　　　　　　: 자세히 표현되다.

03 　　　　　　　: 한 쪽으로 쏠리다.

04 　　　　　　　: 자신이 없어서 망설이다.

05 　　　　　　　: 한 가지 일에 집중하다.

## 動詞　第22天

### ☐ 무르익다[무르익따]
ripen
（果實、時機）成熟

例　① 들판에 **무르익은** 곡식들을 보니 뿌듯했다.
　　② 분위기가 **무르익자** 너 나 할 것 없이 모두 나와 춤을 추었다.

### ☐ 무산되다
disperse
（計畫）告吹

例　갑작스런 사고로 여행 계획이 **무산되었다**.
　　남북 이산가족 상봉이 **무산될** 위기에 놓였다.

### ☐ 무시되다
be disregarded
被無視

例　인권이 **무시되는** 사회는 바로잡아야 한다.
　　학생 인권 조례 수정에 관한 학생들의 의견이 **무시되었다**.

*무시하다　無視

### ☐ 묵살하다[묵쌀하다]
ignore
置之不理

例　그 행사는 시민들의 요구를 **묵살한** 채 계속 진행되었다.
　　회사에서 근로자들의 의견을 **묵살하자** 파업을 강행하기로 했다.

## 묵히다[무키다]
age, leave unused
使陳舊、荒廢

例 포도주는 오래 **묵힐수록** 진한 맛을 낸다.
네가 갖고 있는 재주를 **묵히지** 말고 한번 발휘해 보는 건 어때?

## 문지르다
rub
揉、擦

例 간호사가 주사 놓은 곳을 손으로 **문지르라고** 했다.
어렸을 때 배가 아프면 엄마가 배를 **문질러** 주곤 했다.

## 물러나다
resign, step back
辭職、退後

例 그는 비리를 저지른 죄로 사장직에서 **물러날** 수밖에 없었다.
열차가 곧 도착하오니 한 걸음 뒤로 **물러나** 주시기 바랍니다.

## 물려주다
turn over
留給、傳給

例 아름다운 지구를 후손에게 **물려주어야** 한다.
그 분은 자식들에게 재산을 **물려주지** 않고 사회에 환원했다.

## 動詞　第22天

### ☐ 물리치다
beat, defeat
打敗

例　그는 경쟁자들을 **물리치고** 당당히 합격했다.

우리 팀은 상대팀을 2대 1로 **물리치고** 결승에 진출했다.

### ☐ 뭉치다
make round, unite
弄成團、團結

例　눈을 **뭉쳐서** 눈사람을 만들었다.

사람들이 한 마음으로 **뭉치면** 두려울 게 없다.

### ☐ 미화되다
be glamorized
被美化

例　그의 이야기는 지나치게 **미화된** 감이 있다.

세계 제패를 향한 그들의 전략은 세계 평화라는 말로 **미화되었다**.

### ☐ 밀려나다
be ousted
被擠出去

例　그는 공직에서 **밀려난** 후 귀농을 했다.

광장에 모인 사람들이 너무 많아 자꾸 뒤로 **밀려났다**.

## 밀어붙이다[미러부치다]

push
推到一邊、（事情）推進

例 ① 쌓아 놓았던 짐을 구석으로 **밀어붙였다**.
② 그는 계획대로 **밀어붙이는** 추진력이 있다.

## 밀어주다

support
推動、支持

例 친구들이 **밀어준** 덕분에 그 일이 잘 되었다.
선거에서 우리가 **밀어주었던** 사람이 당선되었다.

## 바로잡다

straighten, rectify
矯正、扶正

例 튼튼한 척추를 위해서는 자세를 **바로잡아야** 한다.
부조리한 사회를 **바로잡기** 위해서는 인식의 전환이 필요하다.

## 박탈하다

deprive
剝奪

例 아무리 큰 죄인일지라도 선거권을 **박탈할** 수는 없다.
국민으로서 누릴 수 있는 자유와 권리를 **박탈해** 버렸다.

動詞　第22天

## ☐ 반박하다[반바카다]

refute
反駁

例　그의 논리적인 주장에 아무도 **반박할** 수 없었다.

상대의 의견에 **반박하기** 위해서는 확실한 근거 자료가 있어야 한다.

## ☐ 반영하다[바녕하다]

reflect
反映

例　대중문화는 사회의 모습을 그대로 **반영한다**.

수업 태도를 성적에 **반영하여** 점수를 산출한다.

*반영되다　反映

## ☐ 반항하다

defy
反抗

例　사춘기가 되면 이유도 없이 부모에게 **반항하기도** 한다.

순응하지 않고 **반항하는** 사람들은 감시와 처벌의 대상이 되었다.

## ☐ 반환하다

return
歸還

例　입사 지원 서류는 일체 **반환하지** 않습니다.

무단으로 침입해서 가져간 문화재를 **반환해** 달라고 요청했다.

## ☐ 발간하다

例 그는 첫 시집을 **발간하자마자** 인기를 끌었다.

답사를 다니면서 조사한 방언으로 자료집을 **발간하였다**.

publish
發行

*발간되다  被發行

## ☐ 발굴하다

例 고고학자들이 이곳에서 고대 유물을 **발굴했다**.

음악계를 이끌어 갈만한 인재를 **발굴하여** 육성하고자 한다.

excavate
挖掘、發掘

*발굴되다  被發掘

## ☐ 발효시키다

例 막걸리는 천연 재료들을 오랫동안 **발효시켜서** 만든 술이다.

전통 음식인 된장, 간장 등은 콩을 **발효시켜서** 만든 음식이다.

ferment
使發酵

## ☐ 발휘하다

例 집들이 때 요리 솜씨를 마음껏 **발휘해** 보세요.

그는 이번 대회에서 숨겨진 영어 실력을 마음껏 **발휘했다**.

demonstrate
發揮

## 動詞　第22天

♪44

### ☐ 방지하다
prevent
防止

例　정기적인 점검을 통해 사고를 미연에 **방지할** 수 있다.
　　탈모를 **방지하기** 위해서는 꾸준한 치료를 받아야 한다.

### ☐ 방출하다
release
排放、釋出

例　그 회사는 불법으로 오염 물질을 **방출한** 혐의를 받고 있다.
　　물가 안정을 위해서 정부가 보유한 농산물을 시중에 **방출하였다**.

### ☐ 방치하다
leave
放置

例　버려진 쓰레기를 수거하지 않은 채 며칠째 **방치하고** 있다.
　　술에 취해 길에서 자는 사람을 그대로 **방치해서는** 안 된다.

### ☐ 배다
become accustomed to
permeate
滲透、滲入

例　교육을 잘 받아서 그런지 예의가 몸에 **배어** 있는 듯하다.
　　생선 가게를 하시는 어머니는 생선 냄새가 항상 몸에 **배어** 있다.

## 배분하다

例 직원들에게 혜택을 골고루 **배분해야** 한다.

그 회사는 공동 투자자들에게 각각 이익금을 **배분해** 준다.

distribute
分配

相似 분배하다 分配

## 배설하다

例 애완견들이 **배설한** 배설물은 주인이 반드시 치워야 한다.

체내에 쌓인 노폐물을 밖으로 **배설해** 내야 건강을 유지할 수 있다.

excrete
排泄

## 動詞　第22天 Quiz

Ⅰ. 다음 단어와 비슷한 의미의 단어를 연결하세요.

반환하다　·　　　　　·　반발하다

반항하다　·　　　　　·　돌려주다

묵살하다　·　　　　　·　빼앗다

배분하다　·　　　　　·　무시하다

박탈하다　·　　　　　·　분배하다

Ⅱ. 다음 빈칸에 알맞은 단어를 고르세요.

**01** 모두가 힘을 (　) 불가능한 일도 없다.

① 벌인다면　　② 뭉친다면
③ 몰두한다면　④ 반박한다면

**02** 능력을 최대한 (　) 좋은 결과를 얻기를 바란다.

① 비워서　　② 발휘해서
③ 서슴어서　④ 복제해서

**03** 대를 이어온 음식 사업을 큰 아들에게 (　).

① 배치했다　② 물러났다
③ 반환했다　④ 물려주었다

**04** 환경오염을 (　) 위한 다각도의 방안을 모색해야 한다.

① 보완하기　② 부담하기
③ 방지하기　④ 보류하기

# 動詞　第23天

## ☐ 배정되다

be assigned
被安排、被分配

例　우리는 각자 **배정된** 방으로 들어갔다.
　　우리 부서로 신입사원이 한 명 **배정되었다**.

*배정하다　安排、分配

## ☐ 배제하다

exclude
排除

例　해외 파견자를 선정할 때 기혼자들은 **배제했다**.
　　우리 팀이 질 가능성을 **배제하고** 전략을 세워야 한다.

*배제되다　被排除
　배제시키다　使排除

## ☐ 배척하다[배처카다]

exclude
排斥

例　특정 종교만을 **배척해서는** 안 된다.
　　외래문화를 무조건 **배척하고는** 발전할 수 없다.

*배척되다　被排斥
　배척시키다　使排斥

## ☐ 배출하다

emit
排出

例　오염물질을 함부로 **배출해서는** 안 된다.
　　원활한 신진대사를 위해서 노폐물은 밖으로 **배출해야** 한다.

*배출되다　被排出
　배출시키다　使排出

**動詞** 第23天

## ☐ 배치하다
arrange
配置

例 병원에 경찰을 **배치해서** 감시하고 있다.
　 필요한 인재를 적재적소에 **배치하는** 것은 아주 중요하다.

*배치되다　配置
　배치시키다　安排、布局

## ☐ 배회하다
hang around
徘徊

例 불량 청소년들이 공원을 다니며 **배회하고** 있다.
　 나는 아침 일찍 집을 나와 거리를 **배회하다가** 저녁 무렵 들어갔다.

## ☐ 버티다
endure
堅持

例 어렵고 힘든 상황에서도 끝까지 **버티겠다**.
　 아무도 나가지 못하도록 한 남자가 문 앞에 **버티고** 있다.

## ☐ 번성하다
prosper
興盛

例 자손이 **번성하기를** 바랍니다.
　 그 지역은 무역의 중심지로 크게 **번성하기** 시작했다.

相似　번창하다　繁榮、昌盛
*번성되다　興盛
　번성시키다　使興盛

## □ 번식시키다

例 새끼를 **번식시키는** 것은 동물의 본능이다.
세균을 **번식시키기에** 쉬운 환경이라 위생에 신경 써야 한다.

breed
使繁殖

*번식하다 繁殖
 번식되다 被繁殖

## □ 번창하다

例 그 나라는 수도를 옮기고 더욱 **번창하였다**.
뛰어난 경영 수완으로 사업이 날로 **번창하고 있다**.

flourish
繁榮、昌盛

相似 번성하다 興盛

## □ 벌이다[버리다]

例 끝까지 친구하고 논쟁을 **벌이다가** 헤어졌다.
동네에서 회갑 잔치를 **벌이자** 많은 사람이 모였다.

begin, wage
展開

*사업을 벌이다 展開事業

## □ 병행하다

例 의료 사업과 복지 사업을 **병행해** 나가야 한다.
지금 학업과 사업을 **병행하는** 것은 불가능하다.

combine
並行

動詞　第23天

□ **보강하다**
reinforce
補強、加強

例　힘을 **보강해서** 다시 도전하겠어요.
　　약해진 체력을 **보강하기** 위해 운동을 시작했다.

□ **보급되다[보급뙤다]**
become common
普及

例　전 세계에 컴퓨터가 널리 **보급되고** 있다.
　　신기술이 **보급되면서** 생활에 많은 변화가 생겼다.

*보급하다　普及
　보급시키다　使普及

□ **보류되다**
be put on hold
被保留

例　다음 회의까지 결정이 **보류되었다**.
　　시민들의 반발에 의해 **보류되었던** 법안이 결국 시행되기에 이르렀다.

□ **보상하다**
compensate
賠償

例　아이의 장난으로 깨진 유리창을 **보상해** 주었다.
　　가해자는 사고로 피해를 입은 사람에게 **보상할** 예정이다.

## □ 보완되다

be supplemented with
補充、補足

例 약점이 **보완되고** 나서 다음에 다시 도전하겠다.
　　이 제도의 부족한 부분은 반드시 **보완되어야** 한다.

*보완하다　補充、補足

## □ 보유하다

possess
保有

例 그는 세계 신기록을 **보유한** 사람이다.
　　그는 어마어마한 많은 부동산을 **보유하고** 있다.

## □ 보존하다

preserve
保存

例 우리의 문화유산을 잘 **보존해야** 한다.
　　환경을 잘 **보존해서** 후손에게 물려주자.

*보존되다　被保存

## □ 복구하다[복꾸하다]

restore
復原

例 컴퓨터의 자료를 **복구할** 수 있을지 모르겠다.
　　무너진 건물을 **복구하는** 데에는 많은 시간이 걸린다.

*복구되다　被復原
　복구시키다　使復原

動詞　第23天

□ **복받치다**[복빧치다]　surge / 湧上、湧出

例　갑자기 **복받치는** 슬픔에 이를 악물고 참았다.
　　1년 만에 나타난 아들을 보자 감정이 **복받쳐** 올랐다.

相似　북받치다　湧上

□ **복수하다**[복쑤하다]　avenge / 報仇

例　아버지의 원수인 당신에게 꼭 **복수하고** 말거야.
　　세상에 **복수하기** 위해서 죽을힘을 다해 노력했다.

相似　보복하다　報復

□ **복원하다**　restore / 復原

例　화재로 소실된 문화재를 **복원하였다**.
　　한번 파괴된 환경은 **복원하기** 힘들다.

*복원되다　被復原
　복원시키다　使復原

□ **복제하다**[복쩨하다]　make a copy / 複製

例　동물의 DNA를 **복제하는** 기술이 개발되고 있다.
　　유명한 회사의 제품을 **복제해서** 만든 물건이 복제품이다.

*복제되다　被複製

## □ 부각되다[부각뙤다]

stand out in relief
凸顯、浮現

例 단점이 **부각된** 옷차림은 피해야 한다.
청년 실업 문제가 사회의 가장 큰 문제로 **부각되고** 있다.

*부각하다　凸顯、突出
　부각시키다　使凸顯

## □ 부담하다

bear
負擔

例 공사비는 아파트 주민들이 **부담해야** 할 몫이다.
나는 이번에 부모님으로부터 독립을 했기 때문에 생활비는 스스로 **부담해야** 한다.

*부담되다　感到負擔
　부담시키다　使負擔

## □ 부양하다

support
扶養

例 가족을 **부양하는** 것은 가장의 책임이다.
부모가 늙고 능력이 없어지면 자식이 부모를 **부양해야** 한다.

## □ 부여하다

give, grant
賦予

例 학생들에게 학습 동기를 **부여해** 주기를 바랍니다.
국회의원에게 국민들의 의견을 대신할 권리를 **부여한다**.

*부여되다　被賦予

## 動詞  第23天

### □ 부응하다

satisfy
響應、不辜負

例 시대의 변화에 **부응하려면** 우리도 변해야 한다.
나는 부모님의 기대에 **부응하기** 위해 더욱 열심히 노력한다.

*부응되다  響應

### □ 부임하다

go to a new post
赴任

例 우리 학교에 교장 선생님이 새로 **부임하셨다**.
그가 사장으로 **부임하자마자** 인사 개편이 이루어졌다.

*부임되다  赴任、上任

## 動詞　第23天 Quiz

### I. 다음 빈칸에 공통적으로 들어갈 단어를 고르세요.

**01**
사소한 의견 차이로 쓸데없는 논쟁을 (　　).
우리 마을에서는 어르신들 회갑 잔치를 (　　) 있다.
무턱대고 사업을 (　　) 전에 창업에 대한 연구가 우선되어야 한다.

① 개다　　　　　　　　　② 벌이다
③ 나누다　　　　　　　　④ 이끌다

**02**
아이가 병원에 가지 않겠다고 끝까지 (　　)고 있다.
눈의 무게를 (　　) 못하고 지붕이 아래로 내려앉았다.
고난과 역경 속에서도 마지막까지 (　　) 사람이 최후의 승자다.

① 면하다　　　　　　　　② 다지다
③ 버티다　　　　　　　　④ 머물다

### II. 다음 (　　) 안에서 문장에 알맞은 단어를 골라 ○ 하세요.

**01** 대기업이 학력을 완전히 ( 배재한, 배척한 ) 열린 채용을 시행해 눈길을 끌고 있다.

**02** 그 회사는 고객들의 기대에 ( 부여하기, 부응하기 ) 위해 신상품 개발에 매진하고 있다.

**03** 문화재청은 산불 피해로 인해 소실된 전통 사찰을 다시 예전의 모습으로 ( 복원하는, 복제하는 ) 데 힘쓰고 있다.

**04** 지하철 9호선 요금 인상안이 서울시의 제재와 시민들의 반발에 의해 일단 ( 보류됐다는, 보급됐다는 ) 소식이 전해졌다.

## 動詞　第24天

### □ 부정하다
deny
否定

例　현실을 **부정하지** 말고 그냥 받아들이세요.
네가 어머니의 딸이라는 것은 **부정할** 수 없는 사실이다.

相似　부인하다　否認

### □ 부추기다
abet
煽動、唆使

例　광고는 소비자들의 소비 욕구를 **부추긴다**.
친구들이 잘한다고 나를 **부추겨서** 노래 대회에 나가게 되었다.

### □ 부풀리다
exaggerate, blow up
使誇大、使膨脹

例　그는 상반기 수출 실적을 **부풀려서** 보고했다.
밀가루 반죽을 오븐에 넣어 구웠더니 맛있게 **부풀려졌다**.

*부풀려지다 :
부풀리다+~아/어지다
使變膨脹

### □ 부합하다[부하파다]
correspond
符合

例　이 제도는 민주주의의 이념에 **부합한다**.
자신의 이상에 **부합하는** 일을 찾아야 한다.

*부합되다　符合

## 북돋우다[북또두다]

encourage
鼓舞

例 부모님의 격려는 용기를 **북돋우기에** 충분했다.

그의 말 한마디가 학업에 대한 의욕을 **북돋워** 주었다.

## 북적대다[북쩍때다]

be crowded
擁擠

例 거리는 온통 사람들로 **북적댔다**.

할인 행사를 하고 있는 백화점은 손님들로 **북적댔다**.

相似 북적거리다  擁擠

## 분간하다

distinguish
區分、辨別

例 누구의 말이 옳은지 **분간하기** 힘들다.

너무 닮아서 누가 내 친구인지 **분간할** 수 없었다.

## 분배하다

distribute
分配

例 사원들에게 이익을 똑같이 **분배했다**.

그는 자식들에게 유산을 골고루 **분배해** 주었다.

相似 배분하다  分配
*분배되다  被分配

動詞　第24天

## ☐ 분별하다

例　앞을 **분별할** 수 없을 정도로 안개가 끼었다.
　　너는 이제 무엇이 옳고 그른지 사리 **분별해야** 하는 나이다.

differentiate
辨別

相似　분간하다　辨別

## ☐ 분석하다[분서카다]

例　이 사고의 원인부터 **분석해야** 한다.
　　이 물질의 성분을 철저히 **분석하십시오**.

analyze
分析

## ☐ 분열되다[부녈되다]

例　종교에 의해 집단이 **분열되었다**.
　　우리나라는 한민족이지만 두 나라로 **분열되어** 있다.

break up
分裂

*분열하다　分裂
　분열시키다　使分裂

## ☐ 분포되다

例　서울에는 사람들이 많이 **분포되어** 있다.
　　이 식물은 전국 각지에 골고루 **분포되어** 있다.

be spread
分布

*분포하다　分布

## □ 분화되다

be divided in
被分化

例 현대에 와서 직업은 더욱 다양하게 **분화되었다**.

회사에서 하는 일이 더욱 복잡하게 **분화되었다**.

*분화하다 分化

## □ 불신하다[불씬하다]

distrust
不相信

例 상대를 **불신하는** 풍조를 없애야 한다.

그들은 우리의 의견을 무조건 **불신한다**.

## □ 불어나다

grow, mount up
上漲、增加

例 계속되는 장마로 물이 **불어나서** 다리를 통제했다.

임신으로 체중이 **불어나서** 걷기가 힘들 정도이다.

## □ 불허하다

disapprove
不允許

例 임원진들은 그의 복귀를 **불허하고** 나섰다.

서울시는 이곳에 새로운 건축물 설립 공사를 **불허했다**.

動詞　第24天

## □ 붐비다
be crowded
擁擠

例　시내가 온통 사람들로 **붐벼서** 머리가 아플 지경이다.
　　이곳은 주말이면 바람을 쐬러 야외로 나온 차들로 **붐빈다**.

## □ 붙다[붇따]
stick to, pass(an exam), follow
貼、待（著）、考上、緊靠（著）

例　① 저 두 사람은 항상 **붙어** 다닌다.
　　② 오늘은 어디 좀 나가지 말고 집에 **붙어** 있어.
　　③ 그는 10년을 공부한 끝에 드디어 사법고시에 **붙었다**.
　　④ 학교 정문에는 대학 입학 합격자 명단이 빽빽하게 **붙어** 있다.

## □ 비기다
tie
持平

例　결승전에서 1대 1로 **비겨서** 연장전까지 갔다.
　　지난번엔 네가 이겼고 이번엔 내가 이겼으니 우리 **비긴** 걸로 하자.

## □ 비롯되다[비롣뙤다]
originate from
始於、出於

例　싸움은 항상 사소한 오해에서 **비롯된다**.
　　그의 밝은 표정은 긍정적이고 낙천적인 성격에서 **비롯된** 것이다.

## □ 비우다

empty, go away
空出

例 해외 파견으로 1년간 집을 **비우게** 되었다.

그는 술잔을 다 **비우고** 나서야 자리에서 겨우 일어났다.

## □ 비유하다

compare
比喻

例 사람들은 인생을 마라톤에 **비유하곤** 한다.

이 시(時)에서는 봄을 암울한 시대의 희망으로 **비유하고** 있다.

*비유되다　被比喻成

## □ 비치되다

be furnished
備有

例 화장실에는 여성 용품이 **비치되어** 있다.

건물 1층 로비에는 현금인출기가 **비치되어** 있다.

*비치하다　配置

## □ 비평하다

criticize
批評

例 나는 예술 작품을 감상한 후에 **비평하는** 것을 좋아한다.

그는 남의 작품을 **비평할** 줄만 알았지 자신의 작품을 창작할 줄 모른다.

**動詞　第24天**

## □ 빗발치다[비빨치다]

rain, be flooded with
接二連三地來

例　그는 총알이 **빗발치는** 전쟁터에서 살아남았다.

　　이번 행사에 대한 문의 전화가 **빗발치고** 있다.

## □ 빠져들다

fall into
陷入

例　그가 나를 사랑한다는 착각에 점점 **빠져들고** 있다.

　　하루 종일 너무 피곤했던 나는 눕자마자 잠에 **빠져들었다**.

## □ 빼내다

take out, pick out
拔出、弄出、挑出

例　① 벽에 박혀 있는 못을 **빼내느라** 애를 먹었다.

　　② 그를 감옥에서 **빼내려면** 많은 보석금이 필요하다.

　　③ 회사에서 고급 정보를 **빼내서** 경쟁 회사로 넘겼다.

## □ 빼돌리다

pilfer
（騙取）挪用

例　그는 기업의 공공 재산을 해외로 **빼돌린** 혐의로 구속되었다.

　　그들은 국민들의 세금을 **빼돌려** 자신들의 배만 불리고 있다.

## □ 뺨치다

outshine
不亞於

例 그 아이는 가수 **뺨치게** 노래를 잘한다.

그는 어린 나이에도 불구하고 전문가 **뺨치는** 실력을 갖고 있었다.

## □ 뻗다

extend, stretch
展開、延伸

例 그는 다리를 쭉 **뻗고** 편하게 앉아 있었다.

이 제품은 뛰어난 기술과 품질을 바탕으로 한국을 넘어 세계로 **뻗어** 나가는 중이다.

# 動詞  第24天 Quiz

Ⅰ. 다음이 설명하는 단어를 <보기>에서 골라 쓰세요.

| <보기> | 분배하다 | 분간하다 | 분열하다 | 분포하다 |
|---|---|---|---|---|
|  | 분화하다 | 분석하다 |  |  |

| 분(分) | ① | 어떤 대상을 다른 것과 구별하다. |
|---|---|---|
|  | ② 분배하다 | 여러 사람이 일정하게 나누다. |
|  | ③ | 일정한 지역에 여기저기 흩어져 있다. |
|  | ④ | 같은 성질에서 다른 성질의 것으로 나뉘어 변하다. |
|  | ⑤ | 집단이나 단체, 사상 등이 나뉘다. |
|  | ⑥ | 복잡한 것을 논리적으로 하나하나 풀다. |

Ⅱ. 다음 빈칸에 알맞은 단어를 고르세요.

**01** 모든 사건사고는 순간의 잘못에서 (   ).

① 보류되었다　　　　② 비롯되었다
③ 복구되었다　　　　④ 분포되었다

**02** 친구는 중간에서 싸움을 말리기는커녕 오히려 더 싸우게 (   ).

① 부추겼다　　　　② 제기했다
③ 발휘했다　　　　④ 박탈했다

**03** 작품을 써 나가다 보면 나도 모르게 소설의 주인공이 되어 그 이야기에 흠뻑 (   ) 한다.

① 빼돌리곤　　　　② 병행하곤
③ 빠져들곤　　　　④ 뻗어나가곤

**動詞** 第25天

### ☐ 뽐내다

boast
炫耀

例 무대에서 모두들 각자의 실력을 **뽐내는** 중이다.

이번 경기에서는 각자가 연마한 기량을 충분히 **뽐냈다**.

### ☐ 뿌리박다

take hold
扎根、根植

例 나는 오래된 방황 끝에 드디어 한 곳에 **뿌리박고** 살기 시작했다.

우리나라의 전통 사상은 전반적으로 유교 사상에 **뿌리박고** 있다.

### ☐ 뿌리치다

shake off
甩開

例 그는 잡았던 나의 손을 **뿌리치고** 나가 버렸다.

온갖 유혹을 **뿌리친** 채 공부에 매진하고 있다.

### ☐ 사로잡히다[사로자피다]

be taken captive, be seized with
被擒、陷入

例 적군에게 **사로잡힌** 그는 탈출을 시도했다.

범행 후 용의자는 죄책감에 **사로잡혀서** 결국 자수를 했다.

*사로잡다 抓住

## 動詞　第25天

### ☐ 살피다
look around, sound out
查看、觀望

例　그는 불안함 마음에 주위를 **살피면서** 집을 나섰다.
　　아들은 분가하겠다고 말하고는 부모의 표정을 **살폈다**.

### ☐ 삼다[삼따]
make
作為、當作

例　이번 일을 문제 **삼지** 말고 한번만 눈 감아 주세요.
　　나는 강아지를 친구 **삼아** 같이 운동도 하고 산책도 한다.

### ☐ 상기되다
flush
（因興奮或害羞）臉紅

例　그는 빨갛게 **상기된** 얼굴로 나에게 고백을 했다.
　　시험을 치르고 나온 그의 얼굴은 붉게 **상기되어** 있었다.

### ☐ 상승하다
rise
上升

例　3월 들어 기온이 점차 **상승하고** 있다.
　　물가가 **상승하면** 임금도 인상해야 한다.

*상승되다　上升
　상승시키다　使上升

224

## □ 상응하다

例 일을 시키면 그에 **상응하는** 대가도 지불해야 한다.

사람들은 지위에 **상응하는** 대우를 받고 싶어 한다.

correspond
相應、相對

## □ 상주하다

例 그 섬에는 우리나라 사람들이 **상주하고** 있다.

나는 지방에 **상주하면서** 일주일에 한 번 서울에 올라온다.

reside
常駐、長期居住

## □ 새기다

例 그와의 추억은 마음에 깊이 **새길** 것이다.

그 물건에는 새와 나무 그림이 **새겨져** 있었다.

carve
刻

*새겨지다 : 새기다+〜
아/어지다 刻有

## □ 서슴다[서슴따]

例 사랑 앞에서는 **서슴지** 마세요.

그는 곤란한 질문에도 **서슴지** 않고 대답했다.

hestitate
躊躇、猶豫

*서슴다+〜지 않다,
〜지 말다 不猶豫、
不要猶豫

動詞　第25天

## □ 석방되다[석빵되다]
be released, go free
被釋放

例　그는 오랜 감옥 생활을 마치고 마침내 **석방되었다**.

지난 폭동 때 포로로 잡힌 인질들이 무사히 **석방되어서** 다행이다.

*석방하다　釋放

## □ 선도하다
take the lead
引領

例　그 회사는 신기술 개발로 휴대 전화 업계를 **선도하고** 있다.

방송 매체들은 정직한 정보 전달로 올바른 사회를 **선도해야** 한다.

## □ 선정되다
be nominated
被選定

例　그는 이달의 우수 모범 사원으로 **선정되었다**.

그 작가의 책이 청소년 권장 도서로 **선정되었다고** 한다.

*선정하다　選定

## □ 선출하다
elect
選出

例　우리 반 친구들은 다수결로 반장을 **선출했다**.

많은 사람의 신망을 얻은 그를 대통령 후보로 **선출했다**.

*선출되다　當選

## □ 설계하다

design
設計

例 이 건물은 유명한 건축가가 **설계했다**.

이번 일을 계기로 인생을 다시 **설계해야겠다**.

*설계되다　設計成

## □ 설립하다[설리파다]

establish
設立

例 올해를 맞아 학교를 **설립한** 지 50주년이 되었다.

자연 생태계를 보호하기 위해 환경 단체를 **설립했다**.

*설립되다　被設立

## □ 섬기다

serve
侍奉

例 옛말에 충신은 두 임금을 **섬기지** 않는다고 하였다.

위로는 부모를 잘 **섬기고** 아래로는 자식들을 잘 돌봐야 한다.

## □ 섭취하다

take in
攝取

例 건강을 유지하려면 음식물을 골고루 **섭취해야** 한다.

채식주의자는 고기 대신 콩이나 두부로 단백질을 **섭취한다**.

## 動詞　第25天

### □ 성립되다[성닙뙤다]

come into effect, go through
成立

例　그는 이번 계약이 **성립되는** 데 많은 도움을 주었다.
당신이 계속 거부하면 공무 집행 방해죄가 **성립된다**.

*성립하다　成立

### □ 성행하다

be prevalent
盛行

例　최근에는 소셜 네트워크를 이용한 광고가 **성행하고** 있다.
한때 매매가 금지된 물품들의 불법 거래가 **성행하기도** 했다.

### □ 소각하다[소가카다]

incinerate
焚燒

例　이곳은 버려진 폐기물들을 **소각하는** 곳이다.
일회용품은 **소각하는** 데에도 유해물질이 발생하므로 사용하지 않는 게 가장 좋다.

### □ 소멸하다

disappear, determine
消滅

例　범인은 단서가 될 만한 모든 증거를 **소멸하였다**.
세계화는 많은 발전을 가져다주지만 그 민족만의 고유문화를 **소멸하기도** 한다.

*소멸되다　被消滅

## ☐ 소모되다

get used up
被消耗

例 이삿짐을 싸는 데 꼬박 하루라는 시간이 **소모되었다**.
이 운동은 몸 전체를 이용하기 때문에 많은 에너지가 **소모된다**.

*소모하다 消耗

## ☐ 소비되다

be consumed
被消費

例 에어컨의 보급으로 **소비되는** 전력량이 더욱 늘었다.
유명 배우를 섭외해서 광고를 찍는 데 많은 돈이 **소비된다**.

*소비하다 消費

## ☐ 소실되다

be destroyed by fire
被燒毀

例 전쟁으로 인해 몇 년간의 기록이 **소실되었다**.
침략과 전쟁으로 인해 많은 문화재들이 **소실되었다**.

## ☐ 소외되다

be alienated
被冷落、被排擠

例 우리는 **소외된** 계층들에게 따뜻한 관심을 가져야 한다.
인기 있는 드라마를 안 보면 대화에서 **소외되기** 십상이다.

*소외를 당하다 被疏離

## 動詞 第25天

□ **소요되다**  take, cost
需要

例 매일 출퇴근하는 데 많은 시간이 **소요된다**.
신제품 개발에 **소요되는** 비용이 만만치 않다.

□ **소유하다**  own, possess
所有、擁有

例 그는 막대한 재산과 권력을 **소유한** 사람이다.
그는 자신이 **소유한** 주식의 일부를 팔아 치웠다.

## 動詞　第25天 Quiz

Ⅰ. 다음 단어와 어울리는 단어를 연결하세요.

물가가, 기온이　·　　　　　　　·　뿌리치다
영양을, 음식을　·　　　　　　　·　상승하다
체력이, 전기가　·　　　　　　　·　설계하다
유혹을, 제의를　·　　　　　　　·　섭취하다
인생을, 건물을　·　　　　　　　·　소모되다
비용이, 시간이　·　　　　　　　·　소실되다
문화재가, 기록이　·　　　　　　·　소요되다

Ⅱ. 다음 빈칸에 알맞은 단어를 고르세요.

**01** 눈앞에 문제가 놓여 있을 때 다급한 마음으로 '도대체 어떻게 하지?' 라는 걱정에 (　　) 말아야 한다. 다시 말해서 문제에 대한 시야를 다각적으로 넓혀서 생각한다면 난관을 극복하는 방법도 쉽게 찾아 낼 수 있을 것이라 확신한다.

① 배척하지　　　　② 부응하지
③ 복받치지　　　　④ 사로잡히지

**02** 내가 아는 한 사업가는 모든 걸 버리고 어려서부터의 꿈이었던 화가의 꿈을 이루기 위해 자연과의 삶을 선택했다. 시골에 작업실을 만들어놓고 매일 산과 강을 앞에 놓고 그림 그리는 것을 낙으로 (　　) 살고 있다. 요즘에는 이렇게 세상에 대한 욕심을 버리고 여유롭게 인생을 즐기는 사람들이 늘어나고 있다.

① 삼으며　　　　　② 설레며
③ 수긍하며　　　　④ 몰두하며

**動詞** 　第26天

## ☐ 소지하다

carry
攜帶

例 불법으로 무기를 **소지하면** 안 된다.

신분증을 **소지하지** 않은 사람들은 앞으로 나오세요.

## ☐ 소진하다

exhaust
耗盡

例 전쟁을 하는 데에 많은 국력을 **소진했다**.

힘을 다 **소진해** 버린 그녀는 쓰러지고 말았다.

*소진되다　被耗盡

## ☐ 소통하다

ecommunicate
溝通

例 우리는 말이나 글을 통해서 **소통한다**.

국민들과 **소통하는** 정부가 되었으면 좋겠다.

*소통되다　相通

## ☐ 손꼽히다[손꼬피다]

one of the best
數一數二、屈指可數

例 그는 이 마을에서 **손꼽히는** 부자이다.

이번 월드컵에서는 브라질이 가장 강력한 우승 후보로 **손꼽혔다**.

## □ 솟다[솓따]

soar
冒出、上升

例 도심에는 높은 건물들이 우뚝 **솟아** 있다.

최근 물가가 하늘 높은 줄 모르고 **솟고** 있다.

*기운이 솟다
　覺得來勁、有精神

## □ 쇠퇴하다

decline
衰退

例 공업의 발달로 농업이 **쇠퇴하기** 시작했다.

국력이 **쇠퇴한** 결과 백성들의 생활도 피폐해졌다.

*쇠퇴되다　衰退
　쇠퇴시키다　使衰退

## □ 수군거리다

talk in whispers
嘀咕

例 여기저기서 사람들의 **수군거리는** 소리가 들렸다.

사고 현장에는 많은 사람이 모여 **수군거리고** 있었다.

## □ 수긍하다

agree
首肯、同意

例 나는 그의 태도를 쉽게 **수긍할** 수 없었다.

그는 내 말을 듣고 **수긍하는** 듯 고개를 끄덕거렸다.

*수긍이 가다　同意

## 動詞　第26天

□ **수립하다[수리파다]**　establish / 建立

例　해당 지역의 특색에 맞는 정책을 **수립해야** 한다.
1948년에 대한민국은 독립된 정부를 **수립하였다**.

□ **수발하다**　care for / 伺候

例　그는 늙고 병든 부모님을 10년이나 **수발했다**.
환자를 **수발하면서** 비록 몸은 힘들었지만 많은 보람을 느꼈다.

*수발들다　服侍、伺候

□ **수소문하다**　ask around / 打聽

例　그의 행방에 대해 여기저기 **수소문했다**.
그 사건의 목격자가 있는지 **수소문해** 보세요.

□ **수여되다**　be awarded to / 被授予

例　장기자랑에서 1등을 한 팀에게는 상금이 **수여되었다**.
학교에 한 번도 빠지지 않은 사람에게는 개근상이 **수여된다**.

*수여하다　授予

## □ 수용하다

accept
接受

例 외래문화를 무조건 **수용하는** 것은 옳지 않다.

회사 측에서 노조의 요구를 적극 **수용하겠다고** 밝혔다.

## □ 수행하다

fulfill
執行

例 나는 작전을 **수행하기** 위해 이곳에 왔다.

나는 맡은 바 임무를 성실히 **수행할** 것이다.

## □ 순응하다[수능하다]

adapt, adjust oneself
順應

例 현실에 **순응해서** 살고자 한다.

모든 것을 버리고 자연으로 돌아가 자연에 **순응하며** 살고 싶다.

## □ 순환시키다

circulate
使循環

例 창문을 열어 실내 공기를 **순환시켜야** 한다.

이 치료법은 혈액에 쌓인 노폐물을 제거해서 원활하게 혈액을 **순환시켜** 준다.

\*순환하다 循環
 순환되다 循環

## 動詞　第26天

### □ 슬다
get rusted, get moldy
生鏽、發霉

> 자전거를 오래 방치해 두었더니 여기저기 녹이 **슬었다**.
> 장마철에는 습도가 높아져서 벽에 곰팡이가 **슬곤** 한다.

### □ 슬쩍하다[슬쩌카다]
steal
偷

> 나는 장난으로 친구의 휴대폰을 **슬쩍하고는** 모른 척했다.
> 그 사람은 버스에서 남의 지갑을 **슬쩍하다가** 경찰에게 붙잡혔다.

### □ 습득하다1[습뜨카다]
pick up
撿到

> 지하철에서 지갑을 **습득했다**.
> **습득하신** 물건은 분실물 센터로 갖다 주세요.

### □ 습득하다2[습뜨카다]
aquire
學會、習得

> 우리는 여러 가지 방법으로 지식을 **습득한다**.
> 모국어를 **습득하는** 것처럼 외국어를 **습득하려면** 많은 시간이 필요하다.

## □ 승진하다

be promoted
晉升、升遷

例 이번 인사에서 부장으로 **승진했다**.

김 대리는 그의 능력을 인정받아 동기들보다 빠르게 **승진했다**.

## □ 시달리다

suffer
受折磨

例 하루 종일 아이들에게 **시달렸더니** 몸살이 났다.

가난에 **시달렸던** 어린 시절을 보낸 덕분에 지금은 근검절약하는 습관이 몸에 뱄다.

## □ 시사하다

imply
啟發、暗示

例 그 사건은 저소득층의 불안한 모습을 **시사하고** 있다.

그는 인터뷰에서 선수 생활이 얼마 남지 않았음을 **시사했다**.

## □ 시행하다

enforce
施行、實施

*시행되다 開始實施

例 많은 회사에서 토요 격주 휴무제를 **시행하고** 있다.

새로운 법이나 제도를 **시행하기에** 앞서 이에 대한 충분한 협의가 이루어져야 한다.

## 動詞　第26天

### □ 신뢰하다[실뢰하다]
trust
信賴

例　나는 거짓말만 하는 그를 더 이상 **신뢰할** 수 없다.
인간관계에서 서로를 **신뢰한다는** 것은 매우 중요하다.

### □ 신장시키다
boost
使伸張

例　이번 협상을 통해 회사에 많은 이익을 **신장시켰다**.
대통령은 국력을 **신장시키기** 위해 많은 노력을 했다.

*신장하다　伸張

### □ 실리다
be published, be loaded
刊登、裝載

例　우리 학교에 대한 기사가 신문에 **실렸다**.
짐이 가득 **실린** 트럭이 덜컹거리며 지나갔다.

### □ 싫증나다[실쯩나다]
get tired of
厭煩

例　매일 똑같은 음식을 먹으니 **싫증날** 수밖에 없지.
그 선수의 마지막 경기 모습은 몇 번을 봐도 **싫증나지** 않는다.

## ☐ 심화되다

deepen
加深

例 저가 물건들이 많이 나오면서 가격 경쟁이 **심화되고** 있다.

쓰레기장 설립을 반대하는 주민들과 정부의 갈등이 **심화되고** 있다.

## ☐ 쏠리다

focus on, lean
偏向、集中

例 사람들의 시선이 나에게 **쏠리자** 얼굴이 금세 빨개졌다.

버스가 갑자기 정차하는 바람에 사람들이 모두 앞으로 **쏠렸다**.

動詞  第26天

Ⅰ. 다음 단어와 단어의 설명이 맞는 것을 연결하세요.

습득하다 ・   ・① 세력이나 권력 등을 이전보다 더 커지게 하다

수소문하다 ・   ・② 세상에 떠도는 이야기나 소문을 찾아 알아보다

시행하다 ・   ・③ 학문이나 기술 등을 배워서 자기 것으로 하다

신장시키다 ・   ・④ 몸이 불편한 사람 곁에서 여러 가지 시중을 들며 보살피다

수발하다 ・   ・⑤ 법이나 제도 등을 실제로 행해서 효력을 발생시키다

Ⅱ. 다음 빈칸에 알맞은 단어를 고르세요.

01  잦은 야근으로 체력이 많이 (    ).

① 쌓였다          ② 솟구쳤다
③ 소진되었다      ④ 완화되었다

02  그의 구체적인 설명을 듣고 나서 겨우 (    ) 수 있었다.

① 여길            ② 싫증날
③ 수긍할          ④ 연상할

03  이 책에 (    ) 사진 자료들은 책의 내용을 이해하는 데 많은 도움이 될 것이다.

① 실린            ② 쌓인
③ 옮긴            ④ 수립한

## 動詞　第27天

### ☐ 쑤시다
ache, throb
刺痛、痠痛

例　비만 오면 온몸이 **쑤신다**.
　　전날에 너무 많이 걸은 탓인지 다리가 욱신욱신 **쑤셨다**.

### ☐ 쓰다듬다[쓰다듬따]
stroke
撫摸

例　아이의 머리를 **쓰다듬으면서** 칭찬해 주었다.
　　강아지는 머리를 **쓰다듬어** 주면 기분이 좋아서 꼬리를 흔든다.

### ☐ 아끼다
cherish, save
愛惜、節省

例　우리 아버지는 동생을 끔찍이 **아끼셨다**.
　　나는 용돈을 **아껴서** 부모님께 선물을 사 드렸다.

### ☐ 아랑곳하다[아랑고타다]
concern
理會、在乎

例　아이들은 추위에도 **아랑곳하지** 않고 눈싸움을 했다.
　　그는 다른 사람의 시선 따위에는 **아랑곳하지** 않는 사람이었다.

*아랑곳하지 않다　不在乎

## 動詞　第27天

### 아우르다
bring together, intergrate
撮合、整合

例  그는 세대를 **아우를** 수 있는 음악을 만들고 싶어 했다.
전 세계의 예술인들을 **아우를** 수 있는 축제를 개최할 예정이다.

### 악물다[앙물다]
clench(one's teeth)
咬緊（牙關）

例  나는 합격을 위해 이를 **악물고** 공부했다.
복받치는 설움을 참느라고 이를 **악물었다**.

### 악용하다
abuse
濫用

例  법을 개인의 이익에 **악용해서는** 안 된다.
그들은 권력을 **악용해서** 부정과 비리를 저지르고 있다.

### 악화되다[아콰되다]
degenerate
惡化

例  병세가 **악화되어** 중환자실로 옮겼다.
정부의 무력 진압으로 사태가 더욱 **악화되었다**.

*악화시키다　使惡化

## □ 안주하다

　例　나는 이곳에 **안주할** 생각이다.
　　　현실에 **안주하지** 말고 새로운 것에 도전하세요.

settle for, satisfy oneself
安居、安於（現狀）

## □ 알선하다[알썬하다]

　例　부동산 중개업자가 **알선해** 준 집을 계약했다.
　　　그는 구직자들에게 원하는 일자리를 **알선하는** 일을 한다.

introduce
斡旋、介紹

## □ 앞세우다[압쎄우다]

　例　아이들을 **앞세우고** 오랜만에 동물원을 찾았다.
　　　국가의 이익보다 개인의 이익을 **앞세우면** 안 된다.

have (someone) go ahead
使～走在前面

## □ 앞장서다[압짱서다]

　例　정부가 **앞장서서** 환경보호 운동에 동참해야 한다.
　　　그는 모든 일에 **앞장서서** 하는 적극적인 학생이다.

lead
領頭、搶先

**動詞** 第27天

## □ 애용하다
patronize
愛用

例 이것은 내가 가장 **애용하는** 물건이다.

나는 우리나라에서 나고 자란 우리 농산물을 **애용한다**.

## □ 야기하다
cause
導致

例 학교 폭력은 더 큰 사회 문제를 **야기할** 수 있다.

인터넷의 발달은 새로운 문제들을 **야기하고** 있다.

*야기되다　引發
야기시키다　使引發

## □ 약화되다[야콰되다]
weaken
減弱

例 태풍의 세력이 점점 **약화되고** 있다.

부모들의 지나친 청결로 아이들의 면역력이 **약화되었다**.

## □ 양육하다[양유카다]
bring up
養育

例 자녀를 **양육하는** 일은 힘들지만 값진 일이다.

아이 셋을 혼자 **양육하다** 보니 몸이 열 개라도 모자랄 지경이다.

## □ 얕보다 [얕뽀다]

look down on
小看、瞧不起

例 아이라고 **얕보면** 큰 코 다칠 거예요.
상대를 **얕보고** 덤비면 분명 후회할 일이 생긴다.

## □ 어우러지다

mix, go well together
協調、和諧

例 그곳은 산과 강이 **어우러져** 멋진 풍경을 만들어냈다.
아이 어른 할 것 없이 모두 한데 **어우러져** 즐겁게 놀았다.

## □ 억제하다 [억쩨하다]

control, suppress
抑制

例 물가 상승을 **억제하기** 위한 대책 마련이 시급하다.
나는 감정을 **억제하기가** 쉽지 않은 편이라 화를 잘 낸다.

*억제시키다　使抑制

## □ 언급하다 [언그파다]

mention
談到、提及

例 경찰은 사건에 대해서 간단하게 **언급했다**.
앞서 **언급한** 바와 같이 환경 보호는 작은 실천에서 시작된다.

動詞　第27天

## 얽매이다[엉매이다]
be bound
被束縛

例　나는 누구에게 **얽매이는** 것을 좋아하지 않는다.

그는 가정에 **얽매인** 몸이기 때문에 자유롭지 못하다.

## 얽히다[얼키다]
be related, be entwined
有關、交織

例　흔들바위에 **얽힌** 슬픈 이야기가 있다.

이 사건은 복잡하게 **얽혀** 있어서 해결하기가 쉽지 않다.

## 없애다[업쌔다]
remove
消除

例　대화를 통해 세대 차이를 **없앨** 수 있다.

폭력을 **없애기** 위해서는 모두가 같이 노력해야 한다.

## 엎치락뒤치락하다[업치락뛰치라카다]
turn over and over
翻來覆去

例　나는 **엎치락뒤치락하며** 잠을 못 이루었다.

경기가 계속 **엎치락뒤치락하다가** 결국엔 비겼다.

## 여기다
regard
認為

例 그는 나를 친구로 **여기지** 않는다.
나는 엄마에게 받은 이 반지를 매우 소중하게 **여긴다**.

## 연계하다
work together
合作

例 학교와 기업이 **연계해서** 인재 양성에 힘쓰고 있다.
우리 회사는 다른 기업과 **연계해서** 사업을 확장할 계획이다.

## 연상되다
associable
聯想

*연상시키다 使聯想

例 이 그림을 보고 **연상되는** 단어를 말해 보세요.
사진기를 보면 함께 했던 많은 추억들이 **연상돼요**.

## 연속하다[연소카다]
continue
連續

例 그는 **연속해서** 올림픽 금메달을 땄다.
밖에서 개 짖는 소리가 **연속해서** 들려 왔다.

## 動詞 第27天

□ **연출하다**  direct
演出（呈現）

例 그는 지금까지 많은 작품들을 **연출했다**.

영화를 어떻게 **연출하느냐는** 감독의 손에 달려 있다.

□ **연합하다[연하파다]**  combine
聯合

例 그들은 서로 **연합해서** 힘을 합치고자 하였다.

신라는 백제와 **연합하여** 고구려에 대항하였다.

## 動詞　第27天 Quiz

I. 다음이 설명하는 단어를 <보기>에서 골라 쓰세요.

| <보기> | 아랑곳하다 | 앞장서다 | 얕보다 | 억제하다 |
|---|---|---|---|---|
|  | 얽매이다 | 연계하다 | 연상되다 | 엎치락뒤치락하다 |

01 _____ : 사람이나 물체가 자유롭지 못하게 구속된다는 의미의 피동사이다.

02 _____ : 어떤 감정이나 욕구 또는 어떤 행위나 현상 등이 생기지 않도록 억지로 누른다는 의미이다.

03 _____ : 다른 사람의 일에 나서서 관심을 갖거나 참견하다는 의미로 보통 부정 형태로 쓰인다.

04 _____ : 누운 몸을 엎었다가 뒤집었다가 하는 행위 또는 경기나 싸움에서 양편의 실력이 비슷하여 우승이 왔다 갔다 한다는 의미이다.

## 動詞　第28天

### ☐ 엿보다[엳뽀다]

peep
窺伺、揣測

例　학생들이 무엇을 하고 있는지 창문으로 교실 안을 **엿보았다**.
과감한 옷차림에서 그들의 자유분방한 생각을 **엿볼** 수 있다.

*기회를 엿보다　伺機

### ☐ 영입하다[영이파다]

recruit, scout
迎入

例　우리 팀에 외국 선수를 **영입할** 예정이라고 한다.
이 분야의 전문가를 우리 회사에 **영입하기로** 결정했다.

### ☐ 예견하다

predict
預見、預料

例　옛 조상들은 별 관측을 통해서 풍년을 **예견하기도** 했다.
누구든 앞날을 **예견할** 수는 있지만 그것에 의지해서는 안 된다.

### ☐ 예방하다

prevent
預防

例　독감을 **예방하기** 위해 정기적으로 주사를 맞는다.
건조한 계절에는 산불이 발생하지 않도록 철저히 **예방해야** 한다.

## □ 완주하다

complete the full distance
跑完（全程）

例 오랜 연습 끝에 마라톤 코스를 **완주해** 냈다.
그는 불편한 몸으로 마라톤을 **완주하여** 많은 사람의 박수를 받았다.

## □ 완화하다

relax
緩和

例 정부는 이번 달부터 수입 규제 품목을 **완화하기로** 했다.
양국 간의 긴장을 **완화하기** 위해 정상 회담을 개최했다.

*완화되다　開始緩和
　완화시키다　使緩和

## □ 왜곡하다[왜고카다]

distort
曲解

例 역사적 사실을 **왜곡하는** 것은 심각한 잘못이다.
그의 인터뷰를 **왜곡해서** 보도한 사실이 알려지자 많은 네티즌들이 분노했다.

*왜곡되다　被曲解
　왜곡시키다　使曲解

## □ 우러나오다

come from the heart
發自（內心）

例 나는 진심에서 **우러나오는** 대답이 듣고 싶다.
그의 행동은 마음에서 **우러나오는** 진실된 행동이었다.

動詞　第28天

## □ 우러러보다
look up, respect
仰望、仰慕

例　고향의 밤하늘을 **우러러보니** 별들이 가득했다.

마을 사람들은 뛰어난 업적을 이룬 그를 **우러러보았다**.

## □ 우려되다
worry
擔心

例　인터넷 게임으로 인해 유사한 범죄가 생길까 **우려된다**.

여름철에는 식중독 발생이 **우려되므로** 모두 위생 관리에 주의하시기 바랍니다.

## □ 우선시하다
take priority
優先

例　우리 아버지는 사람을 볼 때 능력보다는 됨됨이를 **우선시한다**.

최근 젊은이들 사이에서 가정보다는 일을 **우선시하는** 경향이 늘고 있다.

## □ 운영하다[우녕하다]
manage
營運

例　어머니께서는 조그마한 가게를 **운영하고** 계신다.

우리 회사는 여러 명이 공동으로 투자하여 **운영한다**.

## 울부짖다 [울부짇따]

wail
吼叫、嚎啕（大哭）

例 무엇에 놀랐는지 가축들이 **울부짖는** 소리가 들렸다.
폭발로 인해 지하실에 갇힌 그들은 살려 달라고 **울부짖었다**.

## 원망하다

blame
怨恨、埋怨

例 부모가 무능하다고 **원망했던** 내가 부끄럽기 짝이 없다.
재해로 한 해 농사가 엉망이 되자 농민들은 하늘을 **원망했다**.

## 원조하다

aid
援助

例 홍수 피해를 입은 지역을 **원조하는** 손길이 이어지고 있다.
굶주리고 있는 난민들을 **원조하기** 위해 구호 물품을 모으고 있다.

## 위조하다

counterfeit
偽造

例 지폐를 **위조하는** 기술이 나날이 발전하고 있다.
그는 문서를 **위조해서** 사기를 친 혐의로 입건되었다.

## 動詞　第28天

□ **위축되다**[위축뙤다]　cower
　　萎縮、退縮

　例　경기가 많이 **위축되어** 판매가 줄었다.
　　　자신감 있고 당당한 그의 모습에 **위축되었다**.

□ **위협하다**[위혀파다]　threaten
　　威脅

　例　강도는 돈은 물론 생명까지 **위협했다**.
　　　자연의 파괴는 인류의 생존을 **위협하고** 있다.

□ **유도하다**　induce
　　誘導

　例　학생들이 같이 공부할 수 있도록 분위기를 **유도한다**.
　　　광고나 이벤트를 이용해서 소비자들의 구매를 **유도할** 수 있다.

□ **유래하다**　originate
　　來自、源於

　例　이 마을 이름은 어느 효자의 이야기에서 **유래하였다고** 한다.
　　　'시치미를 떼다'라는 말은 매를 이용하는 사냥 풍습에서 **유래하였다**.

*유래되다　來自、源於

## ☐ 유발하다

例 불결한 위생 상태는 각종 질병을 **유발할** 수 있다.
아이들의 흥미를 **유발하기** 위해서 다양한 학습 방법이 개발되고 있다.

cause
誘發、引起

*유발되다　引發、引起

## ☐ 유언하다

例 아버지는 땅에 묻지 말고 화장해 달라고 **유언하셨다**.
자신의 전 재산을 소년소녀가장을 위해 써 달라고 **유언했다**.

leave a will
留下遺囑

## ☐ 유입되다[유입뙤다]

例 오염된 하수가 강으로 **유입되는** 것을 막아야 한다.
다른 나라와의 무역을 통해 서양의 문물이 **유입되었다**.

flow in
流入

*유입하다　流入

## ☐ 유지하다

例 세계 평화를 **유지하는** 데에 전쟁은 불필요하다.
여배우들은 아름다운 몸매와 피부를 **유지하기** 위해 많은 노력을 한다.

maintain
維持

*유지되다　維持

**動詞** 第28天

## ☐ 유치하다

attract
申辦、吸引

例 동계 올림픽을 **유치하기** 위해 많은 노력을 기울였다.

정부는 외국 자본을 **유치하고자** 새로운 시스템을 구축 중이다.

## ☐ 유통하다

distribute
流通

例 그는 불법으로 제조된 명품들을 국내에 **유통했다**.

그는 농가에서 생산된 인삼을 시중에 **유통해** 주는 일을 한다.

*유통시키다　使流通

## ☐ 융합되다[융합뙤다]

fuse
融合

例 이 시기에는 동양과 서양의 문화가 하나로 **융합되었다**.

이 두 물질이 서로 **융합되면** 큰 힘을 가진 에너지가 된다.

## ☐ 으깨다

mash
壓碎

例 삶은 감자를 **으깨서** 샌드위치를 만들었다.

호박죽을 만들려고 호박을 삶아서 **으깨** 놓았다.

## □ 으뜸가다

> the best
> 最優秀、首屈一指

例 그는 운동이라면 반에서 **으뜸간다**.

효도는 우리가 지켜야 할 **으뜸가는** 덕목이다.

## □ 응답하다[응다파다]

> response
> 回應、回答

例 그의 감동적인 연설에 박수로 **응답했다**.

설문조사에서 그 질문에 '그렇다'고 **응답한** 사람이 90%에 달했다.

## 動詞 第29天 Quiz

Ⅰ. 다음이 설명하는 단어를 완성해 보세요.

01 많은 것들 중에서 가장 첫째가 된다는 것을 일컫는 말은?

| ㅇ | ㄸ | ㄱ | 다 |

02 액체나 기체, 돈이나 물품, 문화나 사상 등이 어떤 곳으로 흘러 들어옴을 일컫는 말은?

| ㅇ | ㅇ | ㄷ | 다 |

03 사람이 어떤 일에 대해서 근심하거나 걱정한다는 것을 일컫는 말은?

| ㅇ | ㄹ | ㅎ | 다 |

Ⅱ. 다음 (　) 안에서 문장에 알맞은 단어를 골라 ○ 하세요.

01 이곳의 지명은 참 특이한데 어디에서 ( 유발한, 유래한 ) 거예요?

02 박물관에는 조상들의 지혜와 슬기를 ( 엿볼, 새길 ) 수 있는 유물들이 많다.

03 자신이 ( 우러러볼, 우러나올 ) 수 있는 우상이나 롤 모델이 있으면 성공하기 쉽다.

04 정부는 지역 간의 갈등을 ( 완주하기, 완화하기 ) 위한 특별 법안을 국회에 제출하였다.

## 動詞　第29天

### □ 응하다
accept, answer
回答、順應

例　그는 친절한 미소로 인터뷰에 **응했다**.
　　소비자들의 요구에 일일이 **응하는** 것이 힘들다.

### □ 의식하다[의시카다]
be aware
意識

例　다른 사람을 너무 **의식할** 필요는 없다.
　　카메라를 **의식하며** 하는 연기가 더 어색하다.

*의식되다　意識到

### □ 이끌다
lead, guide
帶領、領導

例　선생님은 학생들을 **이끌고** 산행을 갔다.
　　그는 팀을 우승으로 **이끄는** 데 한몫했다.

### □ 이룩하다[이루카다]
accomplish
實現

例　어려움을 이겨내고 찬란한 문화를 **이룩했다**.
　　급속한 경제 발전을 **이룩하였지만** 이에 따른 문제점도 발생했다.

相似　이루다, 실현하다
　　　實現

動詞　第29天

## ☐ 이르다

arrived
到達

例　오랜 토론 끝에 합리적인 결론에 **이르게** 됐다.
약속장소에 **이르러서야** 지갑을 잊고 안 가져온 것을 알았다.

## ☐ 이바지하다

contribute
貢獻

例　국가 발전에 **이바지할** 수 있도록 노력하겠습니다.
그 도시는 관광지로 선정되어 경제 발전에 **이바지하고** 있다.

相似　공헌하다, 기여하다
　　　貢獻

## ☐ 이완되다

be relaxed
放鬆

例　명상을 하면 근육이 **이완되면서** 긴장이 풀린다.
몸이 완전히 **이완된** 상태에서 마사지를 하는 것이 좋다.

相似　풀리다　化解、消除
相反　긴장하다　緊張
　　　긴축하다　緊縮

## ☐ 이입되다[이입뙤다]

import
移入

例　영화를 보는 내내 감정이 **이입됐다**.
심사할 때는 개인적인 감정이 **이입돼서는** 안 된다.

## □ 이주하다

例 최근 대도시로 **이주하는** 사람들이 많다.

나는 국외로 **이주한** 한국인 중에서 성공한 사람을 만났다.

migrate
移居

## □ 인수하다

例 대기업은 구조조정 중인 회사를 **인수하였다**.

신제품 개발을 위해 공장을 **인수하려고** 한다.

take over
接受、收購

相似 넘겨받다  接收

## □ 인식하다[인시카다]

例 사무실 출입문은 지문을 **인식하여** 열 수 있다.

그는 충격으로 아직도 자신의 현실을 **인식하지** 못했다.

recognize
辨認、認知

相似 알다  知道
　　 깨닫다  領悟
*인식되다  認識到

## □ 인용하다

例 전문가의 말을 **인용하여** 말씀드리겠습니다.

다른 책을 **인용할** 경우 출처를 밝혀 주세요.

quote
引用

*인용되다  被引用

動詞　第29天

## ☐ 인하하다

reduce
降低

例　정부는 공공요금을 **인하하기로** 결정했다.
　　대학교는 올해 등록금을 **인하하겠다고** 밝혔다.

相似　내리다　（往）下
相反　인상하다　提高
*인하되다　降低

## ☐ 일관하다

be consistent
始終（一貫）如一

例　그녀는 거만한 태도로 **일관했다**.
　　그는 아무 말 없이 침묵으로 **일관했다**.

*일관되다
　始終（一貫）如一

## ☐ 일다

rise, happen
激起

例　그 사건과 관련해 논란이 **일다보니** 재수사를 할 수밖에 없었다.
　　간혹 돌풍이 **일기는** 하지만 대체적으로 무난한 날씨를 보이겠습니다.

## ☐ 일치하다

correspond
一致

例　언행이 **일치하기**란 쉬운 일이 아니다.
　　회의에 참석한 사람들의 의견이 **일치했다**.

相似　맞다　一致
　　　들어맞다　正符合

## 일컫다 [일컫따]

call, term
稱為

例 탄수화물 중독이란 당질이 많은 음식을 자주 먹게 되는 증상을 **일컫는다**.

공유 경제란 구입하지 않고 필요한 만큼 빌려 쓰는 소비 형태를 **일컫는다**.

## 임명되다

be appointed
被任命

例 그가 반장으로 **임명되었다**.

한류 배우인 그는 한국의 홍보 대사로 **임명되었다**.

*임명하다　任命

## 임하다

go, take, face, engage in
面對、面臨

例 수업에 **임하는** 그의 태도는 언제나 진지했다.

마지막 경기라 그런지 경기에 **임하는** 자세가 다르다.

## 입증하다 [입쯩하다]

prove
證實

例 무죄를 밝히기 위해서는 결백을 **입증해야** 한다.

그 제품은 검사를 통해 안전성을 **입증하게** 됐다.

*입증되다　被證實

## 動詞　第29天

### 잇다[읻따]
take over, connect
繼承、接續

例　그는 아버지의 가업을 **잇기로** 결심했다.
그 가게는 언제나 손님들이 줄을 **이어** 기다린다.

### 잇따르다[읻따르다]
occur in succession
接連

例　홍수로 인한 피해가 **잇따르고** 있다.
이곳에서 사고 차량이 **잇따라** 발생했다.

相似　잇달다, 연달다　接連

### 자극하다[자그카다]
stimulate
刺激

例　신경을 **자극하는** 것이 뇌의 발달에 도움이 된다.
기업은 과장 광고로 소비자들의 호기심을 **자극한다**.

### 자라나다
grow up
成長

例　무럭무럭 **자라나는** 아이를 보니 뿌듯하다.
아이가 너무 깨끗한 환경에서 **자라나다** 보니 오히려 면역력이 떨어지는 경우도 있다.

相似　자라다　成長

## 자리매김하다

rank, position
定位、占據~位置

例 그는 가수에서 연기자로 확실히 **자리매김하였다**.

그 대학은 최고의 대학으로 **자리매김하기** 위해 장기적인 계획을 세웠다.

## 잠재하다

be latent
潛在

例 개인에게 **잠재해** 있는 능력은 무궁무진하다.

부모는 아이들에게 **잠재해** 있는 능력을 발굴해야 한다.

## 잡히다[자피다]

be decided, be caught, be taken
定、被拿（來）、被抓

例 ① 결혼 날짜는 가을로 **잡혔다**.

② 집을 담보로 **잡혀** 대출을 받았다.

③ 카메라에 **잡힌** 그녀의 모습이 아름답다.

## 장담하다

take large
說大話、誇口

例 그는 자신의 승리를 **장담하였다**.

내가 **장담하건데** 너는 꼭 성공할 거야.

## 動詞　第29天

□ **재건하다**

rebuild
重建

例　전쟁으로 인해 폐허가 된 건물을 **재건하였다.**

정부는 대지진으로 무너진 마을을 **재건하기로** 했다.

□ **재다**

measure
測量、打量

例　집에서 학교까지 얼마나 시간이 걸리는지 **재** 봤다.

두 사람 중에서 누가 더 나은지 조목조목 **재** 봤다.

## 動詞　第29天 Quiz

**I. 다음 (　) 안에서 문장에 알맞은 단어를 골라 ○ 하세요.**

01　그는 9회말 2아웃에서 홈런으로 팀의 역전승을 ( 이끌었다, 이르렀다 ).

02　연기를 할 때는 감정을 ( 이입해야, 인식해야 ) 좋은 연기를 할 수 있다.

03　도로에서 반복적으로 사고들이 ( 잇다, 잇따르다 ) 보니 조치가 필요하다.

04　두 사람은 의견이 ( 일관하지, 일치하지 ) 않는다는 이유로 서로 서먹해하고 있다.

**II. 다음 빈칸에 공통적으로 들어갈 단어를 고르세요.**

01　갑자기 촬영 일정이 (　) 쉴 틈이 없다.
　　한 카메라 앵글에 (　) 두 사람은 마치 쌍둥이 같았다.

　① 잇다　　　　　　② 응하다
　③ 재다　　　　　　④ 잡히다

02　바람이 강하게 부는 데다 물결이 높게 (　) 주의를 요한다.
　　최근 개정된 의료법은 병원의 매출을 위한 정책에 불과하다는 비난이 (　) 있다.

　① 일다　　　　　　② 이끌다
　③ 일컫다　　　　　④ 잇따르다

## 動詞　第30天

### ☐ 재배하다
cultivate
栽培

例　과일과 채소를 친환경으로 **재배하였다**.
　　귀농을 하고 처음으로 배추를 **재배하였다**.

### ☐ 재현하다
reenact
再現

例　영화는 소설 속 감동을 그대로 **재현하였다**.
　　이 프로그램은 실제 사건을 **재현해서** 만들었다.

*재현되다　被重現

### ☐ 저술하다
write
著述、撰寫

例　그는 문화와 관련된 책을 **저술하였다**.
　　이 책을 **저술하는데** 도움을 주신 모든 분들께 감사드립니다.

### ☐ 적용하다
apply
適用、運用

例　이 카드는 중복 할인을 **적용할** 수 없다.
　　학교에서 배운 이론을 현장에 맞게 **적용하였다**.

*적용되다　被運用

## 전래되다[절래되다]

be handed
傳來

예) 오래 전부터 중국에서 한자가 **전래되어** 쓰였다.

우리가 마시는 차의 대부분은 다른 나라에서 **전래된** 것들이 많다.

## 전수하다

pass down
傳授

예) 장인은 자신의 비법을 제자에게 **전수했다**.

선배들은 면접의 기술을 후배들에게 **전수했다**.

相似 물려주다, 전하다
傳給
*전수되다 被傳授

## 전이되다

transfer
轉移

예) 암세포가 다른 부분까지 **전이되었다**.

발목 통증이 허리까지 **전이되어** 걷기도 힘들다.

## 전파하다

spread
傳播

예) 한복을 통해 한국의 미를 전 세계에 **전파했다**.

정부는 후진국에 의료기술을 **전파하고** 도움을 주었다.

## 動詞　第30天

□ **전후하다**　be around / 前後

例　추석을 **전후해서** 택배 업무량이 많아진다.
　　출산을 **전후해서는** 건강과 영양 상태에 각별히 신경 써야 한다.

□ **절감하다1**　feel keenly / 深感

例　배우면 배울수록 교육의 필요성을 **절감하게** 된다.
　　나는 이번 행사를 통해 환경운동의 필요성을 **절감했다**.

□ **절감하다2**　reduce / 節省

例　기업은 인건비를 **절감하기** 위해 직원을 해고하였다.
　　정부는 올해 예산을 **절감하기** 위해 방법을 강구하고 있다.

□ **절제하다[절쩨하다]**　control, restrain / 控制、節制

例　감정을 **절제하지** 못하면 좋은 인간관계를 맺기 어렵다.
　　건강하게 살려면 물을 많이 마시고 술을 **절제해야** 한다.

相似　조절하다　調節

## □ 점검하다

make an inspection
檢查

例 매달 한 번씩 가스를 **점검한다**.

서울 시장은 현장을 직접 **점검하며** 확인했다.

## □ 점령하다[점녕하다]

seize, occupy
佔領

例 시위대는 시청을 **점령하고** 시위를 계속했다.

우리 회사의 신제품이 중국 시장을 **점령했다**.

## □ 접다[접따]

fold, put aside
折、保留

例 나는 집에 있는 신문과 종이를 **접어서** 버렸다.

그 얘기는 일단 **접어** 두고 다른 일부터 의논하자.

## □ 접목하다[점모카다]

blend
結合

例 최근 의료와 휴양을 **접목한** 관광산업이 각광을 받고 있다.

그 음악은 원곡에 전통 음악을 **접목하여** 새롭게 편곡한 곡이다.

## 動詞　第30天

### ☐ 접속하다[접쏘카다]
**access / 連接**

例　사람들은 매일 스마트폰으로 인터넷에 **접속하여** 정보를 찾는다.

홈페이지에 사람들이 한꺼번에 몰리면서 **접속하기가** 어려워졌다.

### ☐ 접어들다
**come near, approach / 進入、臨近**

例　국도로 **접어드니** 더 깜깜했다.

이곳으로 이주한 지 2년째로 **접어들었다**.

### ☐ 접하다[저파다]
**hear / 鄰接、接獲到**

例　그 곳은 바다와 **접해** 있다.

오랜만에 친구의 소식을 **접했다**.

### ☐ 정착하다[정차카다]
**settle down / 定居、固定**

例　나는 고향을 떠나 이곳에 **정착하기로** 했다.

그들은 내가 이곳에 **정착하는데** 많은 도움을 주었다.

## □ 정체되다

become stagnant
停滯

例 사고로 인해 차량이 **정체됐다**.

**정체된** 국내 시장에 활기를 불어넣을 수 있는 방법을 모색해 보자.

## □ 제기하다

raise
提出

例 그 선수는 심판의 판정에 의문을 **제기했다**.

소비자 보호법에 의해서 보상 문제를 **제기할** 수 있다.

相似 제의하다 提議

## □ 제외되다

be excluded
被排除

例 레슬링은 올림픽 종목에서 **제외되었다**.

그는 부상으로 인해 국가대표에서 **제외되었다**.

相似 빠지다 遺漏
*제외하다 除外

## □ 제작하다[제자카다]

produce
製作

例 만화를 영화로 **제작하기로** 했다.

인기가수의 음반을 **제작하자마자** 다 팔렸다.

*제작되다 被製作

## 動詞　第30天

### ☐ 제정하다
enact
制定

例　한글날을 국경일로 **제정하였다**.
　　소외계층을 위한 복지법을 **제정해야** 한다.

### ☐ 제한되다
be restricted
被限制

例　이곳은 외부인의 출입이 **제한된** 곳이다.
　　그곳은 개발이 **제한된** 구역이라서 공기가 좋다.

*제한하다　限制

### ☐ 조르다
pester, economize
糾纏、勒緊

例　아이가 용돈을 더 달라고 **졸랐다**.
　　생활비를 줄이기 위해 허리띠를 **조르고** 살고 있다.

相似　떼쓰다　耍賴

### ☐ 조성하다
make, create
打造、造成

例　서울시는 시청 주변에 공원을 **조성하기로** 했다.
　　정부가 발표한 개정안에 대해 야당은 반대 여론을 **조성하고** 있다.

## □ 조이다

例 ① 풀어진 나사를 단단히 **조였다**.
② 아이의 안전을 가슴 **조이며** 걱정했다.

tighten, be anxious about
扭緊、揪心

## □ 조작하다[조자카다]

例 ① 사장은 장부를 **조작하고** 탈세를 저질렀다.
② 조사 결과 증거를 **조작한** 것으로 밝혀졌다.

fabricate
捏造

*조작되다  被捏造

動詞　第30天 Quiz

Ⅰ. 다음 빈칸에 어울리지 <u>않는</u> 단어를 고르세요.

01 │ 아버지는 집에서 감자와 고추를 직접 (　　). │
　① 기른다　　　　　　② 가꾼다
　③ 자라난다　　　　　④ 재배한다

02 │ 아이는 엄마에게 장난감을 사 달라고 (　　) 있다. │
　① 떼쓰고　　　　　　② 조르고
　③ 조이고　　　　　　④ 요구하고

Ⅱ. 다음이 설명하는 단어를 <보기>에서 골라 쓰세요.

| <보기> 제기하다　제외되다　제작하다　제정하다　제한되다 |

01 [　　　　　] : 일정한 한도가 정해지다.

02 [　　　　　] : 제도나 법률 따위를 만들어서 정하다.

03 [　　　　　] : 의견이나 문제를 내놓다. 相似 제안하다

04 [　　　　　] : 따로 떼어 내서 함께 헤아리지 않는다. 相似 빠지다

05 [　　　　　] : 재료를 가지고 기능과 내용을 가진 새로운 물건을 만들다.

## 動詞　第31天

### □ 조장하다

例　정치인은 지역감정을 **조장해서는** 안 된다.
　　기업은 허위 광고로 과소비를 **조장하기도** 한다.

encourage
助長

相似　부추기다　煽動、助長

### □ 조정되다

例　고객들의 불만으로 가격이 **조정되었다**.
　　열차 사고로 인해 출발 시간이 **조정되었다**.

be adjusted
被調整

*조정하다　調整

### □ 조직하다[조지카다]

例　유학생끼리 모여 유학생 연합회를 **조직하였다**.
　　환경운동에 흥미를 갖고 있는 사람들이 모여 환경단체를 **조직했다**.

organize
組織

相似　결성하다　組成
*조직되다　被組織

### □ 종사하다

例　나는 동종 업계에 **종사하는** 사람과는 만나고 싶지 않다.
　　전문직에 **종사하려면** 많은 시간과 노력을 투자해야 한다.

work in
從事

277

## 動詞　第31天

### ☐ 좌우하다
affect
左右、影響

例　음식의 맛을 **좌우하는** 것은 양념이다.
　　성공을 **좌우하는** 것은 긍정적인 생각이다.

相似　좌지우지하다
　　　左右、任意擺布

---

### ☐ 좌절하다
discouraged
挫折

例　그는 결승 진출에 **좌절해** 낙담해 있다.
　　실패해도 **좌절하지** 않는 한 다시 일어설 수 있다.

相似　꺾이다（士氣、銳氣）被挫、（手指、樹枝）被折

---

### ☐ 주관하다
supervise
主管

例　서울시가 **주관한** 축제에 참여하였다.
　　축구 경기는 학생회에서 **주관하여** 열렸다.

相似　관장하다　掌管

---

### ☐ 주도하다
take the lead
主導

例　그는 항상 모임을 **주도하며** 이끈다.
　　수도권 지역이 집값 상승을 **주도하고** 있다.

相似　이끌다　引導、帶領
　　　앞장서다　帶頭、領頭

## □ 주목하다[주모카다]

pay attention to
注目、注意

例 그는 세계가 **주목하는** 감독이다.
전달 사항이 있으니 잠깐 **주목해** 주세요.

相似 눈여겨보다  注意看

## □ 주선하다

arrange
安排、介紹

例 나는 두 사람의 만남을 **주선했다**.
노인인력개발원에서는 노인들에게 일자리를 **주선하는** 일을 하고 있다.

## □ 주저하다

hestitate
躊躇

例 나의 질문에 그녀는 답변을 **주저했다**.
그는 이 일을 할까 말까 **주저하고** 있다.

相似 망설이다, 머뭇거리다
躊躇、猶豫

## □ 준수하다

obey
遵守

例 법은 반드시 **준수해야** 한다.
모임의 질서를 위해서 회칙을 **준수해** 주세요.

相似 지키다  遵守

**動詞** 第31天

## ☐ 증발하다
evaporate
蒸發

例 그릇에 담아 놓은 물이 반이나 **증발했다**.
주식 시장에서 하루 만에 1조 원이 **증발했다**.

相似 사라지다 消失
　　　 날아가다 飛走、揮發
*증발되다 蒸發

## ☐ 증원하다
increase, personnel
增員

例 학교는 신입생 정원을 **증원하여** 모집하기로 했다.
서울시는 복지를 담당하는 공무원을 **증원하기로** 했다.

相反 감원하다 裁員

## ☐ 증정하다
present
贈送

例 선착순 100명에게 선물을 **증정했다**.
수료자에게는 수료증과 기념품을 **증정하겠습니다**.

相似 주다 給

## ☐ 지급하다[지그파다]
provide
發給、支付

例 그에게 일당을 **지급했다**.
장기 근속자에게 상여금을 **지급했다**.

相似 주다 給
　　　 지불하다 支付
*지급되다 被發給

## □ 지니다

have, carry
擁有、帶

例 그녀는 착한 성품을 **지니고** 있다.

어머니가 주신 부적을 몸에 **지니고** 다닌다.

相似 가지다　具有
　　　품다　抱有、懷抱

## □ 지망하다

apply for
志願做、希望當

例 나는 **지망한** 학교에 합격했다.

그녀는 가수를 **지망해서** 수습생으로 훈련을 받고 있다.

相似 바라다　希望

## □ 지배하다

govern
支配

例 미국은 과거에 필리핀을 식민지로 **지배했다**.

그 나라는 다른 나라를 **지배했던** 역사를 갖고 있다.

## □ 지속되다[지속뙤다]

continue
持續

例 판매량의 호조가 **지속되어** 흑자를 봤다.

장마가 한 달간 **지속되다** 보니 피해가 크다.

*지속하다　持續

## 動詞　第31天

### ☐ 지적하다 [지저카다]
point out
指出、指責

例　심사위원은 부족한 점을 **지적해** 주셨다.
　　교수님이 논문에서 수정할 것들을 **지적하셨다**.

### ☐ 지정하다
designate
指定

例　정부는 한글날을 공휴일로 **지정하였다**.
　　지역 주민들은 이곳을 문화유산으로 **지정하기** 위해 애쓰고 있다.

*지정되다　被指定

### ☐ 지참하다
bring
攜帶

例　해외 여행 시에는 여권을 **지참해** 주세요.
　　신분증을 **지참하고** 방문해 주시기 바랍니다.

### ☐ 지체되다
be delayed
被延遲

例　날씨 때문에 공사가 **지체되었다**.
　　시간이 **지체되었으니** 택시를 타고 갑시다.

*지체하다　延遲

## □ 지칭하다

call, refer to
指稱、稱呼

例 잠재 능력은 숨어 있는 능력을 **지칭한다**.

시니어용품 사업은 고령자를 위한 사업을 **지칭한다**.

## □ 지향하다

aim
指向、嚮往

例 이 작품은 미래를 **지향하고** 있다.

사람은 누구나 행복한 미래를 **지향한다**.

## □ 직면하다[징면하다]

face with
面臨

例 인류는 사상 최대의 존립 위기에 **직면하게** 되었다.

나에게 **직면한** 문제를 해결하기 위해 방법을 찾고 있다.

相似 부닥치다 碰到、遭遇

## □ 진단하다

diagnose
診斷

例 의사가 **진단한** 결과 별 이상이 없다고 했다.

건강에 문제가 생기면 정확히 **진단한** 후에 적절한 치료를 받아야 한다.

## 動詞　第31天

### ☐ 진입하다[지니파다]
enter, go into
進入

例　고속도로에 **진입하였으니** 안전벨트를 매 주세요.
　　한국은 2026년부터 초고령 사회에 **진입할** 것으로 예상된다.

### ☐ 진출하다
advance
進入、打入（市場）

例　그 팀이 결승에 **진출할** 확률이 크다.
　　국내 많은 중소기업들이 해외로 **진출하고** 있다.

### 動詞　第31天 Quiz

Ⅰ. 다음 단어와 비슷한 의미의 단어를 연결하세요.

조장하다　·　　　　　　　　·　결성하다

조직하다　·　　　　　　　　·　날아가다

주도하다　·　　　　　　　　·　부추기다

증발하다　·　　　　　　　　·　앞장서다

Ⅱ. 좋은 명언들입니다. 한번 읽어 보세요.

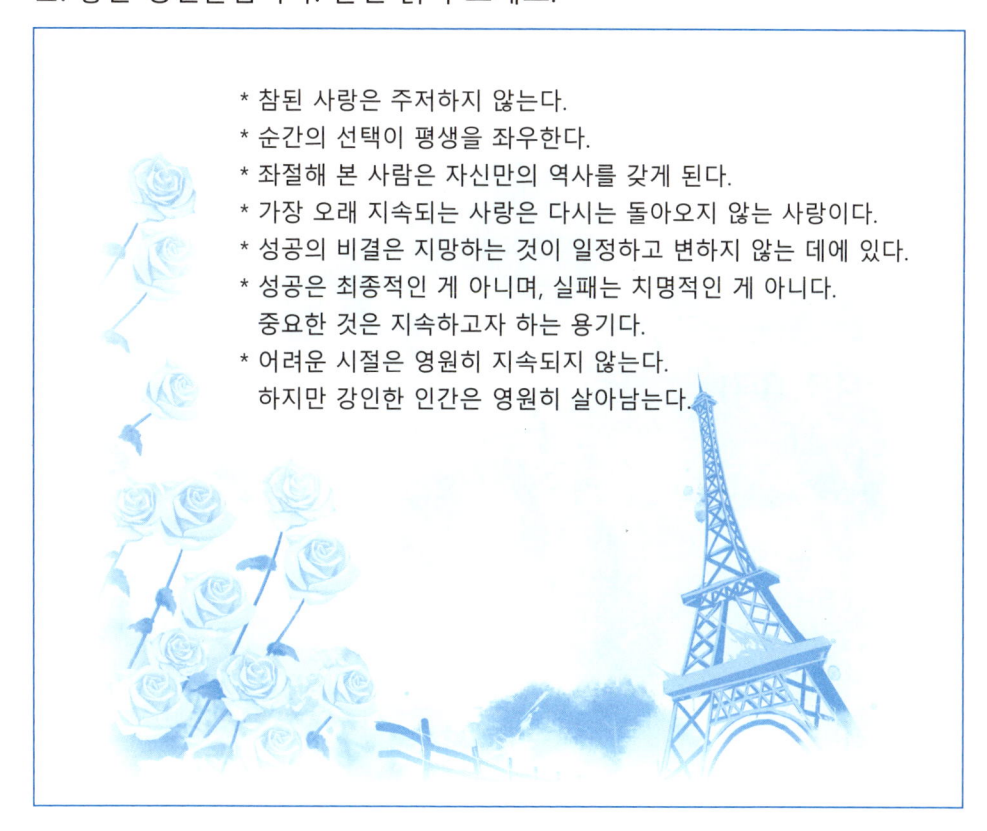

* 참된 사랑은 주저하지 않는다.
* 순간의 선택이 평생을 좌우한다.
* 좌절해 본 사람은 자신만의 역사를 갖게 된다.
* 가장 오래 지속되는 사랑은 다시는 돌아오지 않는 사랑이다.
* 성공의 비결은 지망하는 것이 일정하고 변하지 않는 데에 있다.
* 성공은 최종적인 게 아니며, 실패는 치명적인 게 아니다.
  중요한 것은 지속하고자 하는 용기다.
* 어려운 시절은 영원히 지속되지 않는다.
  하지만 강인한 인간은 영원히 살아남는다.

動詞　第32天

## □ 진화하다

evolve
進化

例　인간은 계속 **진화할** 것이다.
　　스마트폰은 기업들의 경쟁으로 점점 **진화하고** 발전하고 있다.

相似　발전하다　發展
*진화되다　進化成

## □ 짐작하다[짐자카다]

assume
估量、推測

例　그는 동안이라 나이를 **짐작할** 수 없다.
　　사진만으로도 사고 당시의 상황을 **짐작하기에** 충분했다.

相似　추정하다　推定
　　　추측하다　推測
*짐작되다　估量、推測

## □ 짓밟다[짇빱따]

stamp, trample down
踩、踐踏

例　그는 상대방을 때리고 발로 **짓밟았다**.
　　인권유린이란 기본적인 인권을 침해하고 **짓밟는** 것을 지칭한다.

## □ 짚다[집따]

place one's hand, point out
按、摸、指

例　① 아이는 땅을 **짚고** 일어났다.
　　② 아이의 이마를 **짚어** 보니 열이 있다.
　　③ 엄마가 하나씩 글자를 **짚으면서** 아이에게 글을 가르쳤다.

## □ 째려보다

glare
瞪

例 아내는 외박하고 들어온 남편을 무섭게 **째려봤다**.

나는 내 앞에서 새치기를 한 사람을 **째려보기만** 했다.

相似 노려보다 怒視

## □ 쪼그라들다

shrink
衰敗、萎縮

例 사업이 망해 살림이 **쪼그라들었다**.

오래 방치했는지 과일이 **쪼그라들어** 있었다.

## □ 찌푸리다

be cloudy, frown
（天氣）陰沉、皺（眉）

例 **찌푸린** 날씨를 보니 기분도 괜히 우울했다.

외박한 나를 보고 어머니는 오만상을 **찌푸렸다**.

## □ 착각하다[착까카다]

delude oneself, misunderstand
誤以為、記錯

例 나는 그 사람이 결혼한 줄로 **착각했다**.

나는 날짜를 **착각해서** 약속을 지키지 못했다.

## 動詞  第32天

♪ 63

□ **창립하다[창니파다]**　　establish
　　　　　　　　　　　　　創立

　例　회사를 **창립한** 지 30년이 지났다.　　相似　설립하다　設立
　　　마음에 맞는 사람들과 협동조합을 **창립했다**.　　　　　세우다　建立

□ **창제하다**　　invent
　　　　　　　　創制

　例　한글을 **창체한** 분은 세종대왕이다.　　*창제되다　被創制
　　　언문을 **창제하는** 일은 쉬운 일이 아니다.

□ **창출하다**　　create
　　　　　　　　創造

　例　정부는 실업자를 위해 새로운 일자리를 **창출했다**.
　　　기업은 정부와 시장과 협력하여 수입을 **창출해야** 한다.

□ **채우다**　　fasten, lock
　　　　　　　扣（鈕扣）、鎖

　例　목까지 단추를 **채우니** 좀 답답했다.
　　　물이 새지 않게 수도꼭지를 꼭 **채웠다**.

288▶

## □ 채택하다[채태카다]

예) 경찰에서는 그 사람을 증인으로 **채택할** 예정이다.
라디오 방송에서 그 사람의 사연을 **채택해서** 소개를 했다.

adopt
採納

*채택되다　被採納

## □ 책망하다[챙망하다]

예) 아버지는 아들이 잘못을 행하면 **책망하고** 나무랐다.
남을 **책망하기는** 쉬워도 자신의 잘못을 **책망하는** 것은 쉽지 않다.

reproach
責備、責怪

## □ 처하다

예) 그 부부는 이혼할 위기에 **처했다**.
아동과 관련된 범죄는 엄벌에 **처해야** 한다.

face, punish
身處、處罰

## □ 철수하다[철쑤하다]

예) 폭설로 인해 촬영팀은 현장에서 **철수했다**.
해외 기업은 실적 부진으로 국내에서 **철수한다**.

withdraw
撤退

## 動詞　第32天

### ☐ 철회하다
call off
撤銷

例　구청은 그 가게의 영업 정지를 **철회했다**.
노조는 이번 조치를 **철회하지** 않으면 파업을 하겠다고 선언했다.

### ☐ 첨가되다
be added
被添加

例　식품에 **첨가된** 향료는 무엇인가요?
치즈가 많이 **첨가돼서** 조금 느끼하다.

*첨가하다　添加

### ☐ 청구하다
charge
請求

例　보일러가 고장 나서 집주인에게 수리비를 **청구했다**.
시민단체들이 고객정보를 유출한 카드사들을 상대로 손해배상을 **청구했다**.

### ☐ 청하다
ask for
請求、要求

例　나는 친구에게 도움을 **청했다**.
나는 피곤해서 일찍 잠을 **청했다**.

## ☐ 체결하다

例 두 나라는 교류에 관한 협약을 **체결했다**.
계약을 **체결하기** 위해서는 먼저 협상이 이루어져야 한다.

make a contract
締結、簽訂

*체결되다　被締結、被簽訂

## ☐ 체류하다

例 나는 3일 동안 외국에 **체류할** 예정이다.
국내에 **체류하고** 있는 외국인 수가 증가하고 있다.

stay
滯留

## ☐ 초래하다

例 이 일이 어떤 결과를 **초래할** 지 아무도 모른다.
정책의 잦은 변경은 국민이 불신을 갖게 하는 결과를 **초래했다**.

cause
招致、造成

*초래되다　招致、造成

## ☐ 초월하다

例 영화는 국경을 **초월한** 사랑 이야기를 다루고 있다.
이번에 그가 발표한 소설은 상상을 **초월한** 작품이다.

transcend
超越

## 動詞　第32天

♪64

### ☐ 촉진하다[촉찐하다]
promote
促進

例　고용을 **촉진하는** 정책이 필요하다.

정부는 소비를 **촉진하기** 위해 다양한 대책을 마련하고 있다.

### ☐ 추구하다
pursue
追求

例　사람은 누구나 행복을 **추구한다**.

사회는 이익보다는 정의를 **추구해야** 한다.

### ☐ 추론하다
deduce
推論

例　현장 상황을 토대로 사건의 경위를 **추론해** 보았다.

새로 발굴된 유물을 통해서 고대인들의 생활 방식을 **추론했다**.

相似　유추하다　類推

### ☐ 추리다
select, pick out
挑選、挑出

例　공모전에 제출할 사진을 **추렸다**.

여기에서 최종 진출자를 **추려야** 한다.

## 추모하다

commemorate
追悼

例 돌아가신 그 분을 **추모하기** 위해 영화를 만들었다.

후배 가수들은 그를 **추모하기** 위해 추모 앨범을 제작했다.

## 추진하다

go ahead with
推動

例 정부는 경제 개발 계획을 **추진하였다**.

망설이지 말고 계획대로 일을 **추진하십시오**.

## 動詞　第32天 Quiz

**Ⅰ. 다음 빈칸에 공통적으로 들어갈 단어를 고르세요.**

**01**
내용을 하나하나 (　　).
이마를 (　　) 보니 열이 많다.
목발을 처음 (　　) 보면 익숙하지 않아서 넘어지기 쉽다.

① 짚다　　　　　　② 처하다
③ 짐작하다　　　　④ 채택하다

**02**
버섯을 오래 방치해 두었더니 (　　).
피부가 (　　) 못해 주름살이 깊게 파였다.
생활고에 살림살이가 (　　) 보니 의욕이 없다.

① 채우다　　　　　② 찌푸리다
③ 째려보다　　　　④ 쪼그라들다

**Ⅱ. 다음이 설명하는 단어를 <보기>에서 골라 쓰세요.**

| <보기>　추구하다　　추론하다　　추모하다　　추진하다 |
| --- |

**01** ☐☐☐☐☐ : 미루어 생각하여 논하다.

**02** ☐☐☐☐☐ : 목표를 향하여 밀고 나아가다.

**03** ☐☐☐☐☐ : 죽은 사람을 그리며 생각하다.

**04** ☐☐☐☐☐ : 목적을 이룰 때까지 뒤쫓아 구하다.

## 動詞　第33天

### ☐ 출몰하다

appear, infest
出沒

　例　인근 마을에 멧돼지가 **출몰하였다**.

　　　밤에는 동물이 **출몰하는** 경우가 있으니 조심하시기 바랍니다.

### ☐ 출시하다[출씨하다]

release
上市

　例　봄을 맞아 새롭게 신제품을 **출시했다**.

　　　이번에 **출시한** 제품이 좋은 반응을 얻었다.

*출시되다　上市

### ☐ 충족하다[충조카다]

satisfy
滿足、充足

　例　시험에 응시하려면 자격 조건을 **충족해야** 한다.

　　　시민권을 받기 위해서는 여러가지 요건을 **충족해야** 한다.

*충족되다　滿足、充足

### ☐ 취급하다[취그파다]

handle, deal in
對待、處理

　例　아버지는 나를 어린애로 **취급하신다**.

　　　저희 가게에서는 국내산만 **취급합니다**.

*취급되다　對待、處理

**動詞** 第33天

## ☐ 취득하다[취드카다]

acquire
取得

例 지난 학기에는 20학점을 **취득했다**.
　　취업을 위해 자격증을 **취득하는** 사람이 많다.

相似 얻다 得到

## ☐ 치닫다[치닫따]

rush into
猛衝、達到

例 만개한 벚꽃은 이번 주말에 절정으로 **치달을** 것이다.
　　영화 내용이 절정으로 **치닫다** 보니 시간 가는 줄 몰랐다.

## ☐ 치부하다

regard
看作、認為

例 상처를 가볍게 **치부해** 버렸더니 덧났다.
　　그를 무능력자로 **치부하고** 무시해 버렸다.

## ☐ 치우치다

lean
偏

例 어떤 일을 함에 있어서 감정에 **치우쳐서는** 안 된다.
　　무거운 가방을 들었더니 어깨가 한쪽으로 **치우쳤다**.

相似 기울다 偏向
　　 쏠리다 傾斜

296

## □ 치중하다

focus
著重

例 과정보다 결과에 **치중하는** 것은 좋지 않다.

수비에만 **치중하다** 보니 점수를 내지 못했다.

## □ 치켜들다

lift up
抬起、舉起

例 양팔을 **치켜들고** 벌을 섰다.

나는 고개를 **치켜들어** 그를 올려다봤다.

## □ 침해하다

invade
侵害

例 다른 사람의 권리를 **침해해서는** 안 된다.

공동체 생활은 개인의 사생활을 **침해할** 수 있다.

相似 침범하다 侵犯
*침해되다 被侵害

## □ 칭얼대다

get peevish
（小孩）哭鬧

例 동생은 종일 엄마 곁에 매달려 **칭얼댔다**.

아이가 밤새 **칭얼대서** 잠을 한숨도 못 잤다.

相似 칭얼거리다
（小孩）哭鬧

**動詞** 第33天

□ **타고나다**  be gifted 與生俱來

例 그는 영리한 두뇌를 **타고났다**.

그는 **타고난** 재능과 꾸준한 노력으로 우승할 수 있었다

□ **타이르다**  persuade 勸戒、勸說

例 선생님은 학생을 조용히 **타일렀다**.

엄마는 우는 아이를 달래고 나서 조심스럽게 **타일렀다**.

相似 달래다 哄、勸

□ **탈출하다**  escape 逃出、逃脫

例 ① 나는 불행했던 결혼 생활에서 드디어 **탈출했다**.

② 동물원에서 사자 한 마리가 **탈출하는** 소동이 일어났다.

□ **탐방하다**  explore 探訪

例 학생들은 역사 유적지를 **탐방했다**.

이번 주말에 친구와 경주 일대를 **탐방하기로** 했다.

## ☐ 탓하다[타타다]

blame
責備

例 무조건 다른 사람을 **탓해서는** 안 된다.

어렸을 때 동생과 싸우면 어머니는 나를 **탓했다**.

## ☐ 터득하다[터드카다]

understand, comprehend, grasp
理解、掌握

例 새로운 기계를 다루는 방법을 **터득했다**.

외국에 살면서 언어를 자연스럽게 **터득했다**.

## ☐ 터지다

burst, explode
敞開、爆發、爆炸

例 ① 속이 **터져서** 더 이상 두고 볼 수가 없다.

② 지금까지 참아왔던 불만이 한꺼번에 **터졌다**.

③ 새해가 시작되는 날이면 여기저기에서 폭죽이 **터진다**.

## ☐ 토로하다

express one's feelings
吐露

例 내 힘든 심정을 **토로할** 친구가 있어서 다행이다.

친구에게 쌓였던 불만을 **토로하고** 나니 마음이 시원했다.

相似 털어놓다 倒出、傾吐

## 動詞　第33天

### ☐ 통보하다
notify
通報

例　그가 나에게 갑자기 이별을 **통보했다**.
　　이사를 하려면 집주인에게 미리 **통보해야** 한다.

相似　알리다　告知
　　　통지하다　通知

### ☐ 통제하다
control
管制

例　이곳은 외부인의 출입을 **통제하는** 곳이다.
　　돈이나 권력으로 언론을 **통제해서는** 안 된다.

*통제되다　被管制

### ☐ 퇴색되다
fade
褪色、衰微

例　세월이 오래되어 그림이 **퇴색되었다**.
　　어린이의 날은 원래의 의미가 **퇴색되고** 상업적인 날이 되어 버렸다.

### ☐ 투입하다[투이파다]
insert, put in
投入

例　이곳에 동전을 **투입해** 주세요.
　　제설 작업에 군인들을 **투입하였다**.

## ☐ 튀어나오다

appear(suddenly), stick out
突出、突然跑出

例 이 물고기는 유난히 눈이 **튀어나와** 있다.

골목에서 갑자기 사람이 **튀어나와서** 깜짝 놀랐다.

## ☐ 틈나다

have a spare time
有空

例 나는 **틈나는** 대로 책을 읽곤 한다.

언니는 나에게 **틈나는** 대로 공부를 가르쳐 주겠다고 했다.

## ☐ 파견하다

dispatch
派遣

例 피해 지역에 실사팀을 **파견했다**.

도움이 필요한 국가에 봉사단을 **파견하였다**.

*파견되다 被派遣

## ☐ 파악하다[파아카다]

grasp
掌握、理解

例 글을 읽고 중심 내용을 **파악하세요**.

신입사원은 업무를 신속하게 **파악하고** 익혀야 한다.

*파악되다 掌握、理解

動詞　第33天

□ **파헤치다**　　　　　　　　　　　　　dig, ferret out
挖開、破解

例　개가 땅을 **파헤치고** 있다.

문제점을 **파헤친** 후 대응책을 마련해야 한다.

□ **펼치다**　　　　　　　　　　　　　open, unfold, perform, carry out
實現、展開、翻開

例　① 젊은이들이여 꿈을 **펼쳐라**.

② 두 팀은 역대 최고의 경기를 **펼쳤다**.

③ 수업을 시작하겠으니 책을 **펼치세요**.

## 動詞　第33天 Quiz

Ⅰ. 다음 단어와 어울리는 단어를 연결하세요.

신제품을　·　　　　　·　탐방하다
면허증을　·　　　　　·　침해하다
사생활을　·　　　　　·　출시하다
유적지를　·　　　　　·　취득하다
외부인을　·　　　　　·　통제하다

Ⅱ. 다음 (　) 안에서 문장에 알맞은 단어를 골라 ○ 하세요.

01　시험 결과는 한 달 후에 ( 토로하오니, 통보하오니 ) 참고하시기 바랍니다.

02　분위기를 잘 ( 파악해서, 파헤쳐서 ) 실수하지 않도록 하세요.

03　가짜 석유 제품을 ( 취급하다, 취득하다 ) 적발되면 바로 사업 등록이 취소되고 처벌을 받게 된다.

04　편의점 주인은 담배를 사러 온 고등학생들을 ( 치켜들다, 타이르다 ) 오히려 고등학생들에게 폭행을 당했다.

動詞　第34天

## □ 평가하다[평까하다]

evaluate
評價

例　심사위원은 출연자들의 가창력을 **평가했다**.
　　새로 출시된 자동차의 안전성을 **평가한** 결과 좋은 점수가 나왔다.

*평가되다　被評價

## □ 폐지되다

be abolished
被廢止

例　불합리한 법률은 **폐지되어야** 한다.
　　여러가지 논란을 낳은 프로그램이 **폐지되었다**.

*폐지하다　廢止

## □ 포괄하다

include
包括

例　보수와 진보를 **포괄한** 신당이 창립됐다.
　　그 이론은 기존의 이론까지 **포괄하여** 새로 정립된 것이다.

## □ 포착하다[포차카다]

capture, take hold
捕捉、掌握

例　경찰은 결정적인 증거를 **포착하였다**.
　　사진기자는 골을 넣는 순간을 **포착하여** 사진을 찍었다.

## □ 포함하다

contain
包含

例 관리비를 **포함해서** 월세가 50만 원이다.

우리반에서 나를 **포함해서** 8명이 합격했다.

相反 빼다, 배제하다 排除
*포함되다 包含

---

## □ 폭등하다[폭뜽하다]

soar
暴漲

例 미국의 주가가 **폭등하여** 국내 주가도 덩달아 올랐다.

계속되는 재해로 인해 국제 농산물 가격이 **폭등하였다**.

相反 폭락하다 暴跌

---

## □ 폭락하다[퐁나카다]

decline
暴跌

例 집값이 **폭락하면서** 부동산 경기가 위기에 처했다.

기온이 상승하여 농산물 수확이 늘자 채소 값이 **폭락했다**.

相反 폭등하다 暴漲

---

## □ 폭로하다[퐁노하다]

reveal
揭露

例 그는 상사의 만행을 언론에 **폭로하였다**.

그는 위험을 무릅쓰고 용감하게 회사의 비리를 **폭로하였다**.

相反 은폐하다 隱藏、隱瞞

## 動詞　第34天

### ☐ 표명하다
express, state
聲明、表明

例　사장님은 사퇴 의사를 **표명했다**.
　　나는 그의 의견에 유감을 **표명했다**.

相似　밝히다　指出、闡明

### ☐ 표출하다
express
表達

例　젊은 사람들은 의상으로 자신의 개성을 **표출한다**.
　　화를 참는 것보다는 감정을 **표출하는** 것이 건강에 좋다.

相反　감추다　隱藏

### ☐ 하소연하다
whine on
訴說

例　이제는 **하소연할** 곳도 없다는 것이 더 슬프다.
　　나는 너무 속상해서 친구에게 **하소연하려고** 전화를 했다.

### ☐ 한몫하다[한모카다]
have a hand in
助一臂之力

例　이 영화가 성공한 데는 음악도 **한몫하였다**.
　　그 선수가 세계 정상의 위치에 오르기까지 강인한 정신력이 **한몫했다**.

## □ 한정되다

be limited
被限定

例 장소가 **한정되어** 입장하지 못한 사람도 있다.

그 식당은 메뉴가 **한정되어** 있어 먹을 만한 음식이 별로 없다.

## □ 한하다

set a limit
僅限、限定

例 우편 접수는 마감 날짜 소인에 **한해** 접수를 받는다.

이곳은 8세 이하 어린이에 **한해서** 무료로 입장이 가능합니다.

## □ 합의하다[하븨하다/하비하다]

reach an agreement
達成協議

例 노사는 오랜 협의 끝에 극적으로 **합의했다**.

5년의 결혼 생활을 끝으로 아내와 이혼에 **합의했다**.

## □ 항의하다[항의하다/항이하다]

protest
抗議

例 심판 판정에 **항의하다** 경고를 받았다.

그는 회사 측의 일방적인 해고 통지에 거세게 **항의했다**.

## 動詞　第34天

### □ 해독하다[해도카다]
decipher
解讀

例　나는 암호를 **해독하는** 일을 하고 있다.
　　고대 문자를 **해독하기란** 여간 어려운 일이 아니다.

### □ 해소하다
resolve
解除、解決

例　정부는 실업난을 **해소하기** 위해 노력하고 있다.
　　음악 시간에 클래식을 들으며 스트레스를 **해소하는** 방법을 배웠다.

*해소되다　被解決

### □ 해체되다
be dissolved, disintegrate
被解散、被拆散

例　그 그룹은 결성된 지 5년이 지나고 **해체되었다**.
　　최근 전통적인 가족의 형태가 **해체되면서** 새로운 가족 형태가 생겼다.

*해체하다　解散

### □ 향상되다
improve
提高、增進

例　학생들의 학업 성적이 지난번에 비해 많이 **향상되었다**.
　　학생들은 어휘력이 **향상되다** 보니 작문 실력도 좋아졌다.

## □ 향하다

go toward, turn
前往、向

例 나는 집을 **향해** 걸어가는 중이다.

그 배우는 팬들을 **향해** 손을 흔들었다.

## □ 허물다

demolish
拆除

例 오래된 집을 **허물고** 새 집을 지었다.

나는 친구와 솔직한 대화로 마음의 벽을 **허물었다**.

相似 헐다 拆
　　 무너뜨리다 倒塌

## □ 허비하다

waste
浪費

例 나는 아무것도 하지 않고 시간을 **허비했다**.

그는 인생을 **허비하지** 않기 위해 매시간을 허투루 쓰지 않았다.

相似 낭비하다 浪費

## □ 허용되다

be allowed
被允許

例 학교 안에서는 흡연이 **허용되지** 않는다.

이곳은 외부인 출입이 **허용되지** 않는 곳이다.

*허용하다 允許

## 動詞　第34天

### □ 헌납하다[헌나파다]
donate
捐獻

例 그 감독은 영화 수익금을 자선 단체에 **헌납했다**.
그는 주택을 포함해 모든 재산을 사회에 **헌납했다**.

相似 바치다　貢獻

### □ 헤어나다
shake oneself free
擺脫

例 그는 가난에서 **헤어나기** 위해 열심히 일했다.
나는 시간이 흐르면서 점차 충격에서 **헤어날** 수 있었다.

### □ 헷갈리다[헫깔리다]
be confused
搞混

例 두 개 중에서 어떤 게 맞는지 **헷갈린다**.
길이 **헷갈려** 한 시간이나 헤맨 후에야 찾을 수 있었다.

### □ 헹구다
rinse
（刷）洗

例 빨래는 보통 두 번 **헹구면** 깨끗해진다.
입안이 텁텁할 때는 물로 입안을 **헹구면** 좋다.

## 현존하다

exist
現存

例 이 탑은 **현존하는** 가장 오래된 건축물이다.

이 나무는 **현존하는** 나무 중에서 가장 크다.

## 형성되다

be formed
形成

例 상품의 가격은 수요와 공급량에 맞춰 **형성된다**.

우리는 서로 같은 일을 해서 쉽게 공감대가 **형성되었다**.

## 動詞  第34天 Quiz

I. 다음 단어와 어울리는 단어를 연결하세요.

암호를　　　　　•　　　　　　　•　헹구다
스트레스를　　　•　　　　　　　•　해독하다
돈을, 시간을　　•　　　　　　　•　해소하다
빨래를, 입안을　•　　　　　　　•　허비하다

II. 다음 (　) 안에서 문장에 알맞은 단어를 골라 ○ 하세요.

01　가격은 배송비를 ( 포괄해서, 포함해서 ) 7만원이다.

02　전세가가 ( 폭등하면서, 폭락하면서 ) 도심에서 전세를 구하지 못하고 먼 곳으로 이사를 하는 사람들이 증가했다.

03　서비스 업종에 종사하는 사람들은 매번 불만을 ( 표명하는, 표출하는 ) 고객을 만나면 고달플 것이다.

04　( 형성된, 한정된 ) 수량으로 할인 행사를 진행하오니 많은 관심 바랍니다.

## 動詞　第35天

### □ 형용하다
describe
形容

例　그때의 느낌은 어떤 말로도 **형용할** 수 없다.

일몰을 보면서 **형용할** 수 없는 감동을 느꼈다.

相似　말하다　說

---

### □ 호전되다
get better
好轉

例　경제가 좋아지면서 회사 상황이 **호전되었다**.

아버지는 시골에 사시면서 건강이 **호전되었다**.

相反　악화되다　惡化

---

### □ 호흡하다[호흐파다]
breathe
配合、呼吸

例　① 두 배우는 이번 공연에서 처음으로 같이 **호흡했다**.

② 사람들은 공원에 나와 신선한 공기를 **호흡하며** 산책했다.

---

### □ 혹사하다[혹싸하다]
overwork
迫使、拼命使用

例　그는 고된 일로 몸을 **혹사했다**.

현대인들은 잦은 컴퓨터 사용으로 손목을 **혹사한** 탓에 손목에 통증을 느끼는 사람이 많다.

動詞　第35天

□ **혼동하다**　confuse　混淆

例　나는 가끔 꿈과 현실을 **혼동하기도** 한다.
부모들도 쌍둥이 자식들을 보며 가끔 **혼동하기도** 한다.

*혼동되다　被混淆

□ **화합하다[화하파다]**　harmonize　和睦

例　그는 사교성이 좋고 사람들과 잘 **화합한다**.
한 회사의 직원들은 서로 **화합할** 필요가 있다.

□ **확대하다[확때하다]**　expand, enlarge　擴大、放大

例　사장은 투자 대상을 **확대하기로** 결정했다.
지난 여행에서 찍은 사진을 **확대하여** 현상하였다.

相反　축소하다　縮小

□ **확립되다[황닙뙤다]**　get established　確立

例　현재는 민주주의가 **확립되어** 가는 과정이다.
복지국가를 실현시키기 위해서는 제도부터 **확립되어야** 한다.

*확립하다　確立

## 확보하다 [확뽀하다]

secure
確保

例 범인을 밝히기 위해서 물증을 **확보해야** 한다.
가구를 재배치해서 수리를 하면 공간을 **확보할** 수 있다.

*확보되다 被確保

## 확산되다 [확싼되다]

spread, proliferate
擴散

例 인터넷을 통해 시위가 전국으로 **확산되었다**.
기온이 계속 올라가면서 전염병이 **확산되고** 있다.

相似 번지다 蔓延

## 확충하다

expand, enlarge
擴充

例 현재 전문 인력을 **확충하는** 것이 시급한 문제다.
정부는 노인 복지와 관련한 예산을 **확충해야** 한다.

## 환원하다

return, restore
還原

例 기업은 수익의 일부를 사회에 **환원해야** 한다.
나도 어른이 되면 사회에 **환원하면서** 살고 싶다.

## 動詞　第35天

### ☐ 환호하다
yell out a cheer
歡呼

例　팬들은 선수들이 나오자 뜨겁게 **환호했다**.
　　그 후보를 지지한 국민들은 선거 결과에 **환호했다**.

### ☐ 활약하다[화랴카다]
be active
活躍

例　연기자로 **활약하던** 그가 가수로 데뷔했다.
　　그는 주전 선수에 걸맞게 이번 경기에서도 **활약했다**.

### ☐ 회복하다[회보카다]
recover
恢復

例　정부는 국민들과 소통으로 신뢰를 **회복해야** 한다.
　　그는 꾸준한 운동과 식이요법으로 건강을 **회복했다**.

*회복되다　恢復

### ☐ 후원하다
support, patronize
後援、援助

例　미혼모를 **후원하기** 위한 기금 마련 콘서트를 준비 중이다.
　　그 은행의 전직원은 소외계층 아동과 청소년을 **후원하고** 있다.

## ☐ 훼방하다

interrupt
妨礙、毀謗

例 동생은 형이 공부에 집중하지 못하게 **훼방했다**.

나는 네가 우리 사이를 **훼방하지** 않았으면 좋겠다.

相似 방해하다 阻礙

## ☐ 훼손하다

damage
毀損

例 나는 당신의 명예를 **훼손할** 마음은 없었다.

인간은 자연을 **훼손하지** 않고 더불어 사는 방법을 찾아야 한다.

## ☐ 휘날리다

flutter
飄揚

例 바람에 깃발이 **휘날리고** 있다.

'태극기 **휘날리며**'라는 한국 영화는 천만 관객이 봤다고 한다.

## ☐ 휘둘러보다

look all around
環視

例 엄마는 어질러진 집안을 **휘둘러보았다**.

그는 교실 문을 열고 이리저리 **휘둘러보았다**.

**動詞** 第35天

## ☐ 휘말리다

get caught in, get involved in
被捲入

例 그 사람의 꼬임에 **휘말려서는** 안 된다.

나는 파도에 **휘말려** 바다 속으로 빠져버렸다.

## ☐ 흐느끼다

sob
啜泣

例 그녀는 소리없이 **흐느껴** 울었다.

나는 엄마의 가슴에 얼굴을 묻은 채 **흐느꼈다**.

## ☐ 흐리다

make cloudy
使~混濁、弄髒

例 미꾸라지 한 마리가 물을 **흐린다는** 속담이 있다.

그녀의 말 한마디가 팀의 분위기를 **흐려** 놓았다.

## ☐ 흐트러지다

be in disorder, be distracted
散亂

例 마음이 **흐트러질** 때는 휴식을 갖는 것이 좋다.

집중력이 **흐트러지다** 보니 좋은 점수가 나오지 않았다.

## ☐ 흡수되다[흡쑤되다]

> 例  스펀지를 물에 담갔더니 금방 **흡수되었다**.
>
> 이 화장품은 피부에 빠르게 **흡수되어** 즉각적인 보습 효과를 느낄 수 있다.

be absorbed
被吸收

*흡수하다  吸收

## ☐ 흥얼거리다

> 例  동생은 콧노래를 **흥얼거리며** 샤워를 했다.
>
> 엄마는 기분이 좋은지 노래를 **흥얼거리며** 청소를 하고 계신다.

hum
哼歌

## ☐ 흩날리다[흔날리다]

> 例  바람이 불자 벚꽃 잎이 **흩날렸다**.
>
> 눈송이가 바람에 **흩날려서** 어깨에 내려앉았다.

flutter
紛飛

## ☐ 흩어지다[흐터지다]

> 例  우리 가족들은 뿔뿔이 **흩어져** 산다.
>
> 가족은 모두 **흩어져서** 잃어버린 아이를 찾았다.

scatter
分散

## 動詞　第35天

□ **희생하다[히생하다]**　　sacrifice
　　　　　　　　　　　　　　　犧牲

　例　어머니는 자식을 위해 자기 자신을 **희생했다**.

　　　지금까지 회사를 위해 **희생했는데** 갑자기 해고를 당했다.

□ **힐끔거리다**　　glance
　　　　　　　　　瞥、瞟

　例　운전자가 차 밖을 **힐끔거리다** 사고가 났다.

　　　사람들이 거리에서 싸우고 있는 남녀를 **힐끔거리며** 지나갔다.

動詞　第35天 Quiz

I. 다음 (　) 안에서 문장에 알맞은 단어를 골라 ○ 하세요.

01　사회 구성원 모두가 노력한다면 법질서가 ( 확보된, 확립된 ) 사회를 만들 수 있을 것이다.

02　그는 우승을 차지하기 위해 수단과 방법을 가리지 않고 다른 선수들을 ( 훼방했다, 훼손했다 ).

03　학교 단상 위에는 깃발이 바람에 ( 휘날리고, 휘말리고 ) 있다.

04　경기가 끝난 후 선수들은 각자 집으로 ( 흩날렸다, 흩어졌다 ).

II. 다음 (　)에 알맞은 단어를 <보기>에서 골라 문장에 맞게 쓰세요.

<보기>　화합하다　　확신하다　　환호하다　　활약하다

지난 올림픽은 경기를 통해 세계인이 ( 1 ) 자리를 마련했다. 메달 여부와 상관없이 ( 2 ) 선수들에게 관중들은 ( 3 ) 아낌없는 박수를 보냈다. 다음 올림픽에서도 선수들이 좋은 성적을 거둘 수 있을 것이라고 ( 4 ).

動詞　第35天 Quiz

## ▌동사 가로세로 퀴즈

(crossword puzzle grid with clue markers: ①↓, ②↓, ①→, ③↓, ②→, ⑤↓, ④↓, ⑥↓, ③→, ④→, ⑧↓, ⑤→, ⑦↓, ⑨↓, ⑩↓, ⑥→, ⑦→, ⑧→)

## ▶ 가로 퀴즈

① 안타까운 사정을 다른 이에게 호소하다. → | ㅎ | ㅅ | 연 | ㅎ | 다 |

② 다른 곳으로 들어가다. 例 옷에 땀이 잘 ○○된다. → | ㅎ | ㅅ | 되 | 다 |

③ 어떤 일이 실제보다 과장되다. 例 소문이 크게 ○○○졌다. → | ㅂ | ㅍ | ㄹ | 지 | 다 |

④ 두 쪽으로 마주 보는 물건을 꼭 맞대다. 例 위아래 입술을 꾹 ○○었다.
 → | ㄷ | ㅁ | 다 |

⑤ 일, 사건을 불러일으키다. 例 혼란을 ○○했다. → | ㅇ | ㄱ | 하 | 다 |

⑥ 괴롭힘을 당하다. 例 악몽에 ○○○○. → | ㅅ | ㄷ | ㄹ | 다 |

⑦ 되돌아가다. 例 ○○○ 수 없는 실수를 저질렀다. → | ㄷ | ㅇ | 키 | 다 |

⑧ 즐기다, 만끽하다. 例 행복을 ○○○. 인기를 ○○○. → | ㄴ | ㄹ | 다 |

## ▶ 세로 퀴즈

① 목표를 향하여 나아가다. 일을 계획대로 ○○했다. → | 추 | ㅈ | ㅎ | 다 |

② 찾아다니다. 例 그의 행방을 ○○○했다. → | ㅅ | 소 | ㅁ | ㅎ | 다 |

③ 물려주다. 例 아들에게 기술을 ○○했다. → | ㅈ | ㅅ | ㅎ | 다 |

④ 못마땅한 눈으로 보다. 例 늦은 친구를 ○○보았다. → | 쯔 | ㄹ | 보 | 다 |

⑤ 마음속으로 그렇다고 여기다. 例 우리는 그를 겁쟁이로 ○○○○. 식상한 이야기로 ○○해 버렸다. → | ㅊ | ㅂ | ㅎ | 다 |

⑥ 혼자서 모두 가지다. 例 방을 ○○○○○. → | ㄷ | 차 | ㅈ | ㅎ | 다 |

⑦ 한쪽이 낮아지거나 비뚤어지다. 마음, 생각이 한쪽으로 쏠리다. 例 액자가 한쪽으로 ○○어서 다시 걸었다. → | ㄱ | ㅇ | 다 |

⑧ 김치, 술, 된장, 간장, 치즈와 같은 음식을 만드는 방법. 例 된장은 콩을 ○○○킨 음식이다. → | ㅂ | 효 | ㅅ | 키 | 다 |

⑨ 눈에 잘 띄다. 例 작품의 참신성이 ○○○다. → | ㄷ | 보 | ㅇ | 다 |

⑩ 싫어하는 사람을 멀리하다. 앞서 나가다. 例 미운 친구를 ○○○○. 상대 선수의 추격을 ○○○○. → | 뜨 | ㄷ | 리 | 다 |

動詞

# 잠깐! 쉬어가기-2 休息一下！②

## ～적（的）

| 적（的）- 태도 |||
|---|---|---|
| | 英語 | 中文 |
| 중립적 | neutral | 中立的 |
| 즉흥적 | extempore | 即興的 |
| 편파적 | biased | 偏頗的 |
| 회의적 | skeptical | 懷疑的 |
| 헌신적 | dedicated | （獻身的）奮不顧身的 |
| 극단적 | extreme | 極端的 |
| 자발적 | voluntary | 自發的 |
| 제한적 | restrictive | 限制的 |

| 적（的）- 무대 |||
|---|---|---|
| | 英語 | 中文 |
| 이색적 | unique | 獨特的 |
| 환상적 | fantastic | 幻想的 |
| 역동적 | dynamic | 有活力的 |

| 적（的）- 표현 |||
|---|---|---|
| | 英語 | 中文 |
| 구체적 | concrete | 具體的 |
| 귀납적 | inductive | 歸納的 |
| 암시적 | suggestive | 暗示的 |
| 상징적 | symbolic | 象徵性的 |
| 선정적 | sensational | 煽情的 |
| 인위적 | artificial | 人為的 |
| 해학적 | humorous | 詼諧的 |

## 적 (的) - 사회

|  | 英語 | 中文 |
|---|---|---|
| 민주적 | democratic | 民主的 |
| 유교적 | confucian | 儒教的 |
| 윤리적 | ethical | 倫理的 |
| 가부장적 | patriarchal | 父權的 |
| 개방적 | open-minded | 開放的 |
| 폐쇄적 | closed | 封閉的 |
| 전통적 | traditional | 傳統的 |
| 현대적 | modern | 現代的 |

## 적 (的) - 변화

|  | 英語 | 中文 |
|---|---|---|
| 양적 | quantitative | 數量的 |
| 점진적 | progressive | 漸進的 |
| 질적 | qualitative | 品質的 |
| 표면적 | superficial | 表面的 |
| 일시적 | temporary | 一時的 |

# 력 (力)

## 력 (力)

|  | 英語 | 中文 |
|---|---|---|
| 순발력 | instantaneous force | 爆發力 |
| 결속력 | cohesiveness | 凝聚力 |
| 결단력 | decisiveness | 果斷力 |
| 생명력 | vitality | 生命力 |
| 원동력 | driving force | 原動力 |
| 여력 | remaining strength | 餘力 |
| 중력 | gravity | 重力 |
| 지도력 | leadership | 領導能力 |
| 창의력 | creativity | 創造力 |

# 잠깐! 쉬어가기-2 休息一下！②

## 저 (低)

| 저 (低) | | |
|---|---|---|
| | 英語 | 中文 |
| 저출산 | declining birth rate | 少子化 |
| 저소득 | low income | 低所得 |
| 저기압 | low pressure | 低氣壓 |
| 저조 | low tone | 低潮 |
| 저체온증 | hypothermia | 低溫症 |
| 저예산 | low budget | 低預算 |

## 도 (度)

| 도 (度) | | |
|---|---|---|
| | 英語 | 中文 |
| 만족도 | level of satisfaction | 滿意度 |
| 수용도 | acceptability | 接受度 |
| 신뢰도 | level of confidence | 信賴度 |
| 선호도 | preference | 好感度 |
| 신선도 | degree of freshness | 新鮮度 |
| 친밀도 | familiarity | 親密度 |
| 밀도 | density | 密度 |

## 形容詞　第36天

### ☐ 가지런하다

even
整齊的

例　그녀는 책을 정리하여 **가지런하게** 꽂았다.
　　그녀의 치아는 희고 **가지런해서** 무척 예뻐 보인다.

相似　고르다　平整的

### ☐ 가파르다

steep
陡的

例　이 건물의 계단이 너무 **가파르다**.
　　**가파른** 산길 때문에 고생이 이만저만이 아니었다.

相似　비탈지다　陡的

### ☐ 가혹하다[가호카다]

harsh
嚴苛的

例　전쟁이 남긴 상처는 **가혹했다**.
　　그 학생의 잘못에 비해 퇴학은 너무나 **가혹한** 처벌이다.

相似　끔찍하다　可怕的

### ☐ 간결하다

concise
簡潔的

例　그 글은 금강산의 아름다움을 매우 **간결하게** 표현했다.
　　글을 **간결하고** 명확히 쓰기 위해서는 육하원칙에 따라야 한다.

## 形容詞　第36天

### ☐ 간절하다
desperate
迫切的

例　나는 그녀를 다시 만나고 싶은 마음이 **간절했다**.
　　이번 동계올림픽 개최는 우리 모두의 **간절한** 소망이었다.

相似　절실하다　迫切的

### ☐ 감미롭다
mellow
甘美的、甜蜜的

例　그녀는 그의 **감미로운** 목소리에 반해 버렸다.
　　커피숍에는 **감미로운** 분위기가 흐르고 있었다.

相似　달콤하다　甜蜜的

### ☐ 갑갑하다[갑까파다]
stuffy
透不過氣的、悶的

例　옷을 5겹이나 껴입어서 숨쉬기가 **갑갑했다**.
　　**갑갑한** 실내에 있다가 밖으로 나오니 가슴이 뻥 뚫리는 것 같았다.

相似　답답하다　悶的

### ☐ 강력하다[강녀카다]
powerful
強硬的

例　학교 폭력에 관한 대책을 **강력하게** 요구했다.
　　뉴스에 따르면 **강력한** 태풍이 남쪽에서부터 다가오고 있다고 한다.

## □ 개운하다

refreshed
輕鬆的

例 몸이 무거웠었는데 한숨 자고 났더니 **개운해졌다**.
밤샘 작업을 끝내고 나니 몸은 고되었지만 **개운한** 마음으로 하루를 시작할 수 있었다.

相似 거뜬하다, 가뿐하다
輕鬆的

## □ 갸륵하다[갸르카다]

praiseworthy
令人敬佩的

例 아이의 **갸륵한** 효성에 많은 사람이 감동했다.
그는 선생님을 위하는 학생들의 **갸륵한** 정성에 눈물이 났다.

## □ 거대하다

huge
巨大的

例 그의 몸집은 **거대해서** 마치 곰과 같다.
성당에 들어가 보니 **거대한** 벽화가 그려져 있었다.

## □ 거뜬하다

feel light
輕鬆的

例 이걸 먹고 한 숨 푹 자고 나면 **거뜬할** 겁니다.
그는 먹성이 좋아서 5인분도 **거뜬하게** 먹어 치운다.

## 形容詞　第36天

□ **거만하다**

例　면접에서는 **거만한** 말투가 좋은 인상을 주지 못한다.
다리를 꼬고 앉아 껌을 씹는 모습은 무척이나 **거만해** 보였다.

haughty
傲慢的、高傲的

相似　오만하다　傲慢的

---

□ **거창하다**

例　이 행사는 이름만 **거창하다**.
그는 계획만 **거창할** 뿐 일을 추진할 만한 여력이 없다.

bombastic
宏偉的

---

□ **거칠다**

例　어머니의 **거친** 손을 보니 눈물이 흘러나왔다.
그는 평소 말투가 **거칠어서** 사람들이 오해할 때가 있다.

rough, violent
粗糙的、粗暴的

---

□ **거침없다[거치멉따]**

例　그 배우는 토크쇼에 출연하여 **거침없는** 입담을 과시했다.
과감한 성격의 그는 자신의 사적인 얘기에도 **거침없었다**.

feisty
毫無顧忌的、大方的、流暢的

## □ 건장하다
bulky
健壯的

例 **건장한** 체격의 그는 운동에도 뛰어난 소질을 가지고 있었다.

**건장했던** 그가 왜 갑자기 심장마비로 죽었는지 모두들 의아해했다.

## □ 검붉다[검북따]
dark red
深紅的

例 그의 옷에는 아직도 **검붉은** 핏자국이 묻어 있었다.

저녁 무렵이 되자 하늘이 점차 **검붉은** 빛으로 물들기 시작했다.

## □ 검소하다
thrifty
樸素的

例 그는 모두가 부러워하는 백만장자이지만 누구보다도 **검소하다**.

**검소한** 생활을 하는 그에게 낭비와 사치는 거리가 먼 단어들이었다.

## □ 격렬하다[경녈하다]
violent, severe
激烈的

例 **격렬한** 토론 끝에 양측은 기본 원칙에 합의했다.

그의 결혼을 가장 **격렬하게** 반대하는 사람은 아버지였다.

## 形容詞　第36天

### ☐ 견고하다
solid, firm
堅固的

例　이것은 조선 시대 성곽으로 매우 **견고하게** 지어졌다.
이 최신 노트북은 가볍지만 어떤 충격에도 강한 **견고함**을 자랑한다.

相似　튼튼하다　結實的

### ☐ 경솔하다
rash
草率的

例　그는 **경솔한** 발언으로 많은 사람의 비판을 받았다.
그는 자신의 **경솔한** 행동을 후회하면서 잘못을 뉘우쳤다.

### ☐ 경이롭다
marvelous
令人驚奇的

例　그녀는 이번 올림픽에서 **경이로운** 세계 신기록을 세웠다.
그는 여행을 하면서 **경이로운** 대자연의 모습을 사진으로 남겼다.

相似　놀랍다　驚訝的

### ☐ 고루하다
outdated
古板的

例　'전통은 **고루하다**'라는 고정관념을 깨야 한다.
**고루한** 사고방식보다는 융통성을 발휘해서 이 문제를 해결해 보자.

## □ 고유하다

inherent
固有的

例 우리에게는 우리만의 **고유한** 문화가 있다.

한국의 **고유한** 맛이 세계인이 인정하는 음식 메뉴로 다시 태어났다.

## □ 고즈넉하다[고즈너카다]

quietly
靜謐的

例 해가 저무는 초저녁 풍경이 참으로 **고즈넉하다**.

**고즈넉한** 밤에 산길을 혼자 걸으니 무서움이 엄습해 왔다.

## □ 공공연하다

open, public
公然的、公開的

例 믿을 수 없는 사건들이 **공공연하게** 벌어지고 있다.

두 사람의 만남은 **공공연한** 비밀로 통하지만 지인들은 이미 다 알고 있다.

## □ 공허하다

empty, hollow
空虛的

例 그 일은 이미 다 끝났기에 **공허하게** 웃을 수밖에 없었다.

한참을 울고 났더니 가슴이 텅 빈 것처럼 **공허한** 느낌이 들었다.

形容詞　第36天

## □ 과감하다

例　나는 일단 결정을 하면 **과감하게** 밀고 나가는 편이다.
많은 여배우가 **과감한** 의상으로 사람들의 눈길을 끌었다.

drastic
果敢的

相似　용감하다　勇敢的

## □ 과격하다[과겨카다]

例　**과격한** 운동을 매일 하다가는 몸에 무리가 갈 것이다.
그는 이번 드라마에서 **과격한** 남자의 면모로 시선을 사로잡았다.

extreme
過激的、偏激的

## 形容詞 第36天 Quiz

### I. 다음 빈칸에 공통적으로 들어갈 단어를 고르세요.

**01**
( ) 말은 누군가에게 상처를 주기 마련이다.
신중하지 못하고 ( ) 행동했던 점을 사과드립니다.

① 개운하다　　　　② 검소하다
③ 경솔하다　　　　④ 고유하다

**02**
글을 쓸 때 ( ) 명확하게 쓰는 것이 좋다.
발표할 때에는 자신의 생각을 ( ) 표현해야 한다.

① 가파르다　　　　② 간결하다
③ 거만하다　　　　④ 건장하다

### II. 다음 밑줄 친 부분이 틀린 것을 고르세요.

**01**
① 그는 감미로운 음악을 들으며 추억에 젖었다.
② 최근 불법적인 일들이 공공연하게 벌어지고 있다.
③ 잘못도 없는 그에게 너무 고루한 형벌이 아닐 수 없다.
④ 경이로운 대자연 앞에서 인간은 보잘 것 없는 존재이다.

**02**
① 그 산은 거뜬한 바위로 이루어져 있다.
② 지난 해 강력한 태풍이 몰려와 많은 피해가 있었다.
③ 퇴근 후 집에 혼자 있다 보면 왠지 공허한 기분이 든다.
④ 그는 난해한 질문에도 거침없이 대답해서 사람들을 놀라게 했다.

## 形容詞　第37天

### ☐ 과도하다
excessive
過度的

例　그녀는 **과도한** 다이어트로 건강을 해치고 말았다.
카드 정보 유출 사태로 인해 **과도한** 개인 정보 요구는 점차 사라질 전망이다

相似　심하다
　　　嚴重的、過分的
　　　지나치다
　　　過度的、過分的

---

### ☐ 광대하다
vast
廣大的

例　히말라야에 펼쳐져 있는 **광대한** 산봉우리들을 사진으로 감상했다.
많은 학자들이 **광대한** 우주의 원리를 알아내기 위해 연구하고 있다.

---

### ☐ 광활하다
extensive
廣闊的

例　몽골여행을 하면서 **광활하게** 펼쳐진 대지를 보며 생각에 잠겼다.
이 사진은 **광활한** 초원을 거니는 아프리카 동물들을 소재로 삼았다.

相似　광대하다　廣大的

---

### ☐ 교묘하다
skillful
巧妙的

例　그녀는 **교묘하게** 사람을 속이며 사기를 쳤다.
그는 **교묘한** 반칙을 일삼는 선수로 악명 높다.

## 구태의연하다

例 **구태의연한** 발상말고 참신한 아이디어 없을까요?
내가 즐겨 보는 드라마가 요즘 **구태의연하게** 전개되어서 아쉽다.

remaining unchanged
一成不變的

## 굳건하다[굳껀하다]

例 순국열사들은 **굳건한** 의지로 독립운동을 하신 분들이다.
아무리 힘들더라도 **굳건하게** 역경을 헤쳐 나아가는 자세가 필요하다.

firm
堅定的

相似 강건하다 堅強的

## 궂다[굳따]

例 그는 어디서든 **궂은**일을 도맡아 하는 사람이다.
오늘 열릴 야구 경기가 **궂은** 날씨로 인해 다음 주로 연기되었다.

bad
壞的、不好的

*궂은일을 하다
做粗活、做壞事

## 그렁그렁하다

例 그녀는 눈물이 **그렁그렁한** 얼굴로 그가 떠난다는 소식을 전했다.
그는 너무 슬픈 얼굴로 눈물이 **그렁그렁해서는** 아무 말도 하지 못했다.

full to the brim
淚眼汪汪的

**形容詞** 第37天

## ☐ 그윽하다[그으카다]

mellow
幽深的、典雅的

例 그는 사랑하는 그녀를 **그윽한** 눈길로 바라보았다.

그는 조용한 음악이 흐르는 **그윽한** 분위기를 좋아한다.

## ☐ 근접하다[근ː저파다]

neighboring
比鄰的

例 나는 친구의 집에서 **근접한** 거리에 산다.

거의 일등을 할 수 있는 기록에 **근접했지만** 아쉽게 우승을 놓쳤다.

## ☐ 근질근질하다

itchy, be irritated
癢的

例 며칠 운동을 쉬었더니 몸이 **근질근질하다**.

시험을 잘 본 나는 자랑하고 싶어서 입이 **근질근질했다**.

*몸(손, 입)이 근질근질하다
身體癢（躍躍欲試）、手癢（想做）、嘴巴癢（想說）

## ☐ 급박하다[급빠카다]

urgent
急迫的

例 의사인 그는 직업상 매우 **급박한** 상황을 많이 겪는다.

상황이 너무 **급박하게** 돌아가다 보니 잠시도 한눈을 팔 수 없었다.

相似 긴박하다 緊急的

## □ 기특하다[기트카다]

例 아이들이 **기특하게도** 집 청소를 말끔하게 해 놓았다.
동생은 조금이라도 집안일을 도우려고 애쓰는 **기특한** 아이이다.

admirable
可貴的

相似 대견하다 了不起的

## □ 긴밀하다

例 논설문은 글의 구성이 **긴밀해야** 설득력을 가질 수 있다.
우리나라는 근접한 국가들과 매우 **긴밀한** 관계를 유지하고 있다.

close
緊密的

## □ 까칠까칠하다

例 **까칠까칠한** 표면을 매끄럽게 하려면 어떻게 해야 하죠?
집안일을 많이 하다 보니 어느새 손이 **까칠까칠해졌다**.

sandpapery
粗糙的

相似 거칠다 粗糙的

## □ 꺼림칙하다[꺼림치카다]

例 그가 우리 집을 알고 있다는 것이 **꺼림칙했으나** 어쩔 수 없었다.
혼자 걷다가 왠지 **꺼림칙해서** 뒤를 돌아보니 낯선 사람이 따라오고 있었다.

guilty
不喜歡、心裡不舒服、不安

相似 찜찜하다 心裡不踏實的、放心不下的
찝찝하다 不舒服的、內心卡住的

## 形容詞　第37天

### □ 끈끈하다

strong, firm
緊密的、黏的

例　그들은 일로 만났지만 **끈끈한** 정으로 묶인 사이가 되었다.
우리는 함께 어려운 일을 많이 겪어서 그런지 매우 **끈끈한** 관계를 갖고 있다.

相似　끈적끈적하다　黏黏的

### □ 끈질기다

persistent
堅韌的、執著的

例　경찰은 **끈질긴** 추격 끝에 범인을 검거할 수 있었다.
그는 **끈질긴** 노력으로 끝내 아버지의 허락을 받아냈다.

相似　집요하다　執著的

### □ 끔찍하다[끔찌카다]

terrible, devoted
驚人的、可怕的、極其

例　① 아내에 대한 그의 사랑이 **끔찍하다**.
② 그 영화에는 **끔찍한** 장면이 많이 나온다.
③ 주말에 놀이공원에 갔었는데 사람들이 **끔찍하게** 많았다.

### □ 나약하다[나야카다]

weak
懦弱的

例　험난한 일을 하기에는 그는 너무 **나약하다**.
그런 **나약한** 의지로는 어떤 일도 해낼 수 없다.

## ☐ 난처하다

例 그가 너무 개인적인 질문을 해서 대답하기가 **난처했다**.
모두 자기 말만 옳다고 하는데 누구를 믿어야 할지 정말 **난처했다**.

embarrassing
為難的

相似 난감하다 難堪的

## ☐ 냉담하다

例 그는 나에게 **냉담하고** 무관심했다.
그가 만든 영화마다 대중들은 **냉담한** 반응을 보였다.

cold
冷淡的

## ☐ 냉철하다

例 리더는 상황에 따라 **냉철하게** 사고할 필요가 있다.
험한 세상을 살아가려면 **냉철한** 이성으로 판단해야 한다.

cool-headed
冷靜透徹的

## ☐ 노련하다

例 경험이 많은 그는 이번 일도 **노련하게** 잘 처리했다.
그는 컴퓨터에 관해서는 누구보다도 **노련한** 기술을 갖추고 있다.

experienced
老練的

## 形容詞  第37天

### □ 누추하다
shabby
簡陋的

例 부모님을 이렇게 **누추한** 곳에서 묵게 할 수는 없었다.
이런 **누추한** 곳까지 직접 방문해 주시니 몸 둘 바를 모르겠다.

### □ 눈부시다
dazzling, bright
刺眼的、亮眼的

例 나는 매일 창가에 서서 **눈부신** 햇살을 맞는다.
우리나라는 70년대 이후 **눈부신** 경제 발전을 이루었다.

### □ 느긋하다[느그타다]
easygoing
悠閒的

例 **느긋한** 성격 때문에 일처리가 늦는 편이다.
준비한 발표가 끝났으니 이제부터 **느긋하게** 행사를 즐길까 한다.

相似 여유롭다 悠閒的

### □ 느슨하다
loose
鬆散的

例 매듭이 **느슨해서** 풀어질 것 같다.
이 일을 마칠 때까지 **느슨해지지** 않도록 마음가짐을 단단히 해야 한다.

## 능청스럽다 [능청스럽따]

sly
假惺惺的

例 그는 알면서도 모르는 척 **능청스러운** 데가 있다.

동생이 **능청스럽게** 거짓말을 잘해서 하마터면 속을 뻔했다.

相似 능글맞다  狡猾的

## 능통하다

proficient
精通的

例 5개 국어에 **능통한** 그는 언어 감각이 탁월하다.

이제는 한 분야에 **능통한** 전문가를 원하는 시대이다.

形容詞　第37天 Quiz

I. 다음 빈칸에 공통적으로 들어갈 단어를 고르세요.

01 부탁을 들어 줄 수 없어 너무나 (　　).
(　　) 상황을 피하려고 잠시 자리에서 일어났다.

① 과도하다　② 눈부시다
③ 난처하다　④ 까칠까칠하다

02 그는 5개 국어에 (　　) 수재 중의 수재이다.
컴퓨터 분야에 (　　) 친구에게 도움을 받았다.

① 교묘하다　② 급박하다
③ 느슨하다　④ 능통하다

03 차단을 해도 (　　) 스팸 문자가 온다.
그 선수는 (　　) 연습으로 우승을 차지할 수 있었다.

① 광대하다　② 그윽하다
③ 끈질기다　④ 노련하다

II. 다음이 설명하는 단어를 <보기>에서 골라 쓰세요.

<보기>　나약하다　냉철하다　느긋하다　능청스럽다

01 _____ : 여유를 부리며 천천히 행동하다.

02 _____ : 마음을 숨기고 겉으로 자연스럽다.

03 _____ : 강하지 못하고 의지가 약해 쉽게 포기한다.

04 _____ : 당황스러운 상황에서도 침착하고 현명하게 판단한다.

## 形容詞　第38天

### ☐ 다채롭다[다채롭따]

various
精彩的、豐富的

例　오늘부터 이곳에서 **다채로운** 행사가 펼쳐질 예정이다.
안 교수는 다양한 수식어만큼이나 **다채로운** 경력의 소유자이다.

相似　눈부시다　耀眼的
　　　호화롭다　豪華的
　　　찬란하다　燦爛的

### ☐ 단아하다

graceful
典雅的

例　그녀가 걸어 들어오는 모습이 무척이나 **단아했다**.
그 모델은 **단아한** 한복 의상으로 전통의 멋을 뽐냈다.

### ☐ 단조롭다[단조롭따]

monotonous
單調的

例　**단조롭게** 이어지는 노래는 지루하기 짝이 없었다.
**단조로운** 일상에서 벗어나기 위해 이번 여행을 계획했다.

相似　단순하다　單純的

### ☐ 담담하다

calm
淡然的、平靜的

例　누구보다도 놀랐겠지만 그는 **담담하게** 상황을 받아들였다.
모두 흥분한 분위기에서 그 사람만 **담담한** 표정으로 앉아 있었다.

相似　덤덤하다　冷淡的

## 形容詞　第38天

### ☐ 당당하다
well-built
堂堂的、理直氣壯的

例　어떤 시련이 있어도 **당당하게** 세상을 향해 나아갑시다.
　　그는 매사에 거침이 없고 **당당해서** 자신감이 넘쳐 보인다.

相似　떳떳하다
　　　堂堂正正的

---

### ☐ 덤덤하다
flat
淡然的

例　그는 당황하지 않고 **덤덤하게** 현실을 받아들였다.
　　그는 **덤덤한** 말투로 여자 친구에게 이별을 고했다.

相似　담담하다
　　　淡然的、平靜的

---

### ☐ 데면데면하다
distant, cold
（待人）冷淡的

例　그와는 오래 만났지만 **데면데면한** 사이이다.
　　**데면데면하게** 대할수록 관계만 더욱 나빠질 뿐이다.

相似　어색하다　尷尬的

---

### ☐ 도톰하다
nice and thick
厚實的

例　그 배우는 유독 **도톰한** 입술이 매력적이다.
　　약간 **도톰하게** 썬 돼지고기는 씹을 때 부드럽고 맛이 좋다.

相似　두툼하다, 두껍다
　　　厚的

## □ 두둑하다 [두두카다]

ample, plentiful
豐厚的

例 여유 돈을 **두둑하게** 가져왔는데 금세 다 써 버렸다.
이번 추석 상여금이 **두둑해서** 고향 가는 발걸음이 가볍다.

相似 넉넉하다 充裕的

## □ 두툼하다

thick
厚的

例 옷을 **두툼하게** 껴입었더니 추위를 못 느끼겠다.
**두툼한** 봉투를 열어보니 어마어마한 돈이 들어 있었다.

## □ 드물다

rare
稀少的

例 그곳은 인적이 **드문** 곳이라 혼자 가기가 무섭다.
그 영화는 작품성이 매우 뛰어난, 근래 보기 **드문** 대작이다.

相反 흔하다 常有的

## □ 든든하다

reassured
踏實的

例 낯선 곳이지만 **든든한** 친구가 있어 마음 편하다.
어려울 때마다 항상 부모님께서 도와주시니 마음이 **든든하다**.

相似 믿음직스럽다 可靠的
*배가 든든하다 肚子飽了

形容詞

## 形容詞　第38天

### ☐ 따끔하다
sting, severe
刺痛的、嚴厲的

例　① 생각보다 주사가 **따끔해서** 깜짝 놀랐다.
　　② **따끔하게** 혼냈더니 반성하는 기미가 보이는 것 같다.

### ☐ 떳떳하다[떧떠타다]
honorable
堂堂正正的

例　그는 지금까지 **떳떳한** 인생을 살아왔다.
　　내가 잘못한 것이 없다고 **떳떳하게** 말할 수 있다.

相似　당당하다
　　　堂堂的、理直氣壯的

### ☐ 막대하다[막때하다]
huge
莫大的、巨大的

例　그 사업가는 **막대한** 빚을 지고 모든 것을 잃었다.
　　그는 부모로부터 **막대한** 재산을 물려받아 부자가 되었다.

### ☐ 막막하다[망마카다]
desolate
茫茫的、黯淡的

例　나는 갑자기 해고를 당하는 바람에 앞길이 **막막했다**.
　　이런 **막막한** 기분으로는 새로 시작할 용기가 나지 않는다.

相似　아득하다
　　　渺茫的、隱約的
　　　캄캄하다
　　　暗暗的、漆黑的

## □ 막연하다

vague
茫然的

例 군대를 제대한 그는 복학 후의 학교생활에 대해서 **막연한** 두려움을 느꼈다.

외국에 가 본 경험이 없는 터라 유학 생활이 그저 **막연하게** 느껴질 뿐이었다.

相似 막막하다
茫茫的、黯淡的

## □ 만무하다

be never to
決不

例 매정했던 그가 내 부탁을 들어줄 리 **만무했다**.

매몰차게 떠난 그였기에 다시 한국에 돌아올 리 **만무했다**.

*(으)ㄹ 리 만무하다
不可能~

## □ 만연하다

prevalent
蔓延的

例 봄기운이 **만연한** 산에 올라 봄을 만끽했다.

이 사회에 **만연해** 있는 부정과 부패의 고리를 끊어 버리겠다.

相似 확산되다, 돌다
擴散

## □ 머지않다[머지안타]

not too distant
不久

例 우리 모두가 행복할 날이 **머지않을** 거예요.

지금은 이렇게 춥지만 **머지않아** 따뜻한 봄이 올 거야.

## 形容詞　第38天

□ **메마르다**　　barren
　　　　　　　　貧瘠的、乾燥的

例　그는 피도 눈물도 없는 감정이 **메마른** 사람이다.
　　그는 **메마른** 입술을 깨물며 꼭 다시 성공하리라 다짐했다.

□ **메스껍다[메스껍따]**　　sick, disgusting
　　　　　　　　　　　　噁心的、令人作嘔的

例　어지럽고 속이 **메스꺼워져서** 약을 먹었더니 한결 낫다.
　　집안이 부자라고 거들먹거리는 그의 태도가 몹시 **메스껍다**.

□ **명료하다[명뇨하다]**　　clear
　　　　　　　　　　　　明瞭的

例　그의 글은 간결하고 **명료했다**.
　　그는 해결 방법을 **명료하게** 제시했다.

相似　분명하다 分明的
　　　확실하다 確實的

□ **못마땅하다[몬마땅하다]**　　displeased
　　　　　　　　　　　　　　不順眼的、不滿意的

例　그의 표정은 왠지 **못마땅해** 보였다.
　　그는 내가 하는 모든 일을 **못마땅하게** 여긴다.

相似　불만스럽다 不滿的

## □ 못지않다 [몯ː찌안타]

例 그 **못지않게** 동생도 운동에 소질이 있다.

그녀는 화가 **못지않은** 그림 솜씨로 작품 전시회를 열었다.

no less than
不亞於

*못지않다 = 못지아니하다
 不亞於

---

## □ 묘하다

例 그녀는 의중을 알 수 없는 **묘한** 웃음을 지었다.

**묘하게도** 그와 우연히 마주치는 일들이 잦았다.

mysterious
奇妙的

相似 미묘하다 美妙的

---

## □ 무관하다

例 그 사건과 **무관한** 사람이 가해자로 몰렸다.

그는 이번 일과 **무관하기** 때문에 아무 잘못도 없다.

unrelated
無關的

相似 관계없다, 상관없다
    無關的

---

## □ 무궁무진하다

例 그의 아이디어는 정말 **무궁무진하다**.

바다는 **무궁무진한** 해양 자원의 보고이다.

infinite
無窮無盡的

相似 끊임없다 無止盡的

## 形容詞　第38天

□ **무료하다**　　　　　　　　　　　　boring
　　　　　　　　　　　　　　　　　　無聊的

　例　**무료한** 가운데 그녀의 이야기는 매우 흥미로웠다.　　相似　심심하다　無聊的
　　　아무것도 없이 혼자 사람을 기다릴 때가 가장 **무료하다**.

□ **무모하다**　　　　　　　　　　　　reckless
　　　　　　　　　　　　　　　　　　無謀的、盲目的、輕率的

　例　회사 사정도 안 좋은데 사업을 확장하는 것은 **무모한** 짓이다.
　　　경험도 없이 혼자서 **무모하게** 도전하다가는 실패하기 십상이다.

## 形容詞 第38天 Quiz

Ⅰ. 다음 단어와 비슷한 의미의 단어를 연결하세요.

묘하다 · · 평이하다
단조롭다 · · 신기하다
두둑하다 · · 넉넉하다
당당하다 · · 떳떳하다

Ⅱ. 다음이 설명하는 단어를 <보기>에서 골라 쓰세요.

<보기>  담담하다    든든하다    막막하다    못마땅하다    무료하다

01 [          ] : 할 일이 없어 심심하다.

02 [          ] : 마음의 변화가 없고 침착하다.

03 [          ] : 의지할 수 있어 마음이 편하다.

04 [          ] : 만족스럽지 못하고 불만이 있다.

05 [          ] : 미래를 알 수 없어 준비하기가 어렵다.

形容詞　第39天

♪77

## ☐ 무분별하다

thoughtless
胡亂（行動）的、莽撞的

例　공무원들의 **무분별한** 해외연수에 아까운 세금이 낭비되고 있다.

최근 **무분별하게** 이루어지는 개발로 인해 자연이 많이 파괴되었다.

## ☐ 무색하다[무새카다]

ashamed
丟臉的、無顏的

例　그 여배우는 세월이 **무색할** 만큼 여전히 아름다웠다.

행사는 이웃돕기라는 취지가 **무색하게** 상업적으로 진행되었다.

## ☐ 무수하다

countless
無數的

例　이 사진작가는 **무수한** 별들의 모습을 촬영하는 데 성공했다.

도시에는 수많은 사람이 이름도 모른 채 **무수하게** 스쳐 지나간다.

## ☐ 무한하다

infinite
無限的

例　그 아이에게는 **무한한** 미래가 펼쳐져 있다.

**무한한** 우주에 무엇이 있을지 아무도 모른다.

相似　무궁무진하다
　　　無窮無盡的

## 뭉뚝하다 [뭉뚜카다]

blunt
鈍的

例 그 형제는 **뭉뚝한** 코가 서로 닮았다.

연필심이 **뭉뚝해서** 뾰족하게 깎았다.

相似 뭉툭하다  鈍的

## 미미하다

slight
微小的

例 경영 팀의 실적이 작년에 비해 **미미하다**.

무한한 우주를 생각하면 인간은 **미미한** 존재에 불과하다.

## 미세하다

minute
細微的

例 **미세한** 먼지가 눈에 들어가 눈병이 났다.

컵에 **미세하게** 금이 가 있는 것을 발견했다.

## 미지근하다

lukewarm
不冷不熱的

例 뜨거운 커피가 식어서 **미지근하다**.

**미지근한** 물로 헹궈야 피부에 자극이 없다.

相似 미적지근하다
　　　不冷不熱的
*반응이 미지근하다
　反應不冷不熱（消極）

## 形容詞　第39天

### □ 미흡하다[미흐파다]
insufficient
不夠的、欠妥的

例　내가 그 팀을 이끌어가기에는 아직 **미흡하다**.
　　신제품 출시 전에 **미흡한** 부분을 보완해서 완성도를 높여야 한다.

相似　부족하다　不足的

### □ 민첩하다[민처파다]
agile
敏捷的

例　그는 **민첩하게** 움직여 사고를 피할 수 있었다.
　　그는 **민첩한** 동작으로 한국의 전통 무예를 선보였다.

相似　잽싸다　敏捷的

### □ 밀접하다[밀쩌파다]
close
密切的

例　우리나라는 주변국들과 **밀접한** 관계를 맺고 있다.
　　언어는 그 나라의 문화와 **밀접하게** 연관되어 있다.

相似　가깝다, 친근하다　親近的

### □ 바람직하다[바람지카다]
desirable
所希望的

例　아이는 아이답게 자라는 것이 **바람직하다**.
　　편견은 **바람직한** 인간관계를 형성하는 데 장애물이 될 수 있다.

相似　옳다　對的

## □ 바르다

straight, upright
正確的

例 **바른** 자세로 앉아서 공부하면 오래 집중할 수 있다.

그 아이는 가정교육을 잘 받아서인지 예의가 **바르다**.

## □ 벅차다

be too much to handle, full-hearted
充滿的、吃力的

例 ① 합격 소식을 듣고 가슴이 **벅차** 어쩔 줄을 몰랐다.

② 빠듯한 월급으로 세 아이를 키운다는 것은 **벅찬** 일이다.

## □ 번거롭다[번거롭따]

cumbersome
麻煩的

例 ① 소송 절차가 매우 **번거로워서** 시간과 비용이 많이 들었다.

② **번거로운** 부탁을 드리게 돼서 죄송합니다.

相似 번잡하다 複雜的

## □ 번듯하다[번드타다]

decent
端正的

例 **번듯한** 직장을 잡고 결혼하는 것이 그의 목표이다.

**번듯하게** 차려입은 그를 보고 모두들 깜짝 놀랐다.

## 形容詞　第39天

### □ 번잡하다 [번자파다]
chaotic
繁雜的

例　**번잡하게** 공항까지 마중 나올 필요는 없다.
　　**번잡한** 도시 생활보다는 한적한 시골에서 살고 싶다.

### □ 범상하다
ordinary
尋常的

例　독특한 외모와 말투를 지닌 그는 첫인상부터 **범상치** 않았다.
　　나는 그의 날카로운 눈빛을 보며 **범상한** 인물이 아님을 느꼈다.

相似　예사롭다
　　平常的、平庸的
*범상치 않다 = 범상하지 않다　不平常的

### □ 변덕스럽다 [변덕쓰럽따]
capricious
多變的

例　환절기에는 날씨가 **변덕스럽다**.
　　그녀가 **변덕스럽게** 굴 때마다 어떻게 맞춰줘야 할지 모르겠다.

*성격이 변덕스럽다
　個性多變的

### □ 변변하다
satisfactory, suitable
像樣的

例　**변변치** 않은 선물에도 그녀는 매우 기뻐했다.
　　그는 면접에 입고 갈 **변변한** 옷 한 벌 없었다.

相反　변변찮다　不像樣的
*변변치 않다 = 변변하지 않다　不像樣的

## ☐ 보잘것없다[보잘꺼덥따]

trivial
不怎麼樣的、微不足道的

例 그는 키가 작고 체구가 빈약해서 매우 **보잘것없었다**.

**보잘것없는** 집안에서 태어나 나중에 자수성가한 사람들이 많다.

相似 볼품없다 不起眼的

## ☐ 볼록하다[볼로카다]

bulging
鼓起的

例 과식을 했더니 배가 **볼록해졌다**.

**볼록한** 아이의 주머니 안에는 장난감이 들어 있었다.

相反 오목하다 凹陷的

## ☐ 부단하다

constant
不斷的

例 그는 **부단한** 연습 끝에 목표를 이룰 수 있었다.

**부단한** 자기 계발 없이는 경쟁 사회에서 살아남을 수 없다.

相似 꾸준하다 持續的
끊임없다 不斷的

## ☐ 부유하다

wealthy
富裕的

例 **부유한** 상류층 사람들 중에서 재산을 기부하는 사람이 많다.

**부유한** 사람들은 가난한 사람들의 마음을 이해하기가 쉽지 않다.

## 形容詞　第39天

### ☐ 부조리하다
irrational
悖理的、不合理的

例　그 소설은 **부조리한** 현실에 대해 비판하고 있다.
　　사회의 **부조리함**을 고발하는 시사 프로그램이 인기를 끌고 있다.

### ☐ 분분하다
divergent
眾說紛紜的

例　올해 임기가 끝나는 대통령의 행보에 대해 해석이 **분분하다**.
　　새로운 사업에 대한 의견이 **분분해서** 좀 더 회의를 진행해 봐야겠다.

### ☐ 분주하다
busy
匆忙的

例　회사원들은 아침이 되면 출근 준비에 더욱 **분주해진다**.
　　역 앞에는 **분주하게** 오가는 사람들의 모습들이 눈에 띈다.

相似　바쁘다　忙碌的

### ☐ 불가피하다
inevitable
不可避免的

例　그것은 어려운 상황에서 비롯된 **불가피한** 선택이었다.
　　**불가피하게** 결승전에서 우리나라 선수들끼리 경쟁하게 되었다.

## □ 불공정하다

unfair
不公正的

例 **불공정한** 거래는 다시 검토되어야 한다.

그 나라와의 협약은 명백히 **불공정했다**.

相反 공정하다 公正的

## □ 불과하다

nothing more than
只不過、不過是

例 그것은 작은 실수에 **불과한** 일이었다.

불참 이유가 건강상의 문제라고 했지만 그것은 핑계에 **불과했다**.

## 形容詞  第39天 Quiz

I. 다음 빈칸에 공통적으로 들어갈 단어를 고르세요.

01
지하철을 두세 번씩 갈아타서 너무 (    ).
이 청소기는 사용하기가 (    ) 자주 안 쓰게 된다.

① 무한하다　　　　　② 밀접하다
③ 번거롭다　　　　　④ 분분하다

02
그는 (    ) 가정환경에서 자라 고생을 모른다.
(    ) 상류층의 사회적인 역할이 중요해지고 있다.

① 무색하다　　　　　② 변덕스럽다
③ 부유하다　　　　　④ 부조리하다

II. 다음 글의 빈칸에 알맞은 단어를 <보기>에서 골라 문장에 맞게 쓰세요.

<보기>　무수하다　　번잡하다　　분주하다

오늘 아침도 식사 준비하랴 아이들 챙기랴 (  1  ) 하루가 시작되고 있다. 8시에야 겨우 출근길에 올라 (  2  ) 지하철 안에서 잠시 숨을 돌린다. 주변을 둘러보니 각양각색의 사람들이 눈에 띈다. (  3  ) 스쳐 지나가는 인연들……. 하지만 서로에게는 관심이 없는 것 같다. 각자의 스마트폰에 얼굴을 파묻고 화면에만 주의를 기울인다. 언제부터인가 이것이 우리의 일상적인 모습이 되어 버렸다.

## 形容詞　第40天

### □ 불미스럽다[불미스럽따]

例　최근 **불미스러운** 소문이 돌고 있다.

이번 선거와 관련해 **불미스러운** 일이 없기를 바랍니다.

scandalous
可恥的、不光彩的

### □ 불순하다[불쑨하다]

例　① 이 식품에서 **불순한** 첨가물이 검출되었다.

② 그 사람의 생각이나 태도가 **불순해** 보였다.

impure
不純的

### □ 불합리하다[불함니하다]

例　이 제도는 시민들 입장에서 너무 **불합리하다**.

소비자들은 **불합리한** 가격을 받아들일 수 없었다.

irrational
不合理的

### □ 빈번하다

例　여기는 화산 폭발이 **빈번한** 곳이다.

최근 이곳에서 사건・사고가 **빈번하게** 발생했다.

frequent
頻繁的

相似　잦다　經常的

## 形容詞　第40天

### ☐ 빈약하다[비냐카다]
poor
貧乏的、羸弱的

例　그 이론을 뒷받침하는 근거가 **빈약하다**.
　　그 사람은 상체에 비해서 하체가 **빈약하다**.

### ☐ 빈틈없다[빈트멉따]
thorough, dense
嚴密的、周密的

例　그는 일처리에 **빈틈없는** 사람이다.
　　책꽂이에 책이 **빈틈없이** 꽂혀 있었다.

### ☐ 빡빡하다[빡빠카다]
tight, obstinate
（時間）緊迫的、（態度、做事情）生硬的

例　① 출장 일정이 너무 **빡빡해서** 관광은 생각도 못했다.
　　② 처음이라서 실수한 건데 너무 **빡빡하게** 굴지 마세요.

### ☐ 뻐근하다
stiff
痠痛的

例　어깨가 너무 **뻐근해서** 마사지를 받으려고 해요.
　　어제 갑자기 운동을 좀 했더니 온몸이 **뻐근하네요**.

## 뿌듯하다[뿌드타다]

proud
心滿意足的

例 성적표를 보니 가슴이 **뿌듯했다**.

잘 자란 아이들을 보니 마음이 **뿌듯해졌다**.

## 사소하다

trivial
細小的、瑣碎的

例 싸움은 항상 **사소한** 일에서 시작된다.

이 문제가 너에게는 **사소할지라도** 나에겐 중요해.

相似 하찮다 不起眼的

## 사치스럽다[사치스럽따]

luxurious
奢侈的

例 많은 젊은이들이 **사치스러운** 생활을 꿈꾸기도 한다.

먹고 살기 힘든 나에게 사랑은 **사치스러운** 감정일 뿐이다.

## 삭막하다[상마카다]

desolate
凄涼的、荒涼的

例 사무실 분위기가 너무 **삭막하다**.

도시의 **삭막함이** 이젠 전혀 낯설지 않다.

## 形容詞　第40天

### ☐ 산만하다
distracted
散漫的

例　디자인이 **산만해서** 보기에 좀 어지럽네요.
　　수업이 끝나고 주의가 **산만한** 아이들을 불러 상담을 했다.

相似　어수선하다　散亂的

### ☐ 상당하다
considerable
相當

例　이 작품을 완성하기까지는 **상당한** 시간과 노력이 들었다.
　　그는 회사 내에서 **상당한** 영향력을 가지고 있는 사람이다.

### ☐ 생소하다
unfamiliar
生疏的

例　오래된 친구지만 오늘따라 그의 얼굴이 **생소하게** 느껴졌다.
　　이런 일이 처음이라 **생소하겠지만** 자꾸 하다 보면 적응이 될 거야.

### ☐ 서럽다[서럽따]
sad
悲傷的、可悲的

例　엄마를 잃어버린 아이가 **서럽게** 울고 있었다.
　　누구하나 도와주는 사람이 없으니 **서럽기** 짝이 없구나.

## □ 서먹하다[서머카다]

例 다들 초면이라서 그런지 분위기가 **서먹했다**.

친구와 싸운 뒤 화해를 못해서 아직 **서먹하게** 지내고 있다.

feel awkward
彆扭的

相似 어색하다 尷尬的

## □ 석연하다[서견하다]

例 그의 행동이 **석연치 않아** 유심히 살펴봤다.

그가 제출한 증거에는 뭔가 **석연치 못한** 점이 있었다.

feel free from doubt
釋然的

*석연치 않다 : 석연하다
 +~지 않다 不釋然、
 不可捉摸
*석연치 못하다 : 석연하다
 +~지 못하다 不能釋然、
 無法捉摸

## □ 섣부르다[섣뿌르다]

例 아무 준비도 없이 **섣부르게** 행동하지 마세요.

그에 대해 **섣부른** 판단을 하는 것은 시기상조이다.

hasty
輕率的、草率的

## □ 섬세하다

例 시계는 **섬세하고** 정교한 기술을 바탕으로 만들어졌다.

이 작품은 순수한 여인의 심리를 **섬세하게** 그리고 있다.

delicate
細膩的

## 形容詞  第40天

### □ 성기다
sparse
稀疏的

例 할아버지의 얼굴에는 수염이 **성기게** 나 있었다.
그물이 듬성듬성 **성기게** 짜여 있어서 고기가 잘 잡히지 않는다.

### □ 성대하다
grand
盛大的

例 왕은 **성대한** 잔치를 열어 축하연을 베풀었다.
그의 결혼식은 유명인사를 초청하여 **성대하게** 치러졌다.

### □ 성하다
intact
完整的、健全的

例 험한 일을 하다 보니 몸이 **성한** 데가 없다.
집에 **성한** 물건이 없을 정도로 아이들이 개구쟁이다.

相似 멀쩡하다 完好的

### □ 세밀하다
detailed
精密的、細緻的

例 그는 **세밀한** 부분까지 신경을 쓴다.
그 작품은 인물의 성격을 **세밀하게** 묘사해 놓았다.

## □ 세심하다

careful
細心的

例 그의 **세심한** 배려에 감동을 받았다.

정부는 상습 침수 지역에 **세심한** 주의를 기울여야 한다.

## □ 소박하다[소바카다]

simple
樸素的

例 그녀는 **소박한** 옷차림을 했다.

相反 화려하다 華麗的

시골에서 가족들과 오순도순 사는 것이 나의 **소박한** 꿈이다.

## □ 소홀하다

remiss
疏忽的

例 집에 찾아온 손님을 **소홀하게** 대접해서는 안 된다.

난초는 손이 많이 가는 식물이라서 조금만 **소홀해도** 죽기 십상이다.

## □ 속상하다[속쌍하다]

upset
傷心的、心痛的、惱人的

例 부모님의 거친 손을 보니 너무 **속상했다**.

열심히 했는데 일이 뜻대로 되지 않아 **속상하다**.

## 形容詞　第40天

### ☐ 수두룩하다[수두루카다]

a lot of
俯拾皆是

例　시간은 얼마 없는데 해야 할 일이 **수두룩하다**.

그 일을 하고자 하는 사람들은 **수두룩할** 것이다.

### ☐ 수북하다[수부카다]

heapy
滿滿的

例　씻지 않은 그릇들이 싱크대에 **수북했다**.

새벽에 나와 보니 눈이 **수북하게** 쌓여 있었다.

## 形容詞  第40天 Quiz

Ⅰ. 다음 단어와 비슷한 의미를 가진 것을 연결하세요.

서먹하다 ·　　　　　　· 낯설다
사소하다 ·　　　　　　· 어수선하다
성하다 ·　　　　　　· 하찮다
산만하다 ·　　　　　　· 어색하다
생소하다 ·　　　　　　· 멀쩡하다

Ⅱ. 다음 (　) 안에서 문장에 알맞은 단어를 골라 ○ 하세요.

01 정부는 사회 제도의 ( 불합리한, 불가피한 ) 부분을 점차적으로 개선하도록 노력해야 한다.

02 요즘 사람들은 외모를 중요하게 여기기 때문에 자신의 외모를 꾸미기 위해서 많은 노력을 한다. 그러나 나는 꾸밈이 없고 ( 아담한, 소박한 ) 여자가 더 매력적으로 느껴진다.

03 나는 사랑하는 사람에게서 받은 물건은 그것이 무엇이든 아주 소중하게 생각한다. 아주 ( 생소한, 사소한 ) 물건 하나라도 나에겐 아름다운 기억이 되고 의미가 된다.

04 집중력은 사람들이 일이나 공부를 할 때에 중요하게 작용한다. 따라서 주의가 ( 삭막해서, 산만해서 ) 집중을 잘 못하는 아이들은 다른 아이들에 비해 학습 능력이나 수행 능력이 떨어진다.

## 形容詞　第41天

### ☐ 수수하다
unpretentious
樸素的

> 例　나는 **수수하고** 솔직한 편이다.
>
> 　그녀는 꾸미지 않은 **수수한** 모습으로 나타났다.

### ☐ 수월하다
easy
輕易的

> 例　그는 **수월하게** 작업을 끝냈다.
>
> 　이 일은 처음에는 하기 어려웠으나 하다 보니 **수월해졌다**.

### ☐ 수줍다[수줍따]
shy
害羞的

> 例　그녀는 **수줍어서** 그런지 얼굴이 귀까지 빨개졌다.
>
> 　아이는 **수줍은** 듯 아빠 뒤에 숨어 나오지를 않았다.

### ☐ 순박하다[순바카다]
naive
純樸的

> 例　시골 사람들은 정도 많고 **순박하다**.
>
> 　그의 **순박하고** 선한 미소가 마음에 들었다.

## ☐ 순조롭다[순조롭따]

smooth
順利的

例 모든 일이 **순조롭게** 진행되었다.

그는 시즌 첫 경기에서 **순조로운** 출발을 보였다.

## ☐ 시끌벅적하다[시끌벅쩌카다]

noisy
吵鬧的

例 무슨 사고가 났는지 사람들이 **시끌벅적하게** 모여 있었다.

시장은 명절 준비로 장을 보러 온 사람들로 **시끌벅적했다**.

## ☐ 신중하다

prudent
慎重的

例 성급하게 판단하지 말고 **신중하게** 생각하세요.

그의 진지하고 **신중한** 태도는 믿음을 얻기에 충분했다.

## ☐ 심각하다[심가카다]

serious
嚴重的

例 무슨 이야기를 하길래 분위기가 이렇게 **심각해요**?

우리 사회의 환경오염 문제는 매우 **심각한** 상태에 놓여 있다.

## 形容詞　第41天

□ **쑥스럽다[쑥쓰럽따]**　shy
　　害羞的、難為情的

例　늦은 나이에 결혼을 한다는 것이 **쑥스럽긴** 하지만 행복하다.
　　그는 사람들의 칭찬에 **쑥스러운** 듯 머리를 긁적이며 웃었다.

□ **쓸데없다[쓸떼업따]**　unnecessary
　　沒用的

例　하기로 마음을 먹었으면 **쓸데없는** 생각하지 마라.
　　나는 **쓸데없는** 데에 시간과 돈을 낭비하고 싶지 않다.

□ **씁쓸하다**　bitter
　　苦澀的

例　기분이 안 좋을 때 술을 마시면 맛이 더 **씁쓸하다**.
　　유산 상속 문제로 다툰 가족들의 이야기를 들으니 **씁쓸한** 기분이 들었다.

□ **아기자기하다**　charming
　　美麗可愛的、美滿的、有意思的

例　여자 친구는 **아기자기한** 물건들을 좋아한다.
　　그 부부는 **아기자기하게** 신혼을 즐기고 있다.

## □ 아담하다
neat
雅緻的

例 방이 **아담해서** 혼자 살기에 적당해 보였다.
내가 커서 그런지 **아담한** 체구의 여자가 좋다.

## □ 아랑곳없다[아랑고덥따]
nonchalance
無所謂的

例 그는 주위의 시선에 **아랑곳없이** 큰소리로 말했다.
옆에서 불러도 **아랑곳없다는** 듯이 하던 일을 계속 했다.

## □ 아련하다
faint
隱約的

例 어린 시절의 **아련한** 추억이 떠올랐다.
돌아가신 엄마 목소리가 **아련하게** 들려오는 것 같다.

## □ 안락하다[알라카다]
comfortable
安樂的

例 그들은 **안락한** 가정을 이루어 행복하게 살고 있다.
나는 한적한 곳에서 **안락하게** 노후를 보내고 싶다.

## 形容詞　第41天

### □ 안쓰럽다[안쓰럽따]
pathetic
可憐的

例　어린 나이에 물건을 팔고 다니는 모습이 **안쓰러웠다**.
　　주위에 아무도 없이 혼자서 사는 독거노인이 **안쓰러워** 보였다.

### □ 안이하다
easygoing
馬馬虎虎的、隨便輕易的

例　그는 모든 일을 **안이하게** 처리하는 경향이 있다.
　　정부는 국민의 불만에 대해 너무 **안이하게** 대응했다.

### □ 안일하다
compleacent
安逸的

例　① 고향에 내려와서 **안일한** 나날을 보내고 있다.
　　② 그는 다른 사람이 도와줄 거라는 **안일한** 생각을 가지고 있다.

### □ 알차다
fruitful
充實的

例　이 책은 **알찬** 내용과 정보들로 가득 차 있었다.
　　휴가를 **알차게** 보내기 위해 계획을 세워 놓았다.

## □ 암울하다[아물하다]

gloomy
黯淡的

例 이 소설은 우리 민족의 **암울한** 시대를 배경으로 하고 있다.

우리의 미래가 밝을지 **암울할지는** 바로 우리의 손에 달려 있다.

## □ 애처롭다[애처롭따]

pitiful
可憐的

例 노랫소리가 너무 **애처롭게** 들렸다.

그의 얼굴이 너무 **애처로워** 보여서 나도 모르게 눈물이 났다.

## □ 애틋하다[애트타다]

sad and painful
難受的、難捨的

例 나를 걱정해주는 가족들에게 **애틋한** 마음을 느꼈다.

그 소설은 이루어질 수 없는 두 남녀의 **애틋한** 사랑을 다루었다.

## □ 야릇하다[야르타다]

odd
奇怪的、奇妙的

例 두 사람 사이에 **야릇한** 분위기가 흘렀다.

그 사람을 처음 봤을 때 **야릇한** 감정을 느꼈다.

## 形容詞　第41天

### □ 야속하다[야소카다]
feel bitter
無情的、冷漠的

例　무심하게 떠난 그가 **야속하기** 짝이 없다.
뭐든지 동생이 우선이었던 엄마가 너무 **야속했다**.

### □ 얄밉다[얄밉따]
cheeky
討厭的

例　그 친구는 한 대 때려 주고 싶을 만큼 **얄밉게** 행동한다.
내가 아끼던 옷을 자기 옷인 양 입고 나간 동생이 너무 **얄미웠다**.

### □ 어김없다[어기겁따]
unerring
沒錯的、不違反的

例　내가 한 말은 모두 **어김없는** 사실이다.
그는 한번 약속을 하면 **어김없이** 지키는 사람이다.

### □ 어눌하다
inarticulate
語無倫次的、結巴的

例　아이는 조금 모자란 듯이 **어눌하게** 대답했다.
그의 말투는 **어눌해** 보였지만 말 속에 뼈가 있었다.

## ☐ 어리석다[어리석따]

> 나는 다시는 **어리석게** 행동하지 않을 것이다.
>
> 여기서 포기하겠다는 **어리석은** 생각은 버려라.

foolish
愚蠢的

## ☐ 어마어마하다

> 그 공사에는 **어마어마한** 액수의 돈이 투입되었다.
>
> 그가 털어놓은 진실은 실로 **어마어마한** 것이었다.

enormous
可怕的、嚇人的

## 形容詞　第41天 Quiz

Ⅰ. 다음 중 두 단어의 관계가 나머지 셋과 다른 하나를 고르세요.

**01**
① 수줍다 - 쑥스럽다
② 어리석다 - 어눌하다
③ 순박하다 - 수수하다
④ 수월하다 - 어마어마하다

**02**
① 알차다 - 충실하다
② 암울하다 - 안락하다
③ 애처롭다 - 안쓰럽다
④ 아기자기하다 - 아담하다

Ⅱ. 다음을 읽고 물음에 답하세요.

> 다이어트를 하는 사람들이 가장 많이 저지르는 실수중 하나가 바로 단기간에 살을 빼야겠다는 생각으로 무리한 방법을 추진하는 것이다. 이렇게 ㉠ 편하고 쉽다는 생각으로 무리하게 추진하는 단기간 다이어트는 오히려 건강을 해칠 수 있다. 단기간 다이어트의 부작용은 탈모와 빈혈, 요요현상 등을 포함해 매우 다양하다. 다이어트 때문에 심한 스트레스를 받는 경우 강박관념 때문에 구토 증세를 보이는 등 ( ㉡ ) 문제가 많다. 이러한 부작용을 막고 건강하며 지속가능한 다이어트를 하고 싶다면 충분한 기간을 설정하고 욕심을 줄이는 것이 최선의 방법일 것이다.

**01** ㉠과 바꾸어 쓸 때 알맞은 것을 고르세요.

① 여린　　　　　② 어설픈
③ 웬만한　　　　④ 안일한

**02** ㉡에 알맞은 것을 고르세요.

① 심각한　　　　② 예리한
③ 애처로운　　　④ 유난스러운

## 形容詞　第42天

### ☐ 어색하다[어새카다]
awkward
不自然的、尷尬的

例　이 문장은 어딘지 모르게 **어색한** 데가 있다.
　　처음 만난 사람과 마주 앉아 있으니 정말 **어색했다**.

### ☐ 어설프다
fumbling
生疏的、半調子的、輕率的

例　그는 아는 것도 많지 않으면서 **어설프게** 아는 척을 한다.
　　일을 한 지 얼마 안 됐는지 기계를 다루는 솜씨가 **어설퍼** 보였다.

### ☐ 엄숙하다[엄수카다]
solemn
莊嚴的、嚴肅的

例　모두가 지켜보는 가운데 장례식은 **엄숙하게** 거행되었다.
　　사람들의 표정이나 분위기가 너무 **엄숙해서** 아무 것도 물어볼 수 없었다.

### ☐ 여리다
tender
柔嫩的、脆弱的

例　내 동생은 마음이 너무 **여려서** 상처를 쉽게 받는다.
　　아이들의 피부는 너무 **여려서** 항상 신경을 써 줘야 한다.

## 形容詞　第42天

### ☐ 영험하다
miracle-working
靈驗的

例　이 산의 기운이 **영험하다는** 얘기를 들었다.

그는 일이 잘 안 풀리자 **영험하다는** 무당을 찾아갔다.

### ☐ 예리하다
sharp
鋒利的、敏銳的

例　그가 들고 있는 칼끝이 **예리했다**.

그의 판단은 아주 **예리하고** 정확했다.

### ☐ 예민하다
keen
敏感的、敏銳的

例　그는 돈 문제와 같은 **예민한** 부분에 대해서는 말하기를 꺼려한다.

사춘기 때는 감수성이 **예민하기** 때문에 주변 사람들의 관심과 배려가 필요하다.

### ☐ 오목하다[오모카다]
dented
凹陷的

例　평평했던 길이 무슨 일인지 **오목하게** 파여 있었다.

우리가 마시는 음료수 캔의 밑부분은 왜 **오목하게** 들어가 있을까?

## 오붓하다 [오부타다]

cozy
和睦的、殷實的

例 온 가족이 오랜만에 **오붓하게** 모여 식사를 했다.

꼬마들 때문에 둘만의 **오붓한** 시간을 보내기가 힘들다.

## 온순하다

mild
溫順的

例 그 아이는 **온순하고** 착한 성격을 가졌다.

여자가 **온순하고** 순종적이어야 한다는 생각은 이미 옛날 생각이다.

## 온화하다

mild(-mannered), temperate
溫和的、平靜的

例 그는 세상에 둘도 없는 **온화한** 성품을 가졌다.

봄 햇살이 비추는 시골의 작은 마을은 포근하고 **온화했다**.

## 완만하다

slow, gentle
緩慢的、舒緩的、平緩的

例 ① 경제가 **완만한** 흐름을 보이며 성장하고 있다.

② 그 산은 경사가 **완만하니** 오르기 어렵지 않을 것이다.

## 形容詞　第42天

### ☐ 완연하다[와년하다]
obvious
宛如、一覽無遺

例　어느덧 봄기운이 **완연해** 졌다.

얼굴에 피곤한 기색이 **완연하니** 들어가서 쉬세요.

### ☐ 우렁차다
sonorous
雄壯的、嘹亮的

例　**우렁차게** 걷는 그의 모습이 듬직했다.

군인들의 **우렁찬** 목소리가 울려 퍼졌다.

### ☐ 우수하다
excellent
優秀的

例　그 학생은 성적이 **우수합니다**.

그 상품은 가격이 비싼 반면에 품질은 **우수합니다**.

### ☐ 우아하다
elegent
優雅的

例　차를 마시는 그녀의 모습이 **우아하고** 고상해 보였다.

패션모델들이 전통 한복을 입고 **우아하게** 걸어 나왔다.

## ☐ 우직하다[우지카다]

stupidly honest
憨厚的

例 그 사람은 소처럼 **우직하게** 일만 했다.

그는 성품이 곧고 **우직해서** 고지식하다는 말을 많이 듣는다.

## ☐ 울긋불긋하다[울귿뿔그타다]

colorful
紅紅綠綠的

例 가을 단풍이 **울긋불긋하게** 물들었다.

봄이 되니 여기저기서 **울긋불긋한** 꽃들이 피어났다.

## ☐ 웅장하다

magnificent
雄壯的

例 피아노 연주 소리가 **웅장하게** 울려 퍼졌다.

오래 전에 지어진 그 건물은 여전히 **웅장하고** 화려했다.

## ☐ 원만하다

amicable
圓滿的、隨和的

例 그는 인간관계가 **원만해서** 주위에서 도움을 많이 받는다.

그는 성격이 **원만해서** 다른 사람과 충돌을 일으키지 않는다.

## 形容詞　第42天

☐ **원활하다**　　　smooth
　　　　　　　　　圓滑的、順暢的

例　현재 **원활한** 교통 흐름을 보이고 있습니다.
　　그 회사는 직원들과 소통이 **원활하게** 이루어지고 있다.

☐ **웬만하다**　　　tolerable
　　　　　　　　　一般的、還可以的

例　① 이제 그는 **웬만한** 일은 혼자서도 잘 해낸다.
　　② 저렇게 반성하고 있는데 이제 **웬만하면** 용서해 주세요.

☐ **위독하다[위도카다]**　　critical
　　　　　　　　　　　　病危、危急

例　그는 뇌졸중으로 쓰러져 생명이 **위독하다**.
　　부모님이 **위독하시다는** 소식을 듣고 고향으로 내려갔다.

☐ **위중하다**　　　critical
　　　　　　　　　病重的、命在旦夕的

例　아버지의 병이 **위중해지자** 아들은 노심초사했다.
　　할머니의 병세가 **위중하셔서** 가족들이 모두 모였다.

□ **유난스럽다**[유난스럽따]     unusual / 特別的

例 그는 자식 사랑이 **유난스럽다**.

아이들이 좀 **유난스러워서** 돌보기가 힘들다.

□ **유능하다**     competent / 有能力的

例 그 사람은 성실하고 **유능하다**.

나는 그가 **유능한** 지도자라고 생각한다.

□ **유리하다**     advantageous / 有利的

例 지금은 주식보다는 부동산 투자가 더 **유리하다**.

이번 계약은 우리에게 **유리한** 조건이므로 반드시 성사시켜야 한다.

□ **유사하다**     similar / 類似的

例 그의 외모와 목소리는 범인과 **유사했다**.

그 영화의 내용은 이 소설과 **유사한** 면이 있다.

## 形容詞　第42天

□ **유연하다**　　flexible / 柔軟的

例　그는 상대편의 거친 공격에도 **유연하게** 대응했다.
　　그녀는 체조를 해서 그런지 **유연한** 몸을 가지고 있다.

□ **유용하다**　　useful / 有用的

例　이 책은 눈이 잘 안 보이는 사람들에게 **유용하다**.
　　필요 없을 것 같겠지만 가져가면 **유용하게** 쓰일 것이다.

## 形容詞　第42天 Quiz

Ⅰ. 다음 빈칸에 알맞은 단어를 고르세요.

**01** 그는 술과 담배로 인해 살도 빠지고 얼굴에 병색이 (　　).
① 완전했다　② 완벽했다
③ 완치했다　④ 완연했다

**02** 너처럼 (　　) 사람이 이렇게 험한 일을 할 수 있겠어?
① 여린　② 아쉬운
③ 엄숙한　④ 원만한

**03** 사장님은 보고서를 다 본 후에 잘못된 점을 (　　) 지적하였다.
① 유리하게　② 여리게
③ 예리하게　④ 유난스럽게

Ⅱ. 다음 빈칸에 공통적으로 들어갈 단어를 고르세요.

**01** 노사는 (　　) 합의를 보았다.
(　　) 성격인 그도 마침내 화를 냈다.
그는 대인 관계가 (　　) 발이 넓은 편이다.
① 좋다　② 올바르다
③ 착하다　④ 원만하다

**02** 그의 (　　) 거짓말은 금방 들통이 났다.
어젯밤에 (　　) 잠이 들었을 때 친구한테 전화가 왔다.
(　　) 결정하지 말고 다시 생각해 보고 결정하는 게 낫겠다.
① 무겁다　② 어설프다
③ 경솔하다　④ 성급하다

## 形容詞　第43天

♪85

☐ **유창하다**　　　　　　　　　　　　　fluent
　　　　　　　　　　　　　　　　　　　流利的

　例　그는 영어를 **유창하게** 한다.
　　　그의 **유창한** 말솜씨는 누구도 쫓아갈 수가 없다.

☐ **유해하다**　　　　　　　　　　　　　harmful
　　　　　　　　　　　　　　　　　　　有害的

　例　경찰은 **유해한** 물건을 파는 가게를 단속하고 있다.　　相似  해롭다  有害的
　　　어린이가 사용하는 물건에는 **유해한** 것이 있어서는 안 된다.

☐ **유효하다**　　　　　　　　　　　　　valid
　　　　　　　　　　　　　　　　　　　有效的

　例　시험 결과는 2년 동안 **유효하다**.　　　　　　　　　　　相反  무효하다  無效的
　　　어릴 때 한 약속이지만 여전히 **유효하다고** 생각한다.

☐ **이롭다[이롭따]**　　　　　　　　　　beneficial
　　　　　　　　　　　　　　　　　　　有益的

　例　체질에 맞게 음식을 먹는 것이 몸에 **이롭다**.　　　　　相反  해롭다  有害的
　　　건강에 **이로운** 영양제라고 해도 과용하는 것은 좋지 않다.

## □ 익살스럽다[익쌀스럽따]

comical
滑稽的

例 배우의 **익살스러운** 모습에 웃음을 참을 수가 없었다.

그 아이는 **익살스러운** 표정으로 애교를 부리고 있다.

## □ 인색하다[인새카다]

miserly
吝嗇的、小氣的

例 그는 **인색한** 구두쇠다.

우리는 감정 표현에 너무 **인색하다**.

相似 야박하다 刻薄的
쩨쩨하다 吝嗇的

## □ 자유분방하다

freewheeling
自由奔放的

例 나는 **자유분방한** 삶을 지향한다.

그녀는 지금까지 **자유분방하게** 살아 왔다.

## □ 자잘하다

very small
零星的、零碎的

例 이 강에서는 **자잘한** 물고기만 잡힌다.

막상 회사에 입사하고 보니 **자잘한** 업무들이 많았다.

## 形容詞　第43天

### ☐ 잔인하다
cruel
殘忍的

例　그 사람은 **잔인하고** 무서운 사람이니 조심해야 한다.
그 영화는 **잔인한** 장면이 많아서 아이들이 보기엔 적합하지 않다.

相似　잔혹하다, 악랄하다
殘忍的

### ☐ 잔잔하다
still
平靜的、平淡的

例　바다에 **잔잔한** 파도가 일고 있다.
그 영화는 우리에게 **잔잔한** 감동을 준다.

### ☐ 장엄하다
majestic
莊嚴的

例　로마에는 **장엄한** 건축물들이 많이 있다.
역사가 오래된 성당은 웅장하고 **장엄하였다.**

### ☐ 잦다[잗따]
frequent
頻繁的

例　그는 야근 때문에 집에 늦게 들어가는 일이 **잦았다**.
이곳은 사고가 **잦은** 지역이니 운전할 때 주의하시기 바랍니다.

相似　빈번하다　頻繁的
　　　흔하다　常見的
相反　드물다　稀少的
　　　뜸하다
　　　減緩的、減弱的

## □ 저조하다
low, dull
低潮的、少的

例 실적이 **저조해서** 승진에 차질이 생겼다.

경기가 안 좋아서 그런지 모금액이 너무 **저조했다**.

## □ 적막하다[정마카다]
silent, lonely
寂寞的

例 난 **적막한** 시골 생활보다는 활기찬 도시 생활이 맞는다.

아무도 없는 새벽길은 조용하다 못해 **적막하기까지** 했다.

## □ 적잖다[적짠타]
more than a few
不少的

例 그 소식을 들은 사람들은 **적잖게** 놀랐다.

나이가 **적잖으니** 말과 행동을 조심해야 한다.

## □ 적절하다[적쩔하다]
proper
適當的

例 그 질문에 대한 **적절한** 답을 찾아보자.

인사과에서는 신입사원들의 능력과 성격을 파악하여 **적절한** 부서에 배치하였다.

## 形容詞　第43天

### ☐ 적합하다[저카파다]
suitable
適合的

例　이 땅은 농사를 짓기에 **적합하지** 않다.
　　그 배우가 이 역할에 가장 **적합한** 것 같다.

### ☐ 절친하다
intimate
特別親密的

例　우리는 **절친한** 사이로 허물없이 지낸다.
　　직장에서 만난 동료와 **절친하게** 지내고 있다.

相似　친밀하다　親密的

### ☐ 점잖다[점잔타]
gentle
沉穩的、文雅的

例　나는 말이 많은 남자보다 **점잖은** 남자가 좋다.
　　그는 **점잖게** 행동하고 있지만 속내는 잘 모르겠다.

### ☐ 정겹다[정겹따]
affectionate
多情的、深情的

例　고향의 **정겨운** 분위기가 참 좋다.
　　이 찻집은 나에게는 참 **정겨운** 곳이다.

## □ 정교하다

例 이 시계는 장인이 **정교하게** 만든 예술품이다.
이 소설은 시대적 배경과 사건을 **정교하게** 연결시켜 실화같은 느낌이 든다.

exquisite
精巧的、巧妙的

相似 세밀하다 細緻的
　　 정밀하다 精密的

## □ 정당하다

例 소비자로서 **정당한** 요구를 하는 것은 당연하다.
이 일을 할 수 없는 **정당한** 사유를 말씀해 주세요.

right
正當的

相似 공정하다 公正的
相反 부당하다 不當的

## □ 정성스럽다[정성스럽따]

例 부모들은 아이들을 **정성스럽게** 돌본다.
손님들을 위해 **정성스러운** 마음으로 음식을 준비했다.

sincere
真誠的

## □ 정정당당하다

例 누가 센지 **정정당당하게** 겨뤄 보자.
두 팀은 **정정당당한** 경기를 치렀다.

fair
堂堂正正的

相似 당당하다, 떳떳하다
　　 堂堂正正的
相反 비겁하다 怯懦的

## 形容詞　第43天

□ **정직하다[정지카다]**　honesty 正直的

例　**정직하게** 사는 것은 쉬운 일이 아니다.
그는 **정직한** 사람이라 모두 그를 신뢰한다.

相似　바르다　正確的、正直的
　　　곧다　端正的、正直的

---

□ **조급하다[조그파다]**　impatient 急躁的

例　그는 **조급한** 편이라 실수가 잦다.
**조급하게** 생각하지 말고 여유를 가져 보세요.

相似　성급하다　性急的
相反　느긋하다　悠閒的

---

□ **조밀하다**　dense 稠密的

例　아파트는 간격을 **조밀하게** 배치하여 지었다.
대도시에는 인구가 **조밀하여** 생기는 문제점이 많다.

相似　빽빽하다　稠密的

---

□ **조촐하다**　simple 樸素的

例　연말 시상식은 **조촐하게** 진행되었다.
가까운 지인만 모여 **조촐하게** 결혼식을 올렸다.

## □ 주도면밀하다

例 그들은 **주도면밀하게** 범행을 계획했다.

그는 매사에 **주도면밀하여** 빈틈이 없다.

scrupulous, careful
周全的、周到的

相似 빈틈없다　沒有漏洞的
　　 용의주도하다　周全的

## □ 즐비하다

例 이 지역은 포장마차가 **즐비하게** 서 있다.

공장이 **즐비해서** 공기가 많이 오염되었다.

stand in a row
林立、比比皆是的

## 形容詞 第43天 Quiz

Ⅰ. 다음 빈칸에 어울리지 <u>않는</u> 단어를 고르세요.

**01** 그는 지각이 ( ) 책임감이 없는 사람처럼 보인다.
① 잦아서   ② 흔해서
③ 즐비해서   ④ 빈번해서

**02** 그는 지금까지 동료들에게 밥 한번 산 적이 없는 ( ) 사람이다.
① 자잘한   ② 야박한
③ 쩨쩨한   ④ 인색한

**03** 나에게 가장 ( ) 운동과 ( ) 운동 시간을 알고 싶습니다.
① 알맞은   ② 정겨운
③ 적당한   ④ 적절한

Ⅱ. 다음 빈칸에 공통적으로 들어갈 단어를 고르세요.

**01** 그 소설은 가족을 소재로 해서 ( ) 감동을 준다.
파도가 ( ) 낚시를 하기에 불편함이 없었다.
① 정겹다   ② 적잖다
③ 장엄하다   ④ 잔잔하다

**02** 쓸데없이 ( ) 일들이 많아서 조금 피곤하다.
물고기 몇마리를 잡았는데 죄다 ( ) 다시 놓아주었다.
① 조밀하다   ② 조촐하다
③ 자잘하다   ④ 저조하다

398

## 形容詞　第44天

### □ 진지하다
serious
認真的、真摯的

例　가볍게 생각하지 말고 **진지하게** 생각해 봐.
　　학생들은 **진지한** 표정으로 강연을 듣고 있다.

### □ 질기다
tough
硬的、頑強的

例　고기가 **질긴지** 아이가 씹다 뱉어 버렸다.
　　그가 아직도 살아있다니 정말 **질긴** 놈이다.

### □ 짜릿하다[짜리타다]
thrilling
（心裡）酥酥麻麻的、驚心動魄的

例　그 가수를 실제로 보니 **짜릿하며** 설레기까지 했다.
　　번지점프의 **짜릿함**은 경험해 보지 못한 사람은 모른다.

### □ 찌뿌드드하다
feel unwell, gloomy
不適的、天氣陰沉的

例　몸살 때문인지 온몸이 **찌뿌드드하다**.
　　날씨가 **찌뿌드드해서** 종일 집에 있었다.

## 形容詞　第44天

### ☐ 차분하다
calm
文靜的、冷靜的

例　그녀는 언제나 말투가 **차분하다**.
　　흥분하지 말고 마음을 **차분하게** 가라앉히세요.

相似　침착하다　沉著的

### ☐ 찬란하다[찰란하다]
brilliant
燦爛的

例　이곳은 **찬란한** 문화가 살아있는 곳이다.
　　**찬란하게** 비추는 태양 때문에 눈이 부시다.

### ☐ 참신하다
novel, original
嶄新的

例　회사에서 **참신한** 인재를 모집하고 있습니다.
　　그 신입사원의 생각은 아주 **참신하고** 기발했다.

相似　새롭다　新的

### ☐ 처량하다
plaintive, miserable
淒涼的

例　**처량한** 내 신세를 말하자면 하루도 부족하다.
　　생일에 아무에게도 연락이 없고 혼자 있으려니 **처량했다**.

## ☐ 철저하다

thorough
徹底的

例　그녀는 자신이 맡은 일에는 **철저한** 사람이다.
　　이번 대회에 문제가 생기지 않도록 **철저하게** 준비하세요.

相似　투철하다　透徹的
　　　철두철미하다
　　　徹頭徹尾的

## ☐ 청명하다

fine, clear
明朗的、清晰的

例　비가 온 뒤라 하늘이 **청명하다**.
　　**청명하게** 들리는 이 소리는 무슨 소리야?

## ☐ 초라하다

shabby
寒酸的、簡陋的

例　오랜만에 만난 친구는 행색이 **초라했다**.
　　나는 **초라하게** 보이기 싫어 한껏 멋을 부렸다.

相似　볼품없다　像樣的
　　　추레하다　寒酸的
　　　보잘것없다
　　　微不足道的

## ☐ 초조하다

impatient
焦躁的

例　그녀는 면접 순서를 **초조하게** 기다렸다.
　　그는 **초조한** 마음으로 그녀의 대답을 기다렸다.

## 形容詞　第44天

### □ 치밀하다
elaborate
細緻的、周密的

例 원단 조직이 **치밀해** 방한 효과가 탁월하다.
이번 일은 **치밀한** 계획으로 실수없이 마무리해야 한다.

相似 세밀하다　細膩的

### □ 치열하다
fierce
激烈的

例 그 기업은 매년 입사 경쟁이 **치열하다**.
경기를 하는 동안 내내 **치열한** 승부가 계속되고 있다.

### □ 침착하다[침차카다]
calm
沉著的

例 당황하지 말고 **침착하게** 대처하면 됩니다.
그녀는 워낙 **침착한** 편이라 서두르는 일이 없다.

相似 차분하다　冷靜的
相反 경솔하다　輕率的

### □ 쾌청하다
clear
晴朗的

例 날씨가 **쾌청하여** 멀리까지 보였다.
**쾌청한** 날에 산에 가는 것을 좋아한다.

相似 청명하다　晴朗的

## 쾌활하다

cheerful
開朗的、爽快的

例 그녀는 **쾌활하고** 시원시원하다.
나는 **쾌활한** 성격의 사람을 좋아한다.

相似 유쾌하다 愉快的

## 타당하다

appropriate
妥當的

例 나는 그의 의견이 **타당하다고** 생각합니다.
주장을 뒷받침할 수 있는 **타당한** 근거를 제시하십시오.

相似 마땅하다
合適的、應該的

## 탁월하다

excellent
卓越的

例 아이를 다루는 그녀의 교육은 정말 **탁월하다**.
그 선생님의 교수법이 워낙 **탁월하여** 이해하기 쉽다.

## 탁하다[타카다]

murky
混濁的

例 요즘 공기가 **탁해서** 목까지 아프다.
화장실은 **탁한** 담배 연기로 가득했다.

相似 뿌옇다 濛濛的
相反 맑다 清澈的

## 形容詞　第44天

### ☐ 탄탄하다
rebust
結實的、堅固的

例　그는 운동과 식이요법으로 몸이 **탄탄하다**.
경영이 **탄탄한** 회사에 입사하게 돼서 다행이다.

### ☐ 태연하다
calm
泰然的

例　갑작스런 사고에도 그는 **태연하게** 대처했다.
당황하지 않은 **태연한** 그의 모습에 모두가 깜짝 놀랐다.

相反　당황하다　慌張的

### ☐ 투명하다
transparent
透明的

例　이렇게 **투명한** 바다는 처음 보았다.
심사 기준을 **투명하게** 공개해야 한다.

### ☐ 투박하다[투바카다]
rough
粗糙的

例　할머니의 **투박한** 손을 보니 마음이 아팠다.
그는 **투박한** 말투에 조금은 촌스러운 모습이었다.

## □ 특수하다[특쑤하다]

special
特殊的

例 그 영화는 **특수한** 분장으로 더욱 실감이 났다.
그 기업은 이번 박람회에서 **특수한** 기술을 선보였다.

## □ 특이하다

unusual
特別的

例 나는 평범한 것보다 **특이하게** 생긴 동물들을 좋아한다.
그 사람은 좀 **특이한** 성격이라서 사람들과 잘 어울리지 못한다.

相反 평범하다 平凡的

## □ 특정하다[특쩡하다]

particular
特定的

例 **특정한** 사람의 편의를 봐 주는 것은 옳지 않다.
**특정한** 대상에 맞는 상품을 개발하는 것이 좋다.

## □ 팽팽하다

tight, as good as
緊的、不相上下的

例 나도 연예인처럼 **팽팽하고** 주름 없는 얼굴을 갖고 싶다.
이번 경기는 시작부터 끝까지 **팽팽한** 접전을 보여주었다.

## 形容詞　第44天

### □ 평평하다

flat
平整的

例　이불을 **평평하게** 펴 놓았다.

　　여기 **평평한** 곳에 자리를 깔고 앉자.

### □ 포근하다

cozy
暖和的

例　어머니의 품에 안기니 매우 **포근했다**.

　　**포근한** 날씨에 소풍을 가는 사람들이 많다.

## 形容詞　第44天 Quiz

Ⅰ. 다음이 설명하는 단어를 <보기>에서 골라 쓰세요.

<보기>　찌뿌드드하다　　청명하다　　탁하다　　포근하다

01　가을 하늘은 맑고 깨끗하다.　　　　　　　　　　　　(　　　)

02　구름이 잔뜩 끼어있고 비가 올 것 같다.　　　　　　　(　　　)

03　겨울이 지나고 봄이 되자 기온이 올라 따뜻해졌다.　　(　　　)

04　스모그 현상으로 안개가 낀 것 같아 앞이 잘 보이지 않는다.　(　　　)

Ⅱ. 다음이 설명하는 단어를 <보기>에서 골라 쓰세요.

<보기>　진지하다　　치밀하다　　쾌활하다　　특이하다

01　내 남자친구는 절대 평범하지 않아요. 그래서 다른 사람들이 그를 이해하지 못하는 경우도 종종 있어요.　(　　　)

02　내 남자친구는 농담을 할 줄 몰라요. 하지만 전 이런 성격이 좋아요. 가볍지 않고 믿음직스럽거든요.　(　　　)

03　내 남자친구는 모든 일을 할 때 즉흥적으로 하는 법이 없어요. 여행을 가거나 심지어 식당에 갈 때도 계획을 세워요.　(　　　)

04　내 남자친구는 명랑하고 밝아서 사람을 쉽게 사귀는 편이에요.　(　　　)

## 形容詞　第45天

### ☐ 폭넓다[퐁널따]
wide, broad
廣泛的

例　그 사람은 **폭넓은** 교제를 통해 사업을 확장시켰다.
　　이번 토론에서는 사회 문제를 **폭넓게** 다루려고 한다.

### ☐ 풍부하다
rich
豐富的

例　그 배우는 감정이 **풍부해** 눈물이 많다.
　　그 나라는 **풍부한** 자원을 통해 경제적 이익을 많이 남긴다.

### ☐ 하찮다[하찬타]
trifling
微不足道的

例　**하찮은** 글이지만 한 번 읽어 주세요.
　　사람의 목숨을 **하찮게** 여기면 안 된다.

### ☐ 한없다[하넙따]
infinite
無限的

例　내 목숨을 구해준 분에게 **한없는** 고마움을 느낀다.
　　사람은 누구나 부모님에게서 받은 **한없는** 사랑에 보답해야 한다.

相似　그지없다　無盡的

## □ 허망하다

vain
空虛的

例 오랫동안 일한 곳에서 명예퇴직을 당하니 **허망했다**.

그는 노년에 노숙생활을 하다 **허망한** 죽음을 맞았다.

## □ 허무하다

futile
虛無的

例 사업도 망하고 이혼도 하니 삶이 **허무하기만** 하다.

열심히 발표를 준비했는데 취소되었다니 **허무할** 뿐이다.

相似 덧없다
虛無的、短暫的

## □ 허술하다

lax
破舊的、粗糙

例 나는 화려한 곳보다 작고 **허술한** 술집을 좋아한다.

그는 매사 **허술한** 일처리로 상사에게 신임을 잃었다.

相似 초라하다 寒酸的
어설프다 輕率的
엉성하다 淒涼的
相反 빈틈없다 沒有漏洞的
완벽하다 完美的

## □ 허전하다

empty
空蕩的

例 그 집은 가구도 별로 없어 **허전하다**.

아들을 군대에 보내고 나니 마음이 **허전했다**.

形容詞

## 形容詞　第45天

### □ 허하다
unenergetic, empty
空虛的、虛弱的

例　오래 사귄 사람과 헤어져 마음이 **허하다**.
　　요즘 몸이 **허해서** 그런 지 금방 피로를 느낀다.

### □ 허황되다
hollow
虛幻的、不切實際的

例　**허황된** 꿈은 아예 꾸지 않는 것이 좋다.
　　**허황된** 말로 다른 사람들을 속이면 안 된다.

### □ 헐렁하다
loose
鬆的

例　치수를 잘못 골랐는지 옷이 **헐렁하다**.
　　아빠의 운동화를 신으니 너무 **헐렁했다**.

### □ 험난하다
dangerous, steep
危險的、艱辛的

例　겨울 산길은 **험난하니** 조심해야 한다.
　　이렇게 **험난한** 세상을 어떻게 살아갈래?

## ☐ 헛되다[헏뙤다]

idle
徒然的

例 **헛된** 꿈꾸지 말고 정신 좀 차려!
지금까지 한 일이 모두 **헛된** 일이 되고 말았다.

## ☐ 헤프다

wasteful, easy
亂花錢的、（愛笑、話多、眼淚多）泛濫的

例 돈을 **헤프게** 쓰면 안 된다.
그는 특히 여자들에게 웃음이 **헤퍼서** 바람둥이처럼 보인다.

## ☐ 현명하다

wise
明智的

例 매사 **현명하게** 대처해야 한다.
신중히 생각한 후에 **현명한** 결정을 하시기 바랍니다.

相似 슬기롭다, 지혜롭다
有智慧的

## ☐ 현저하다

remarkable
顯著的

例 학생들의 학습능력이 **현저한** 차이를 보인다.
남편과 아내의 생각은 **현저한** 차이를 드러냈다.

相似 두드러지다 突出的

## 形容詞　第45天

### □ 호들갑스럽다[호들갑쓰럽따]
dramatic
大呼小叫的

例　오랜만에 만난 친구들이 **호들갑스럽게** 떠들어댔다.
　　그녀는 어찌나 **호들갑스러운지** 계속 같이 있을 수가 없었다.

相似　야단스럽다　鬧哄哄的

### □ 호젓하다[호저타다]
quiet, lonesome
幽靜的、冷清的

例　노후에는 **호젓하게** 시간을 보내려고 한다.
　　아무도 없는 **호젓한** 산속에서 휴가를 보냈다.

相似　고적하다　孤寂的
　　　한적하다　靜謐的、悠閒的

### □ 혼탁하다[혼타카다]
murky
混濁的

例　오염물질로 인해 강물이 **혼탁하다**.
　　각종 범죄가 끊이지 않고 사회가 많이 **혼탁해졌다**.

### □ 홀가분하다
lighthearted
輕鬆的

例　모든 것을 내려놓으니 몸도 마음도 **홀가분해졌다**.
　　최선을 다했기 때문에 경기가 끝난 지금은 **홀가분하기만** 하다.

相似　산뜻하다
　　　　輕鬆的、愉快的
　　　가볍다　輕的、
　　　　輕鬆的、輕浮的
　　　가뿐하다　輕鬆的

## □ 화목하다[화모카다]

harmonious
和睦的

例 나는 가족과 함께 **화목하게** 살고 싶다.

나중에 결혼을 해서 **화목한** 가정을 이루고 싶다.

## □ 화사하다

gorgeous
華麗的

例 그녀는 신혼집을 **화사하게** 꾸몄다.

결혼식에 참석하기 위해 옷을 **화사하게** 입었다.

## □ 확고하다[확꼬하다]

firm
堅定的

例 이번 일에 대한 그의 결심은 **확고했다**.

그는 나와 헤어지겠다는 의지가 **확고해서** 마음을 돌릴 수가 없었다.

## □ 후련하다

feel much relieved
舒暢的

例 일이 끝나서 마음이 **후련하다**.

일이 잘 해결되어 속이 **후련하다**.

相似 시원하다 暢快的
　　 개운하다 輕鬆的

## 形容詞　第45天

### □ 훈훈하다

warm, heartwarming
暖和的、感到溫暖的

例　봄이 되니 공기가 **훈훈하다**.
　　그의 **훈훈한** 미소가 분위기를 편안하게 만들어 주었다.

### □ 휘황찬란하다[휘황찰란하다]

glittering
輝煌燦爛的

例　관광지에는 **휘황찬란한** 조명이 즐비했다.
　　밤에 본 도시의 모습은 매우 **휘황찬란했다**.

相似　눈부시다　耀眼的
　　　현란하다　絢爛的
　　　오색찬란하다
　　　五彩繽紛的

### □ 흐뭇하다[흐무타다]

pleased
心滿意足的

例　아들의 수상 소식에 **흐뭇한** 미소를 지었다.
　　아버지는 아들을 **흐뭇한** 표정으로 바라봤다.

相似　흡족하다　滿足的

### □ 흥겹다[흥겹따]

cheerful
愉快的

例　축제에 모인 사람들이 **흥겹게** 놀았다.
　　축제에서는 **흥겨운** 분위기가 계속됐다.

相似　즐겁다　愉快的

## □ 희미하다[히미하다]

dim
隱約的

**例** 어디선가 **희미하게** 음악 소리가 들렸다.
기억이 **희미해서** 정확히 기억나지 않는다.

相反 생생하다 生動的
　　　확연하다 清楚的

## □ 희박하다[히바카다]

rare, remote, slim
稀少的、（可能性）小的

**例** 그 나라는 땅이 좁고 인구가 **희박하다**.
부상을 당한 선수들이 많아 이길 확률이 **희박하다**.

相似 드물다, 적다 稀少的
相反 짙다 多的、濃厚的
　　　농후하다
　　　　濃厚的、濃烈的

## 形容詞  第45天 Quiz

Ⅰ. 다음 빈칸에 어울리지 않는 단어를 고르세요.

**01** 나는 똑똑한 여자보다 (　) 여자와 결혼하고 싶습니다.
① 풍부한　　　　　　② 현명한
③ 슬기로운　　　　　④ 지혜로운

**02** 미루고 미뤘던 건강검진을 하고 나니 속이 (　).
① 개운하다　　　　　② 시원하다
③ 허전하다　　　　　④ 후련하다

**03** 도시는 밤이 되면 오색찬란한 불빛으로 거리가 (　).
① 눈부시다　　　　　② 현란하다
③ 휘황찬란하다　　　④ 호들갑스럽다

**04** 우승은 하지 못했지만 최선을 다했기 때문에 미련보다는 (　)만 하다.
① 가뿐하기　　　　　② 산뜻하기
③ 허망하기　　　　　④ 홀가분하기

Ⅱ. 다음 밑줄 친 부분이 틀린 것을 고르세요.

**01** ① 작년에 우승한 팀을 이길 확률은 너무 현저하다.
② 그 사람은 발이 넓어 폭넓은 인간관계를 갖고 있다.
③ 너무 헐렁해 보여. 작은 사이즈로 바꾸는 게 좋을 거 같아.
④ 10년 동안 일한 회사에서 해고를 당하니 허망한 생각이 들었다.

**02** ① 나는 화목한 가정에서 평범하게 자랐습니다.
② 축제 분위기는 어찌나 호들갑스러운지 즐거웠다.
③ 오늘은 좋아하는 사람과 데이트가 있어서 화사하게 꾸몄다.
④ 나는 빈틈없는 사람보다 조금은 허술한 사람에게 더 정이 간다.

## 50天高級

▎형용사 가로세로 퀴즈

|   |   |   |   | ①↓ 호 |   |   |   |   |   |   |
|---|---|---|---|---|---|---|---|---|---|---|
|   |   |   |   | 들 |   |   |   |   |   |   |
|   |   |   |   | ①→갑 |   |   |   |   |   |   |
|   |   |   | ②→ | ②↓ 스 |   |   |   |   |   |   |
|   |   |   |   | 럽 |   |   |   |   |   |   |
| ③→ | ③↓ |   |   | 다 |   |   |   | ④↓ |   |   |
|   |   |   |   |   | ⑤,⑥↓→정 | 정 | 당 | 당 | ⑤↓ 하 | 다 |
|   |   |   |   | ⑥→ |   |   |   |   |   |   |
|   | ④→ |   |   |   |   |   |   |   |   |   |
|   |   |   |   |   |   |   |   |   |   |   |
|   |   |   |   | ⑦↓ | ⑧↓ |   |   |   |   |   |
|   |   |   |   | ⑦→ |   |   |   |   |   |   |
|   |   |   |   |   |   |   |   |   |   |   |
|   |   | ⑧,⑨↓→ |   |   |   |   |   |   |   |   |
|   |   |   |   |   |   |   |   |   |   |   |
|   |   |   |   |   |   |   |   |   |   |   |
|   |   |   |   |   |   |   |   |   |   |   |

形容詞

## 形容詞　第45天 Quiz

▶ 가로 퀴즈

① 여유가 없이 막혀 있다는 의미로 비슷한 말로는 '답답하다'가 있다.
→ | ㄱ | ㄱ | ㅎ | 다 |

② 돈이나 물건을 사용하는 데 있어서 분수에 맞지 않고 지나치다.
→ | ㅅ | ㅊ | ㅅ | ㄹ | 다 |

③ '빈틈없다, 용의주도하다'와 비슷한 말로 자세하고 치밀하다는 의미이다.
→ | ㅈ | ㄷ | ㅁ | ㅁ | 하 | 다 |

④ 여러 가지의 색깔이나 종류가 한데 어울려 호화롭다. 例 ○○○○ 행사.
→ | ㄷ | ㅊ | ㄹ | 다 |

⑤ 태도가 자신감 있고 떳떳하다. 例 우리 팀은 ○○○○○ 경기를 했다.
→ | 정 | 정 | 당 | 당 | 하 | 다 |

⑥ 바랄 만한 가치가 있다. 例 ○○○○ 태도. → | ㅂ | ㄹ | 직 | ㅎ | 다 |

⑦ 행사 등의 규모가 크다. 例 결혼식이 ○○○○ 진행되었다. → | 성 | ㄷ | ㅎ | 다 |

⑧ 마음이 언짢고 가엽다. 例 고생하는 모습이 ○○○○. → | ㅇ | 쓰 | ㄹ | 다 |

▶ 세로 퀴즈

① 말이나 하는 짓이 야단스럽고 방정맞다는 의미로 '경망스럽다'와 비슷한 말이다.
→ | 호 | 들 | 갑 | 스 | 럽 | 다 |

② 자세하고 꼼꼼하다. 例 ○○○ 계획. 성격이 ○○○○. → | ㅊ | ㅁ | ㅎ | 다 |

③ 보기 좋은 정도로 알맞게 두껍다. 例 입술이 ○○○○. → | ㄷ | ㅌ | ㅎ | 다 |

④ 일의 이치로 보아 옳다. 例 근거가 ○○○○. 의견이 ○○○○. → | ㅌ | ㄷ | ㅎ | 다 |

⑤ 훌륭하거나 중요하지 않다. 例 일을 ○○○ 여기다. → | ㅎ | ㅊ | 다 |

⑥ 마음에 거짓이 없이 바르다. 例 그는 ○○○ 사람이다. → | ㅈ | ㅈ | ㅎ | 다 |

⑦ 온갖 힘을 다하는 성실한 마음이 있다. 例 어머니가 ○○○○○ 요리를 하셨다.
→ | ㅈ | ㅅ | ㅅ | ㄹ | 다 |

⑧ 엄청나게 크다. 例 몸집이 ○○○○. → | ㄱ | ㄷ | ㅎ | 다 |

⑨ 몸과 마음이 편안하고 즐겁다. 例 생활이 ○○○○. → | ㅇ | ㄹ | ㅎ | 다 |

# 잠깐! 쉬어가기-3  休息一下！③

## ▮ 욕 (欲)

| 욕 (欲) | | |
|---|---|---|
| | 英語 | 中文 |
| 탐욕 | avidity | 貪欲 |
| 소유욕 | desire to possess | 佔有欲 |
| 과시욕 | vanity | 炫耀的欲望 |
| 성취욕 | need for achievement | 上進心 |
| 식욕 | appetite | 食欲 |
| 의욕 | motivation | 欲望 |

## ▮ 성 (性)

| 성 (性) | | |
|---|---|---|
| | 英語 | 中文 |
| 감수성 | sensibility | 感受性 |
| 공정성 | fairness | 公正性 |
| 관성 | inertia | 慣性 |
| 내열성 | heat resistance | 耐熱性 |
| 융통성 | flexibility | 靈活性 |
| 일회성 | one-off | 一次性 |
| 정체성 | identity | 認同性 |
| 존엄성 | dignity | 尊嚴 |
| 진정성 | sincerity | 誠意 |
| 차별성 | distinction | 差別性 |

# 잠깐! 쉬어가기-3 休息一下！③

## ▍최 ( 最 )

| 최 ( 最 ) | | |
|---|---|---|
| | 英語 | 中文 |
| 최대 | the biggest, maximum | 最大 |
| 최선 | the best | 最好 |
| 최적 | most suitable | 最適合 |
| 최종 | final | 最後 |
| 최고 | the highest | 最高 |
| 최고조 | climax | 最高潮 |
| 최단 | minimal length | 最短 |

## ▍무 ( 無 )

| 무 ( 無 ) | | |
|---|---|---|
| | 英語 | 中文 |
| 무상수리 | free-of-charge repair | 無償修理 |
| 무소식 | long silence | 無消息 |
| 무중력 | zero gravity | 無重力 |
| 무응답 | no reply | 沒回應 |
| 무승부 | a drawn match | 無勝負（平手） |
| 무기력 | spiritless | 沒力氣 |
| 무조건 | unconditional | 無條件 |

## 副詞　第46天

### ☐ 가까스로

barely
好不容易

例　금방이라도 터질 것 같은 웃음을 **가까스로** 참았다.
　　마감일에 맞춰 **가까스로** 리포트를 제출할 수 있었다.

相似　겨우　勉強地、
　　　　　　好不容易
　　　간신히　艱難地

### ☐ 간신히

narrowly
勉強

例　그녀는 **간신히** 울음을 참으며 말을 이어나갔다.
　　그는 친구의 부축을 받으며 **간신히** 걸음을 옮겼다.

相似　겨우, 가까스로
　　　　勉強地、好不容易

### ☐ 간절히

eagerly
殷切、熱切

例　나는 소원이 이루어지기를 **간절히** 기도했다.
　　그가 지금보다 더 행복해지기를 **간절히** 바랐다.

相似　절실히　確實、迫切

### ☐ 간혹

sometimes
有時、偶爾

例　똑똑하고 철저한 그도 **간혹** 실수할 때가 있다.
　　**간혹** 약속을 잊어버릴 때가 있어서 메모를 해 놓는다.

相似　어쩌다가, 때때로,
　　　　이따금　有時

## 副詞  第46天

### □ 갓
just now
剛剛

例 **갓** 구워진 빵에서 김이 모락모락 났다.
그녀는 **갓** 태어난 자신의 딸을 보자 울음을 터트렸다.

相似 방금　剛剛

### □ 거듭
again
反覆、一再

例 **거듭** 사과했지만 아직도 그는 화가 풀리지 않았다.
1년 동안 실험을 계속 해왔지만 **거듭** 실패만 했다.

相似 재차　再一次
　　 자꾸　一再、總（是）
　　 연거푸　接二連三地

### □ 거침없이[거치멉씨]
without reserve
毫無顧忌、順暢地

例 그는 어떤 난감한 질문에도 **거침없이** 대답했다.
그는 자신의 생각을 **거침없이** 글로 써 내려갔다.

### □ 겨우
barely
僅僅、勉強

例 ① 나의 실력이 **겨우** 그 정도밖에 안 돼서 실망했다.
② 며칠 밤을 새워 오늘에야 **겨우** 작품을 완성할 수 있었다.

## □ 결코

never
絕（不）

例 자기 계발 없이는 **결코** 성공할 수 없다.
자기 비하에만 빠져 있으면 **결코** 이 문제를 해결할 수 없다.

相似 결단코 絕對
　　 절대로 絕對
*결코＋否定句 絕不～

## □ 고스란히

with nothing missed
原封不動

例 인간의 희로애락이 **고스란히** 이 작품에 담겨 있다.
이 지역에는 2000여 년 전의 유물들이 **고스란히** 남아 있다.

相似 온전히 完整無損地
　　 그대로 按照原樣地

## □ 고요히

quietly
靜靜地

例 나는 **고요히** 눈을 감고 명상에 잠겼다.
남자친구가 불러주는 노래가 내 귓가에 **고요히** 속삭이는 듯하다.

## □ 고이

carefully, calmly
好好地、安詳地

例 ① 어머님께 물려받은 반지를 **고이** 서랍에 넣어두었다.
② 나는 어린 시절의 추억을 아직도 **고이** 간직하고 있다.

相似 편안히 安詳地
　　 정성스레 精心

## 副詞  第46天

### ☐ 고작
only
頂多

例 길다고 생각한 방학이 **고작** 3일밖에 남지 않았다.
하루 10시간이 넘게 일했는데도 오늘 번 돈은 **고작** 5만 원뿐이다.

相似 겨우  僅僅
기껏해야  頂多、至多

### ☐ 곧잘[곧짤]
often, quite
相當、經常

例 저 사람은 체격이 왜소한데도 운동을 **곧잘** 한다.
요즘 건망증이 심해져서 금방 한 일도 **곧잘** 잊어버린다.

### ☐ 공연히
unnecessarily
徒勞地

例 그가 **공연히** 거짓말을 해서 나에게 피해를 주었다.
잘하는 사람 **공연히** 트집 잡지 말고 가만히 계세요.

相似 괜히  白白地
쓸데없이  無用地

### ☐ 구태여
deliberately
何必、非要

例 **구태여** 변명하지 않고 솔직하게 말했다.
부끄러운 저의 과거를 **구태여** 숨기지 않겠습니다.

相似 굳이  執意、硬要
일부러  故意

424

## □ 그나마

例 차는 망가졌지만 다친 사람이 없으니 **그나마** 다행이다.
**그나마** 조금씩 나오는 수돗물이 말라 버려서 큰일이다.

somewhat
雖然~但也~、
連那個、尤其

相似 그것이나마
　　雖然~但也~
　　그것마저도　連那個都

## □ 그다지

例 나는 그 일을 **그다지** 하고 싶지 않다.
그는 고생을 모르고 자랐기 때문에 의지가 **그다지** 강하지 않다.

not much
不那麼

*그다지+否定句
不那麼~

## □ 그야말로

例 그는 **그야말로** 우리의 영웅이었다.
사고 현장은 **그야말로** 아비규환이었다.

simply
的確是、簡直是

相似 참으로　真的是

## □ 근근이[근그니]

例 그 중소기업은 불황 속에서 **근근이** 사업을 이어가고 있다.
남편이 몸이 아파서 아내가 식당 일을 하며 **근근이** 생활하고 있다.

barely
勉強

相似 간신히　艱難地
　　겨우　勉強、好不容易

**副詞** 第46天

## ☐ 금세
soon
立刻

例 어머니는 피곤했는지 침대에 눕자마자 **금세** 잠이 들었다.
두 사람은 **금세** 친해져서 다정하게 이야기를 나누었다.

相似 금방 立刻
어느새 不知不覺間、
忽然之間

## ☐ 급격히[급껴키]
rapidly
劇烈地

例 어제 이후로 **급격히** 기온이 떨어지기 시작했다.
그 소식을 들은 이후로 그의 병세가 **급격히** 악화되었다.

## ☐ 급작스레[급짝쓰레]
suddenly
突然

例 **급작스레** 내린 눈으로 교통이 마비되었다.
과속하던 차가 횡단보도 앞에서 **급작스레** 멈췄다.

相似 갑자기 突然
급히 急忙地、突然

## ☐ 기껏
at most
至多

例 4시간 동안 만든 음식이 **기껏** 이것밖에 안돼?
**기껏** 청소를 해 놓았더니 아이들이 금방 또 어질러 놓았다.

相似 고작, 겨우 頂多

## □ 기껏해야[기꺼태야]

at most
最多、大不了

例 회의에 참석한 인원은 **기껏해야** 10명에 불과하다.

네가 **기껏해야** 선생님한테 이르는 것밖에 더 하겠니?

相似 기껏, 고작, 겨우  頂多

## □ 기왕이면

if it is done
既然如此

例 **기왕이면** 예쁜 그릇에 음식을 담아 먹자.

큰맘 먹고 여행을 가는데 **기왕이면** 해외로 다녀오는 게 어때요?

相似 이왕이면  既然如此

## □ 기필코

surely
一定、肯定會

例 나는 무슨 일이 있어도 **기필코** 성공하고야 말겠다.

이번 경기에서 **기필코** 우승해서 모두를 기쁘게 할 것이다.

相似 기어이, 반드시  一定

## □ 꼼짝없이[꼼짜겁씨]

with no way out
無法動彈

例 그는 몇 시간 동안 움직이지도 않고 **꼼짝없이** 누워만 있었다.

그의 농구 실력이 너무 뛰어나서 **꼼짝없이** 질 수밖에 없었다.

## 副詞　第46天

□ **꽉**

tightly, fully
緊緊地、滿滿地

例　① 떨어지지 않도록 손잡이를 **꽉** 붙잡아야 한다.
② 출근길 도로가 **꽉** 막혀 있어서 도무지 차가 움직이지 않는다.

□ **꽤나**

quite
（'꽤'的強調形）相當

例　2월이었지만 햇살은 **꽤나** 따뜻했다.
오랜만에 가족과 외출해서 **꽤나** 즐거운 시간을 보냈다.

相似　꽤　相當

## 副詞 第46天 Quiz

I. 다음 단어와 비슷한 의미를 단어를 연결하세요.

거듭 · · 고작
기껏 · · 자꾸
구태여 · · 그대로
고스란히 · · 일부러

II. 다음 빈칸에 알맞은 단어를 <보기>에서 골라 쓰세요.

| <보기> | 결코 | 고작 | 금세 | 꽉 | 간혹 |

**01** 손잡이를 (　) 잡으면 넘어지지 않을 거예요.

**02** 매우 기뻐서 (　) 오늘을 잊을 수 없을 것 같아.

**03** (　) 실수로 이메일을 잘못 보내는 경우도 있어요.

**04** 기대했는데 선물이 (　) 축하인사 뿐이라 실망했다.

**05** 생각보다 일이 (　) 끝나서 일찍 퇴근할 수 있었다.

## 副詞 第47天

□ **꾸밈없이**[꾸미업씨]

plainly
不做作地、樸實

例 그 배우는 **꾸밈없이** 털털해서 인기가 많다.
그녀는 **꾸밈없이** 수수한 차림으로 약속 장소에 나갔다.

□ **꾸준히**

steadily
不懈地

例 외국어는 **꾸준히** 해야 실력을 향상 시킬 수 있다.
운동은 매일이라도 **꾸준히** 하는 것이 효과가 있다.

相似 끊임없이 不斷地

□ **꿋꿋이**[꾿꾸시]

firmly
堅定地

例 내 친구는 어려운 형편에서도 **꿋꿋이** 생활하고 있다.
그들은 주위의 반대에도 불구하고 **꿋꿋이** 사랑을 지켜 나갔다.

□ **끝내**[끈내]

finally, after all
最終

例 그는 의사가 되겠다는 희망을 **끝내** 이루고야 말았다.
눈이 빠지게 기다렸으나 그 사람은 **끝내** 오지 않았다.

相似 결국 結果
　　 마침내 最後
　　 드디어 終於

## □ 나란히

例 주차장에는 차들이 일렬로 **나란히** 주차되어 있었다.
유치원생들은 손을 들고 **나란히** 횡단보도를 건넜다.

side by side
並排

相似 가지런히 整齊地

## □ 나름대로

例 누구에게나 고민이 있듯이 나도 내 **나름대로** 고민이 있다.
그 상자에 들어 있는 물건이 무엇인지 각자 **나름대로** 추측했다.

in one's own way
各自

## □ 난데없이[난데업씨]

例 한밤중에 **난데없이** 비명소리가 들려 창밖을 살펴보았다.
텔레비전을 보고 있는데 **난데없이** 방송이 중단돼 깜짝 놀랐다.

suddenly
突然

相似 뜻밖에 竟然
불쑥 突然

## □ 남김없이[남기멉씨]

例 어머니는 자식들에게 자신의 모든 것을 **남김없이** 준다.
그는 너무 배가 고파서 음식을 **남김없이** 다 먹어 치웠다.

exhaustively
毫無保留、全部

相似 빠짐없이
無遺漏地、全部
모조리 全部

## 副詞　第47天

### □ 널리
extensively
廣泛地

例　이 동화는 전 세계에 **널리** 알려져 있는 이야기이다.
새로운 시도를 통해 한국의 전통 음악을 **널리** 알려 나갈 생각이다.

### □ 다소
somewhat
多多少少

例　**다소** 쌀쌀한 날씨였지만 운동을 하기에는 적당했다.
경쾌한 음악이 울리면서 딱딱한 분위기가 **다소** 풀렸다.

相似　약간, 조금　一些

### □ 다정히
tenderly
多情地、熱情地

例　두 사람은 **다정히** 손을 잡고 카페로 들어왔다.
그날 그가 **다정히** 내게 말을 걸어와 우리는 친구가 되었다.

### □ 다짜고짜
abruptly
不分青紅皂白

例　그가 **다짜고짜** 질문을 해대는 바람에 당황스러웠다.
그녀는 나를 보자마자 **다짜고짜** 화를 내기 시작했다.

相似　무턱대고　胡亂地
　　　무작정　無計畫地

## 단숨에
at a burst
一口氣、一次

例 그는 목이 말랐는지 물을 **단숨에** 들이켰다.
그는 어려운 수학 문제를 **단숨에** 풀어나갔다.

相似 단번에 一口氣、一次

## 단연[다년]
definitely
斷然、絕對

例 그의 실력은 의심할 필요도 없이 **단연** 으뜸이다.
그의 음악적 재능은 다른 사람들 속에서도 **단연** 빛났다.

相似 단연코 斷然、當然

## 더군다나
besides
再加上、更何況、尤其

例 그는 아내와도 헤어지고 **더군다나** 직장도 잃은 상태다.
요즘 일도 많고 **더군다나** 감기까지 겹쳐 스트레스가 이만저만이 아니다.

相似 더구나 再加上
더더군다나
（더군다나的強調形）

## 도리어
on the contrary, rather
反而

例 병원에서 피부과 치료를 받았지만 **도리어** 더 악화되었다.
돕는다는 것이 **도리어** 피해를 준 것 같아 죄송스럽습니다.

相似 오히려 反而
반대로 相反地

副詞

## 副詞  第47天

### ☐ 도무지

completely
怎麼也

例 그가 무슨 생각을 하는지 **도무지** 이해할 수가 없었다.
배가 자꾸 꼬르륵거리는 바람에 **도무지** 공부에 집중할 수가 없다.

相似 도대체, 도통, 도저히
怎麼也～
*도무지＋否定句
怎麼也～

### ☐ 도저히

possibly
無論如何、怎麼也

例 그 제안은 **도저히** 받아들일 수 없었다.
**도저히** 추위를 견딜 수가 없어서 정상까지 올라가지 못했다.

相似 도대체, 도무지
怎麼也
*도저히＋否定句
怎麼也～

### ☐ 도통

possibly
怎麼也

例 그는 **도통** 이해할 수 없는 이야기만 늘어놓았다.
초행길이라 어떻게 가야 할지 **도통** 갈피를 잡을 수 없었다.

相似 도무지, 도저히
怎麼也

### ☐ 돈독히[돈도키]

friendly
深厚地

例 이번 체육 대회로 선후배간 우애를 더욱 **돈독히** 했으면 좋겠다.
그 일은 우리 두 사람의 관계를 더욱 **돈독히** 하는 계기가 되었다.

## □ 마구

violently
亂、亂來

例 음식을 **마구** 먹어대는 바람에 살이 쪘다.
　　구름이 끼더니 **마구** 비가 내리기 시작했다.

相似 막　胡亂

## □ 마냥

forever
盡情、一直

例 ① 그 시절 우리는 **마냥** 행복하기만 했다.
　　② 그는 전화가 올 때까지 **마냥** 기다릴 수밖에 없었다.

## □ 마지못해[마지모태]

unavoidably
勉勉強強、不得已

例 그는 선생님의 질문에 **마지못해** 대답했다.
　　술자리 분위기를 차마 깰 수 없어 **마지못해** 노래를 불렀다.

## □ 막상[막쌍]

actually
實際上

例 그 제품을 **막상** 써 보니 생각보다 쓸 만했다.
　　철저히 준비를 했는데도 **막상** 시험 날이 되니 긴장이 됐다.

相似 실제로　實際上

| 副詞 | 第47天 |

## □ 맘껏

例 아무런 걱정 없이 **맘껏** 휴가를 즐겼다.

사양하지 마시고 **맘껏** 드시기 바랍니다.

as much as one likes
盡情

相似 양껏, 실컷  盡情
*마음껏 = 맘껏  盡情

## □ 모조리

例 화재로 산 전체가 **모조리** 타 버렸다.

주식에 1억이나 투자했는데 **모조리** 손해를 봤다.

all
全部

## □ 모처럼

例 **모처럼** 떠나는 외국 여행이라 마음이 설렌다.

**모처럼** 만났는데 영화나 한 편 보는 게 어때요?

after a long interval
好不容易、難得

相似 오랜만에
      好長時間、好久

## □ 무려

例 그 가수의 공연장에 **무려** 2만 명이 모였다.

**무려** 3시간이나 기다린 후에야 유명 맛집의 음식을 맛볼 수 있었다.

fully
足有

## □ 무작정[무작쩡]

blindly
無計畫

例 **무작정** 유행을 따르기보다 자신만의 스타일을 찾는 것이 중요하다.

그는 주인 없는 빈 집에서 **무작정** 기다릴 수 없어서 밖으로 나왔다.

相似 무조건 無條件
　　 무턱대고 胡亂地

## □ 무조건[무조껀]

unconditionally
無條件

例 그의 부탁이라면 **무조건** 들어줄 용의가 있다.

다이어트를 할 때 **무조건** 살을 빼기보다는 근육량을 키우는 운동을 하는 것이 좋다.

相似 무작정 無計畫地
　　 무턱대고 胡亂地

## 副詞　第47天 Quiz

Ⅰ. 다음 단어와 비슷한 의미의 단어를 연결하세요.

도리어　·　　　　　·　불쑥
꾸준히　·　　　　　·　모조리
남김없이　·　　　　·　오히려
난데없이　·　　　　·　끊임없이

Ⅱ. 다음 빈칸에 알맞은 단어를 고르세요.

**01** 모집 공고에 (　) 450명이 지원을 해서 깜짝 놀랐다.

① 다소　　　　② 무려
③ 도통　　　　④ 더군다나

**02** (　) 바깥나들이를 나와서 기분이 날아갈 듯 좋다.

① 단연　　　　② 마냥
③ 마지못해　　④ 모처럼

**03** 가까운 곳이니까 (　) 뛰어갔다 올 수 있을 거야.

① 꼿꼿이　　　② 마구
③ 단숨에　　　④ 다정히

**04** (　) 놓여 있는 상품들 중에서 하나를 골랐다.

① 나란히　　　② 도무지
③ 돈독히　　　④ 모조리

## 副詞　第48天

### □ 무턱대고 [무턱때고]

例　무턱대고 화부터 내지 마세요.
　　그는 들어 보지도 않고 무턱대고 반대만 한다.

thoughtlessly
胡亂地

相似　무작정　無計畫地
　　　다짜고짜
　　　不分青紅皂白

### □ 묵묵히 [뭉무키]

例　그는 아무 말없이 묵묵히 밥만 먹었다.
　　부모는 아이의 행동을 묵묵히 바라보고 있었다.

silently
默默地

### □ 물끄러미

例　그는 말없이 물끄러미 나를 쳐다보았다.
　　아버지는 지는 해를 물끄러미 바라보셨다.

vacantly
呆愣愣地

*물끄러미+보다
　呆愣愣地看著

### □ 미처

例　나는 미처 거기까지는 생각을 못했다.
　　당신이 그런 사람인 줄 예전엔 미처 몰랐어요.

that far
來不及

*미처+否定句
　來不及~

## 副詞　第48天

### □ 번갈아
alternately
輪流

例 두 사람이 **번갈아** 가면서 운전을 했다.
연휴나 명절 때에는 **번갈아** 근무를 한다.

### □ 번번이
all the time
每次

例 그 친구는 약속을 **번번이** 어긴다.
열심히 노력했지만 **번번이** 실패만 한다.

### □ 벌떡
straight, erect
突然

例 사장이 들어오자 직원들이 **벌떡** 일어났다.
그는 갑자기 자리에서 **벌떡** 일어서서 나갔다.

*벌떡＋일어나다
突然起身

### □ 별반
particularly
不怎麼、另外地

例 두 사람의 생각이 **별반** 다르지 않다.
나는 그 문제에 **별반** 관심이 없었다.

*별반＋否定句
不怎麼～

## □ 부쩍

remarkably
猛然、一下子

例 요즘 들어 아이의 키가 **부쩍** 자랐다.
　　내 친구는 못 본 사이에 말이 **부쩍** 많아졌다.

*부쩍＋늘다, 많다
　一下子增加、增多

## □ 불현듯이

suddenly
突然

例 **불현듯이** 고향에 있는 가족들이 생각났다.
　　이 노래를 들으니 **불현듯이** 옛 생각이 떠올랐다.

## □ 비로소

at last
才

例 아무 소리도 들리지 않자 **비로소** 마음을 놓았다.
　　여러 번 설명을 듣고서야 **비로소** 이해할 수 있었다.

相似 그제야　才

## □ 빠짐없이[빠지멉씨]

without omission
毫無遺漏、全部

例 회의 내용을 **빠짐없이** 기록해야 한다.
　　이번 선거에 **빠짐없이** 투표하시기 바랍니다.

## 副詞　第48天

### □ 사뭇 [사묻]
quite
截然（不同）、非常

例　① 오늘은 어제와는 **사뭇** 달라 보인다.
　　② 나는 그의 마음이 **사뭇** 궁금해졌다.

### □ 샅샅이 [삳싸치]
thoroughly
到處

例　경찰은 집안을 **샅샅이** 뒤졌다.
　　구석구석 **샅샅이** 살펴봤지만 찾지 못했다.

相似　모조리　全部

### □ 새삼
once again, anew
重新

例　그가 똑똑하다는 것을 **새삼** 느꼈다.
　　이번 일을 통해 가족의 소중함을 **새삼** 깨달았다.

### □ 선뜻 [선뜯]
readily
痛快地、乾脆地

例　누구 하나 **선뜻** 나서지 않았다.
　　그는 나의 제안에 **선뜻** 동의해 주었다.

## ☐ 섣불리[섣뿔리]

rashly
草率、冒失

例 잘 알지도 못하면서 **섣불리** 나서지 마라.

집안 사정 때문에 결혼 문제에 대해서 **섣불리** 말을 꺼낼 수가 없었다.

## ☐ 설령

even though
雖然、即使

例 **설령** 거짓말을 했을지라도 난 그를 믿어요.

**설령** 죽는 한이 있더라도 포기하지 않겠어요.

相似 설사　即使
*설령+〜(으)ㄹ지라도,
　〜더라도　即使〜還是〜

## ☐ 설마

surely, never, by no means
難道、莫非

例 **설마** 무슨 일이야 있겠어요?

**설마** 나까지 의심할 줄은 꿈에도 생각 못했다.

## ☐ 성급히[성그피]

hastily
性急

例 나는 그곳을 **성급히** 정리하고 떠났다.

매사에 신중한 그가 이번 일은 유독 **성급하게** 처리하니 의심스럽다.

## 副詞  第48天

☐ **소폭**

例 주가가 **소폭** 상승했다.

환율이 **소폭** 오를 것으로 전망됐다.

slightly
小幅

相反 대폭 大幅

---

☐ **속속[속쏙]**

例 가을 들어 신제품들이 **속속** 출시되고 있다.

관람객들이 공연장으로 **속속** 입장하기 시작했다.

one after another
連續

相似 계속 持續

---

☐ **손색없이[손새겁씨]**

例 그는 연예인과 비교해도 **손색없이** 완벽한 외모를 지니고 있다.

이번 축제는 시설, 음식, 볼거리 등에 관련해 **손색없이** 준비했다.

perfectly
毫不遜色

---

☐ **손수**

例 우리는 부모님께서 **손수** 기르신 채소를 먹는다.

어머니가 **손수** 만들어주신 옷을 지금도 간직하고 있다.

by oneself
親手

444

## □ 수시로

at any time
隨時

例 내 친구는 전화번호가 **수시로** 바뀐다.

병원에서는 위급한 환자의 상태를 **수시로** 확인한다.

## □ 쉽사리[쉽싸리]

easily
輕易

例 화가 **쉽사리** 풀릴 것 같지 않다.

상황이 불리했지만 그는 **쉽사리** 포기하지 않았다.

## □ 스스럼없이[스스러멉씨]

without constraint
不分彼此、大方地

例 그는 처음 보는 사람한테도 **스스럼없이** 말을 건다.

요즘 젊은이들은 자기의 감정을 **스스럼없이** 표현한다.

## □ 슬그머니

stealthily
悄悄地、暗自

例 ① 잠든 아이가 깰까 봐 **슬그머니** 문을 닫았다.

② 전화를 해도 계속 받지 않자 **슬그머니** 짜증이 나기 시작했다.

相似 조금씩　一點一點地
　　　살며시　悄悄地

副詞

## 副詞  第48天

### □ 실컷[실컫]
heartily
盡情、充分

例 ① 이번 주말에는 잠이나 **실컷** 잘까 해요.
② 여행 경비가 모자라서 고생만 **실컷** 하고 돌아왔다.

### □ 심지어
even
甚至

例 두 사람은 외모는 물론이고 **심지어** 말투까지 비슷하다.
살을 빼려고 굶다가 **심지어** 죽음에 이르는 경우도 있다.

## 副詞　第48天 Quiz

Ⅰ. 다음 빈칸에 알맞은 단어를 고르세요.

**01** 입학 신청서에 (　) 기입해 주셔야 합니다.
　① 마지못해　　　　② 아낌없이
　③ 손색없이　　　　④ 빠짐없이

**02** 시간이 촉박해서 (　) 그 부분까지는 준비하지 못했다.
　① 부쩍　　　　　　② 실컷
　③ 미처　　　　　　④ 별반

**03** 그런 끔찍한 일이 (　) 나한테 일어날 거라고는 상상도 못 했다.
　① 새삼　　　　　　② 설마
　③ 손수　　　　　　④ 무려

**04** 너무 부담스러운 부탁이라서 (　) 하겠다는 말이 나오지 않았다.
　① 묵묵히　　　　　② 선뜻
　③ 샅샅이　　　　　④ 여러모로

Ⅱ. 다음 밑줄 친 부분이 틀린 것을 고르십시오.

**01**　① 그는 음악을 들으며 물끄러미 창밖을 바라보았다.
　　② 이 뷔페식당은 성급히 먹을 수 있어서 자주 찾는다.
　　③ 그는 심지어 시험기간에도 아르바이트를 하며 돈을 벌었다.
　　④ 잃어버리면 안 되는 중요한 서류니까 샅샅이 찾아보도록 해.

**02**　① 실컷 울었더니 가슴이 후련해지는 것 같다.
　　② 그의 목소리를 듣고 벌떡 일어나 밖으로 나갔다.
　　③ 고기가 너무 연해서 입안에서 속속 녹는 것 같았다.
　　④ 그동안 고생이 심했는지 그는 부쩍 마른 모습이었다.

## 副詞　第49天

### ☐ 쏜살같이 [쏜살가치]
like an arrow
倏然、迅速

例　그는 눈 깜짝할 사이에 **쏜살같이** 사라졌다.
　　방학이 **쏜살같이** 가 버리고 벌써 내일이 개강이다.

### ☐ 아낌없이 [아끼멉씨]
generously
毫不吝嗇

例　그는 아이에게 **아낌없이** 사랑을 준다.
　　**아낌없이** 주는 나무에 대한 이야기 들어 봤어요?

### ☐ 아무래도
somehow, by all means
不管怎樣

例　**아무래도** 이 일은 나에겐 무리일 거 같아.
　　그는 **아무래도** 오늘 안 올 모양이니 더 이상 기다리지 말자.

### ☐ 아무쪼록
please, I beg of you
無論如何、千萬

例　**아무쪼록** 건강하게 오래오래 사세요.
　　**아무쪼록** 무사히 잘 다녀오시기 바랍니다.

相似　부디　千萬
　　　모쪼록　務必

## 아예

rather, never
索性、乾脆

例 그런 생각은 **아예** 안 하는 게 좋아.
수리비가 너무 비싸니까 **아예** 새 것을 사는 게 낫겠다.

## 아울러

furthermore
同時、以及

例 그는 타고난 재능과 **아울러** 끈기도 있는 선수이다.
후배들의 발표회와 **아울러** 선배들의 축하 공연이 있을 예정입니다.

相似 함께 一起

## 양껏[양껃]

heartily
盡情

例 나는 뷔페에 가서 **양껏** 먹었다.
오랜만에 만난 친구들과 **양껏** 술을 마셨다.

相似 마음껏, 실컷 盡情

## 어느새

before one knows
不知不覺

例 아침부터 비가 오더니 **어느새** 그쳤네.
결혼한 지 **어느새** 20년의 세월이 흘렀다.

相似 어느덧 不知不覺

## 副詞　第49天

### ☐ 어렴풋이
dimly
模糊地

- 어렸을 때 친구가 **어렴풋이** 떠오른다.
- 그 사람을 처음 만났을 때가 **어렴풋이** 생각난다.

### ☐ 어이없이
easily, disappointedly
無奈地、意外地

- 나는 믿었던 사람에게 **어이없이** 사기를 당했다.
- 경기가 시작되자마자 채 1분도 안 돼 **어이없이** 지고 말았다.

### ☐ 어차피
anyway
反正

- **어차피** 차도 끊겼는데 좀 더 있다가 가자.
- **어차피** 쏟아진 물인데 너무 미련 두지 마.

相似　이왕　既然

### ☐ 억지로
constrainedly
硬是、勉強

- 나는 배가 불렀지만 **억지로** 먹었다.
- 그는 슬픈 마음을 감추고 **억지로** 웃었다.

## □ 얼핏

in an instant, seemingly
乍看、乍聽

例 **얼핏** 봐서 누구였는지 잘 기억이 나지 않는다.

그 사람이 하는 말은 **얼핏** 들으면 그럴듯해서 속기 쉽다.

## □ 엄연히

clearly
分明

例 이 아이는 누가 뭐라고 해도 **엄연히** 내 딸이다.

나이는 어리지만 **엄연히** 직장 상사이므로 예의를 지켜야 한다.

## □ 여간

actually, exceptionally
普通、一般

例 어린 나이에 혼자 산다는 것은 **여간** 힘든 일이 아니다.

나이 들어서 공부를 한다는 것은 **여간** 어려운 일이 아니다.

*여간+否定句
 不普通、不一般

## □ 여러모로

in various ways
各方面

例 **여러모로** 폐를 끼쳐 죄송합니다.

**여러모로** 도움을 많이 받았습니다.

*여러 방면으로  在各方面

**副詞** 第49天

## □ 오로지

only, entirely
只、專門

例 30년을 **오로지** 한국사만 연구했다.

내가 믿을 수 있는 사람은 **오로지** 너뿐이다.

相似 오직 只

## □ 온통

wholly
全、都

例 미세 먼지로 하늘이 **온통** 뿌옇다.

방 안은 **온통** 장난감으로 가득했다.

相似 전부, 모두 全部

## □ 워낙

very, by nature
非常、本來

例 ① 그가 **워낙** 바빠서 만날 틈이 없다.

② 어렸을 때부터 그 사람은 **워낙** 말이 없었다.

相似 아주 非常
원래 原來

## □ 월등히[월뜽히]

considerably, by far
更（好）、更（強）、明顯地

例 그는 다른 사람에 비해 **월등히** 키가 크다.

그 회사는 다른 회사보다 연봉이 **월등히** 높은 편이다.

## □ 유난히

particularly
分外、特別

例 오늘따라 그녀의 옷이 **유난히** 화려했다.

겨울이라 추운 건 당연한데 오늘은 **유난히** 춥다.

## □ 유독

only, especially, still more
唯獨、特別

例 머리도 아프고 열도 나는데 **유독** 목이 아파요.

다 좋다고 하는데 너만 **유독** 싫어하는 이유가 뭐야?

## □ 유유히

lesurely
悠然

例 그는 공원을 **유유히** 거닐며 산책을 하고 있다.

**유유히** 흐르는 강을 보며 한가롭게 시간을 보냈다.

## □ 으레

habitually
總是、應當

例 그들은 회의가 끝나면 **으레** 술을 마시러 갔다.

그는 매번 동창회에 오지 않으니 이번에도 **으레** 그러려니 했다.

**副詞** 第49天

## □ 은근히
inwardly, in one's heart
暗自

例 그녀는 **은근히** 그의 연락이 오기를 기다렸다.

그에게서 아무 소식이 없자 **은근히** 걱정이 되었다.

## □ 이내
soon
立刻

例 그는 나가자마자 **이내** 돌아왔다.

그녀는 자신의 점수를 보고 놀랐지만 **이내** 평정심을 유지했다.

相似 곧, 바로 立刻

## □ 이왕
already, now that
既然

例 **이왕** 시작한 일인데 끝까지 노력은 해 봐야지.

**이왕** 이렇게 된 일인데 이제 와서 후회하면 무슨 소용이 있겠어?

相似 어차피 反正

## □ 일단[일딴]
first, for now
先、暫且

例 **일단** 이 일부터 끝내고 생각해 보자.

금강산도 식후경이라고 **일단** 밥부터 먹자.

## 일부러

deliberately, on purpose
故意

例 아버지는 **일부러** 아들에게 져 주었다.

그는 내가 당황해할까 봐 **일부러** 모른척 해 주었다.

## 일제히[일쩨히]

all together, all at once
一起

例 여론은 경기 판정에 대해 **일제히** 비난을 쏟아냈다.

선생님이 들어오자 학생들은 **일제히** 자리에서 일어났다.

## 副詞　第49天 Quiz

Ⅰ. 다음 빈칸에 알맞은 단어를 <보기>에서 골라 쓰세요.

<보기> 양껏　어차피　오로지　아무래도　아무쪼록

01　나에게는 (　) 너뿐이야. 나랑 결혼해 줄래?

02　모처럼 가족들과 여행가서 (　) 놀고 싶다.

03　할아버지, (　) 만수무강하시기를 바랍니다.

04　(　) 할 일이라면 미루지 말고 일찍 끝내 버리자.

05　(　) 난 다시 고향으로 돌아가는 것이 좋을 거 같아.

Ⅱ. 다음 밑줄 친 부분이 틀린 것을 고르십시오.

01　① 그는 워낙 성격이 좋아서 사람들에게 인기가 많다.
　　② 그는 부모님의 말이라면 무슨 말이라도 아예 듣는다.
　　③ 이왕 가기로 한 건데 아무 걱정없이 즐겁게 다녀오자.
　　④ 올림픽에서 금메달을 따는 것은 여간 힘든 일이 아니다.

02　① 얼핏 보니 두 사람은 싸우고 있는 거 같던데.
　　② 그녀는 오늘 유난히 화사해 보인다. 좋은 일이 있는걸까?
　　③ 그녀는 그에게서 연락이 오지 않자 유유히 걱정이 되었다.
　　④ 우승 후보였던 선수가 부정 출발로 어이없이 탈락하고 말았다.

## 副詞　第50天

### ☐ 일찌감치

early
趁早

例　그 사람과는 **일찌감치** 헤어지는 게 좋을 거 같아.
　　몸살 기운이 있는 거 같아 **일찌감치** 자리에 누웠다.

相似　일찍 무

### ☐ 일체

whole, all
一切、所有

例　오늘 일은 다른 사람들에게는 **일체** 비밀로 하자.
　　정부는 경기 활성화를 위해 사업장의 규제를 **일체** 풀었다.

### ☐ 자칫[자칟]

nearly, almost
稍微、稍不注意

例　**자칫** 잘못하다가 실수할 수도 있으니 주의하세요.
　　길이 미끄러워 **자칫** 잘못하면 넘어지기 쉬우니 조심해야 한다.

### ☐ 장차

in the future
將來

例　너는 **장차** 커서 무엇이 되고 싶니?
　　나는 **장차** 불쌍한 사람들을 위해 살고 싶다.

相似　앞으로 以後

## 副詞　第50天

### ☐ 제멋대로[제먿때로]

arbitrarily
任意、隨便

例　여기에서는 **제멋대로** 굴지 말고 얌전히 있어야 해.
　　뭐든지 **제멋대로** 하려거든 나가서 혼자서 살아라.

相似　마음대로　隨意

### ☐ 좀처럼

rarely, hardly
不容易

例　나는 그를 **좀처럼** 이해할 수가 없다.
　　이번 일이 **좀처럼** 해결되지 않아 걱정이 많다.

*좀처럼＋否定句
　難以～

### ☐ 줄곧

continuously
一直

例　휴가 내내 **줄곧** 비가 내려 아무것도 하지 못했다.
　　그는 **줄곧** 아니라고 부인하더니 결국 사실을 털어놓았다.

相似　계속　持續

### ☐ 지극히[지그키]

extremely
極度

例　그는 그녀를 **지극히** 사랑한다.
　　그 간호사는 환자들을 **지극히** 보살핀다.

## □ 진작

before
早就

例 **진작** 찾아 뵀어야 하는데 늦어서 죄송합니다.
왜 말을 하지 않았어? **진작** 알았으면 좋았을 텐데.

相似 미리　事前
　　　진즉　早就

## □ 차라리

rather
倒不如

例 영화보다 **차라리** 공연을 보는 게 좋지 않을까?
그와 결혼할 바에야 **차라리** 혼자 사는 게 낫다.

相似 오히려, 도리어　反而

## □ 차마

(cannot) possibly
（不）忍心

例 그 영화는 너무 잔인해서 **차마** 눈 뜨고 볼 수가 없다.
어머니가 충격 받을까 봐 **차마** 사실을 말할 수가 없었다.

相似 도저히　怎麼也
*차마＋否定句
　不忍~

## □ 차츰

gradually
慢慢地

例 병원에서 치료 후 병세가 **차츰** 좋아졌다.
시간이 지나자 유학생활이 **차츰** 익숙해졌다.

相似 차차　漸漸、慢慢地
　　　점차　逐漸地
　　　조금씩　一點一點地

**副詞** 第50天

## □ 턱없이[터겁씨]

absurdly
不合理地、遠遠地（不夠、不符……）

例 ① 상사는 **턱없이** 나를 못살게 군다.
　② 그 옷을 사기에는 돈이 **턱없이** 모자란다.

## □ 톡톡히[톡토키]

sufficiently, soundly
確實地、足足地

例 그는 이번 행사에서 선배 노릇을 **톡톡히** 했다.
　우리 부모님은 나를 구해준 사람에게 사례를 **톡톡히** 했다.

相似 확실히　確實地

## □ 통

completely, entirely
完全、徹底

例 나는 어젯밤 일이 **통** 기억이 나지 않는다.
　나는 선생님 말이 무슨 말인지 **통** 모르겠다.

相似 전혀, 도무지　完全
*통＋否定句
完全不～

## □ 틈틈이

in the intervals
得空、一有空

例 그는 직장에 다니면서 외국어 공부를 **틈틈이** 하고 있다.
　시간 있을 때마다 **틈틈이** 만들었더니 어느덧 스웨터를 완성했다.

## 하기는

in fact
說實在的、實際上

例　**하기는** 이 방법이 더 좋을지도 몰라.

　　**하기는** 다시 생각해 보니 그 사람 말에도 일리가 있어.

相似　하긴
　　　（하기는的縮寫）

## 하마터면

nearly
差一點

例　**하마터면** 사고가 날 뻔 했다.

　　너 아니었으면 **하마터면** 길을 잃을 뻔 했다.

相似　자칫　稍不注意

## 하염없이[하여멉씨]

blankly
呆呆地

例　① 그는 **하염없이** 창밖만 바라보고 있다.

　　② 영화를 보는 내내 **하염없이** 눈물이 흘렀다.

相似　멍하니　呆呆地
　　　나도 모르게 계속
　　　我也不自覺地一直

## 하필

of all occasion
偏偏

例　**하필** 그 사람 옆자리에 앉아서 너무 불편했다.

　　하고많은 장소 중에 왜 **하필** 그 곳에 간대요?.

副詞

## 副詞　第50天

### □ 한결
more
更加

例　바다를 보니 **한결** 기분이 좋아졌다.
　　걱정했었는데 직접 얼굴을 보니 **한결** 마음이 놓인다.

相似　훨씬, 더욱, 한층　更加

### □ 한결같이[한결가치]
constantly
一致、始終如一

例　① 그는 **한결같이** 그녀만 사랑하고 있다.
　　② 남자 아이들은 **한결같이** 축구를 좋아한다.

相似　변함없이　始終
　　　모두　全部

### □ 한껏[한껃]
as best one can
盡可能

例　그는 모처럼 휴가를 가서 **한껏** 즐겼다.
　　그녀는 **한껏** 멋을 내고 데이트를 하러 갔다.

相似　실컷　盡情

### □ 한사코
adamantly
極力、拼命、一定、死也要

例　아이는 **한사코** 장난감을 사겠다고 졸라댔다.
　　그는 **한사코** 자신이 일을 처리하겠다고 했다.

相似　기어코　一定、非要

## ☐ 한창

bang in the middle
正是時候、正好

例 **한창** 먹을 나이이니 맘껏 먹게 내버려 둬.

　　**한창** 즐겁게 놀고 있는데 엄마에게서 전화가 왔다.

## ☐ 행여

by any chance
或許、也許

例 그는 **행여** 시험에 떨어질까 봐 노심초사하고 있다.

　　엄마는 아이가 **행여** 다칠세라 눈을 떼지 않고 있다.

相似 행여나
　　（행여的強調形）
　　혹시　也許

## ☐ 형편없이[형펴넙씨]

terribly
不像樣地、極壞地

例 수입이 줄면서 생활수준이 **형편없이** 떨어졌다.

　　사업이 부도가 나면서 그 사람은 **형편없이** 망가져 버렸다.

## ☐ 혹시[혹씨]

perhaps, by any chance
或許、說不定

例 **혹시** 우리 어디에서 본 적 있지 않나요?

　　**혹시** 무슨 사고라도 생긴 게 아닌지 걱정스럽다.

## 副詞　第50天

□ **확연히**　　surely, certainly
　　　　　　　清楚地

例　목소리만 듣고도 누구인지 **확연히** 알 수 있었다.　　相似　확실하게　確實地
　　그녀의 경기를 보니 누가 우승할지 **확연히** 드러났다.

□ **힘껏[힘껃]**　　with all one's might
　　　　　　　竭盡全力

例　제가 할 수 있는 일이 있다면 **힘껏** 돕겠습니다.
　　투수는 마지막 경기라 생각하고 있는 **힘껏** 공을 던졌다.

## 副詞 第50天 Quiz

I. 다음 빈칸에 공통적으로 들어갈 단어를 고르세요.

01
( ) 무슨 소리 못 들었어요?
( ) 감독님 아니세요? 저 감독님 팬인데요.

① 하필　　② 한결
③ 행여　　④ 혹시

02
예상했던 것보다 손님들이 많이 와서 음식이 ( ) 모자랐다.
직장 상사는 ( ) 부하 직원들을 괴롭혀서 모두 그를 꺼린다.

① 지극히　　② 톡톡히
③ 턱없이　　④ 확연히

II. 다음 밑줄 친 부분이 틀린 것을 고르세요.

01
① 세월이 흘러도 그는 한창 그녀만을 사랑한다.
② 화장도 안 한 상태인데 하필 지금 그를 보다니.
③ 그는 소식이 없는 아들을 하염없이 기다리고만 있다.
④ 그녀는 행여 아이가 넘어질까 봐 자전거를 꼭 잡고 있었다.

02
① 그녀는 자신의 아이들을 지극히 보살핀다.
② 내가 사고 싶은 차를 사기에는 돈이 턱없이 모자란다.
③ 그는 대학에 가기 위해서 잠도 안 자고 확연히 공부했다.
④ 자칫 말실수라도 했다가는 큰일이 날지 모르니 조심해야 한다.

# 副詞  第50天 Quiz

## ▌ 부사 가로세로 퀴즈

|   |   |   |   |   |   |   |   |   | ① 오 |   |
|---|---|---|---|---|---|---|---|---|---|---|
|   |   |   |   |   |   |   |   | ①→ | 로 |   |
|   |   |   |   |   |   |   |   | ②→ | ②↓ | 지 |
|   |   |   |   |   |   |   |   |   |   |   |
|   |   |   |   |   |   |   | ③ |   |   |   |
|   |   |   |   |   |   |   |   |   |   |   |
|   |   |   |   |   |   | ④ |   |   |   |   |
|   |   |   |   |   |   |   |   |   |   |   |
|   |   |   |   | ⑤ |   |   |   |   |   |   |
|   |   |   | ⑥ |   |   |   |   |   |   |   |
| ⑦ |   | ⑦→ |   |   |   |   |   |   |   |   |
| ⑧→ |   |   |   |   |   |   |   |   |   |   |
|   |   |   |   |   |   |   |   |   |   |   |
|   |   |   |   |   |   |   |   |   |   |   |

## ▶ 가로 퀴즈

① 어느 시점을 기준으로 그 전에는 이루어지지 않았던 것이 변하기 시작함을 나타낸다. 비슷한 말로 '그제야, 이제야, 마침내' 등과 같은 단어가 있다. 例 네 얼굴을 보고 ○○○ 마음을 놓았다. → | ㅂ | ㄹ | ㅅ |

② '아무리 해도'라는 의미로 비슷한 의미로 '도대체, 좀처럼' 등이 있다. 例 난 너의 마음을 ○○○ 이해할 수 없다. → | ㄷ | ㅁ | ㅈ |

③ 각자가 가지고 있는 태도나 방식을 말한다. 例 나도 ○○○○ 고민이 있다. → | ㄴ | 름 | ㄷ | ㄹ |

④ 지극한 마음으로 정성스럽고 매우 절실하게. 例 ○○○ 원하다. ○○○ 기도하다. → | ㄱ | ㅈ | ㅎ |

⑤ 조금의 변화도 없이 그대로. 例 옛날 물건들이 ○○○○ 남아 있다. → | ㄱ | ㅅ | 란 | ㅎ |

⑥ 어차피 그렇게 되었으면. 例 ○○○○ 국수 말고 밥을 먹자. → | ㄱ | 왕 | ㅇ | ㅁ |

⑦ 있는 힘을 다하여. 例 ○○ 때리다. ○○ 밀다. → | ㅎ | 껏 |

⑧ 원하지는 않지만 어쩔 수 없이. 例 그는 ○○○○ 대답했다. → | ㅁ | ㅈ | 못 | 해 |

## ▶ 세로 퀴즈

① 다른 것은 없고 오직. 例 나는 ○○○ 너만 믿는다. → | 오 | 로 | 지 |

② 잘 생각해 보지도 않고. 例 ○○○○ 일을 벌이다. → | ㅁ | ㅌ | 대 | 고 |

③ 여러 줄이 가지런한 모양으로. 例 ○○○ 걷다. ○○○ 앉아 있다. → | 나 | ㄹ | ㅎ |

④ 겨우. 어렵게 가까스로. 例 시험에 ○○○ 통과했다. → | ㄱ | ㅅ | 히 |

⑤ 정성을 다해 순탄하게 잘. 例 추억을 ○○ 간직하다. → | ㄱ | ㅇ |

⑥ 아무리 한다고 해도. 비슷한 말은 고작. 例 많이 와도 ○○○○ 10명일 거야. → | ㄱ | 껏 | ㅎ | 야 |

⑦ 조금만 잘못 했더라면. 例 ○○○○ 큰일 날 뻔하다. → | ㅎ | ㅁ | ㅌ | 면 |

# 잠깐! 쉬어가기-4 休息一下！④

## 불(不)

| 불(不) | | |
|---|---|---|
| | 英語 | 中文 |
| 불만족 | unsatisfactory | 不滿意 |
| 불멸 | immortality | 不滅 |
| 불임 | infertility | 不孕 |
| 불치병 | incurable illness | 不治之症 |
| 불쾌지수 | discomfort index | 不適指數 |
| 불황 | recession | 不景氣 |

## 부(不)

| 부(不) | | |
|---|---|---|
| | 英語 | 中文 |
| 부재 | absence | 不在 |
| 부조화 | incongruity | 不和諧 |
| 부정확 | inaccuracy | 不正確 |
| 부적합 | incompatible | 不適合 |
| 부정 | uncertainty, injustice | 不定、不正當 |
| 부조리 | absurdity | 不合理 |
| 부작용 | side effect | 副作用 |

## 비(非)

| 비(非) | | |
|---|---|---|
| | 英語 | 中文 |
| 비공식적 | informal | 非正式 |
| 비정기적 | non-regular | 不定期 |
| 비속어 | slang | 卑俗語（俗語） |
| 비전형 | untypical | 非典型 |
| 비수기 | off-season | 淡季 |
| 비정상 | anomaly | 不正常 |

## 화 (化)

| 화 (化) | | |
|---|---|---|
| | 英語 | 中文 |
| 간소화 | simplification | 簡化 |
| 고령화 | aging of population | 高齡化 |
| 노화 | aging | 老化 |
| 상용화 | commercialization | （商用化）商業化 |
| 온난화 | warming | 溫暖化 |
| 유료화 | charging | 收費 |
| 정당화 | justification | 正當化 |
| 합리화 | rationalization | 合理化 |
| 활성화 | activation | 活性化 |

## 헛-

| 헛 | | |
|---|---|---|
| | 英語 | 中文 |
| 헛소리 | lie, nonsense | 胡說八道 |
| 헛수고 | vain efforts | 徒勞 |
| 헛기침 | throat clearing | 乾咳 |
| 헛다리 | wrong guess | 弄錯 |
| 헛소문 | false rumor | 謠言 |
| 헛생각 | delusion | 胡思亂想 |

# 解答

## 名詞

### 第1天 — P. 10
I  견문을 — 넓히다 / 곤경에 — 빠지다 / 겨를이 — 없다 / 공로를 — 인정받다
II  1. ④ 2. ③ 3. ③

### 第2天 — P. 19
I  1. ③ 2. ④ 3. ① 4. ②

### 第3天 — P. 28
I  능률이 — 향상되다 / 덜미를 — 잡히다 / 말썽을 — 피우다 / 두각을 — 나타내다
II  1. ① 2. ④ 3. ③

### 第4天 — P. 37
I  1. ① 2. ④
II  1. ② 2. ③

### 第5天 — P. 46
I  방침을 — 세우다 / 반발이 — 일다 / 방패로 — 삼다 / 방사능에 — 오염되다
II  1. ③ 2. ③ 3. ④

### 第6天 — P. 55
I  생계를 — 유지하다 / 사태를 — 파악하다 / 성능이 — 뛰어나다 / 살림을 — 차리다 / 선착순으로 — 모집하다
II  1. 성과 2. 성품 3. 상식 4. 비중 5. 비법

### 第7天 — P. 64
I  손실 — 손해 / 숙원 — 염원 / 속성 — 특성 / 시름 — 근심 / 숙명 — 운명
II  1. ② 2. ④ 3. ④

### 第8天 — P. 73
I  압도, 억압 — 당하다 / 실의, 유혹 — 빠지다 / 실마리, 의문 — 풀리다 / 어리광, 엄살 — 부리다
II  1. 씀씀이 2. 야심 3. 엉망진창 4. 심혈 5. 안목

## 第9天 — P. 82

I  1. ① 2. ②
II  우호 - ② / 여유 - ④ / 외면 - ① / 여건 - ③ / 위계질서 - ⑤

## 第10天 — P. 91

I  1. 인재 2. 자각 3. 일거수일투족
II  1. 일쑤예요 2. 일리 3. 은퇴 4. 유세

## 第11天 — P. 100

I  1. ③ 2. ④
II  1. 조화 2. 적정 3. 잡념 4. 정화

## 第12天 — P. 109

I  지연 — 지체 / 지장 — 장애 / 차단 — 봉쇄 / 처지 — 상황 / 체면 — 면목
II  1. ④ 2. ③

## 第13天 — P. 118

II  1. 통계 2. 추세 3. 침체 4. 투자

## 第15天 — P. 136

I  1. ① 2. ② 3. ④

## ▌명사 끝말잇기 퀴즈 — P. 137~138

1. 환심 2. 심정 3. 정비 4. 비중 5. 중반 6. 반발 7. 발상 8. 상생 9. 생성 10. 성과 11. 과찬 12. 찬사 13. 사정 14. 정식 15. 식이요법

# 解答

## 動詞

### 第16天 — P. 150

I  도로를 — 가로지르다 / 식사를 — 거르다 / 제도를 — 개혁하다 / 목소리를 — 가다듬다

II  1. 감안해 2. 거들어 3. 가열하면 4. 간파하면 5. 개방되기

### 第17天 — P. 159

I  견주다 — 비교하다 / 국한되다 — 한정되다 / 고사하다 — 사양하다 / 겸비하다 — 갖추다

II  1. ④ 2. ③ 3. ④

### 第18天 — P. 168

I  1. ② 2. ①

II  1. ① 2. ① 3. ④

### 第19天 — P. 177

I  달성하다 — 이루다 / 대처하다 — 대응하다 / 뉘우치다 — 반성하다 / 눈여겨보다 — 주시하다

II  1. ④ 2. ①

### 第20天 — P. 186

I  1. 들뜨다 2. 되새기다 3. 두드러지다

II  1. 들키자 2. 동정하는 3. 도태될 4. 드러나서 5. 들이닥쳐서

### 第21天 — P. 195

I  눈물이, 땀이 — 맺히다 / 값을, 점수를 — 매기다 / 방법을, 방안을 — 모색하다 / 예상을, 한계를 — 뛰어넘다 / 자유를, 기쁨을 — 만끽하다

II  1. 매료되다 2. 묘사되다 3. 몰리다 4. 머뭇거리다 5. 몰두하다

### 第22天 — P. 204

I  반환하다 — 돌려주다 / 반항하다 — 반발하다 / 묵살하다 — 무시하다 / 배분하다 — 분배하다 / 박탈하다 — 빼앗다

II  1. ② 2. ② 3. ④ 4. ③

### 第23天 — P. 213

I　　1. ② 2. ③
II　　1. 배재한 2. 부응하기 3. 복원하는 4. 보류됐다는

### 第24天 — P. 222

I　　1. 분간하다 2. 분배하다 3. 분포하다 4. 분화하다 5. 분열하다 6. 분석하다
II　　1. ② 2. ① 3. ③

### 第25天 — P. 231

I　　물가가, 기온이 — 상승하다 / 영양을, 음식을 — 섭취하다 /
　　체력이, 전기가 — 소모되다 / 유혹을, 제의를 — 뿌리치다 /
　　인생을, 건물을 — 설계하다 / 비용이, 시간이 — 소요되다 /
　　문화재가, 기록이 — 소실되다
II　　1. ④ 2. ①

### 第26天 — P. 240

I　　습득하다 — ③ / 수소문하다 — ② / 시행하다 — ⑤ /
　　신장시키다 — ① / 수발하다 — ④
II　　1. ③ 2. ③ 3. ①

### 第27天 — P. 249

I　　1. 얽매이다 2. 억제하다 3. 아랑곳하다 4. 엎치락뒤치락하다

### 第28天 — P. 258

I　　1. 으뜸가다 2. 유입되다 3. 우려하다
II　　1. 유래한 2. 엿볼 3. 우러러볼 4. 완화하기

### 第29天 — P. 267

I　　1. 이끌었다 2. 이입해야 3. 잇따르다 4. 일치하지
II　　1. ④ 2. ①

## 解答

### 第30天 — P. 276
I      1. ③ 2. ③
II     1. 제한되다 2. 제정하다 3. 제기하다 4. 제외되다 5. 제작하다

### 第31天 — P. 285
I      조장하다 — 부추기다 / 조직하다 — 결성하다 / 주도하다 — 앞장서다 / 증발하다 — 날아가다

### 第32天 — P. 294
I      1. ① 2. ④
II     1. 추론하다 2. 추진하다 3. 추모하다 4. 추구하다

### 第33天 — P. 303
I      신제품을 — 출시하다 / 면허증을 — 취득하다 / 사생활을 — 침해하다 / 유적지를 — 탐방하다 / 외부인을 — 통제하다
II     1. 통보하오니 2. 파악해서 3. 취급하다 4. 타이르다

### 第34天 — P. 312
I      암호를 — 해독하다 / 스트레스를 — 해소하다 / 돈을, 시간을 — 허비하다 / 빨래를 입안을 — 헹구다
II     1. 포함해서 2. 폭등하면서 3. 표출하는 4. 한정된

### 第35天 — P. 321
I      1. 확립된 2. 훼방했다 3. 휘날리고 4. 흩어졌다
II     1. 화합하는 2. 활약한 3. 환호와 4. 확신한다

## 동사 가로세로 퀴즈 — P. 322

|   |   |   |   |   |   |   | ①추 |   |
|---|---|---|---|---|---|---|---|---|
|   |   |   |   |   | ②수 |   | 진 |   |
|   |   |   |   | ①하 | 소 | 연 | 하 | 다 |
|   |   |   |   |   | 문 |   | 다 |   |
|   |   |   |   | ③전 |   | 하 |   |   |
|   |   |   | ②흡 | 수 | 되 | 다 |   |   |
| ⑤치 |   | ④째 |   | 하 |   |   | ⑥독 |   |
| ③부 | 풀 | 려 | 지 | 다 |   |   | 차 |   |
| 하 |   | 보 |   |   |   |   | 지 |   |
| ④다 | 물 | 다 |   | ⑧발 |   | ⑤야 | ⑦기 | 하 | 다 |
|   |   | ⑨돋 | 효 |   | 울 | 다 |   |
|   | ⑩따 | 보 | ⑥시 | 달 | 리 | 다 |   |
|   | ⑦돌 | 이 | 키 | 다 |   |   |   |
|   | 리 | 다 | 다 |   |   |   |   |
| ⑧누 | 리 | 다 |   |   |   |   |   |

# 解答

**形容詞**

## 第36天 — P. 335
I.     1. ③ 2. ②
II.    1. ③ 2. ①

## 第37天 — P. 344
I.     1. ③ 2. ④ 3. ③
II.    1. 느긋하다 2. 능청스럽다 3. 나약하다 4. 냉철하다

## 第38天 — P. 353
I.     묘하다 — 신기하다 / 단조롭다 — 평이하다 / 두둑하다 — 넉넉하다 / 당당하다 — 떳떳하다
II.    1. 무료하다 2. 담담하다 3. 든든하다 4. 못마땅하다 5. 막막하다

## 第39天 — P. 362
I.     1. ③ 2. ③
II.    1. 분주한 2. 번잡한 3. 무수하게

## 第40天 — P. 371
I.     서먹하다 — 어색하다 / 사소하다 — 하찮다 / 성하다 — 멀쩡하다 / 산만하다 — 어수선하다 / 생소하다 — 낯설다
II.    1. 불합리한 2. 소박한 3. 사소한 4. 산만해서

## 第41天 — P. 380
I.     1. ④ 2. ②
II.    1. ④ 2. ①

## 第42天 — P. 389
I.     1. ④ 2. ① 3. ③
II.    1. ④ 2. ②

## 第43天 — P. 398
I.     1. ③ 2. ① 3. ②
II.    1. ④ 2. ③

## 第44天 — P. 407
I.     1. 청명하다 2. 찌뿌드드하다 3. 포근하다 4. 탁하다
II.    1. 특이하다 2. 진지하다 3. 치밀하다 4. 쾌활하다

## 第45天 — P. 416

I　　1. ① 2. ③ 3. ④ 4. ③
II　　1. ① 2. ②

## ▌형용사 가로세로 퀴즈 — P. 417

|   |   |   |   | ① 호 |   |   |   |   |   |   |
|---|---|---|---|---|---|---|---|---|---|---|
|   |   |   |   | 들 |   |   |   |   |   |   |
|   |   |   |   | ① 갑 | 갑 | 하 | 다 |   |   |   |
|   |   | ② 사 | ② 치 | 스 | 럽 | 다 |   |   |   |   |
|   |   |   | 밀 | 럽 |   |   |   |   |   |   |
| ③ 주 | ③ 도 | 면 | 밀 | 하 | 다 |   |   | ④ 타 |   |   |
|   | 톰 |   |   | 다 |   | ⑤,⑥ 정 | 정 | 당 | 당 | ⑤ 하 | 다 |
|   | 하 |   |   | ⑥ 바 | 람 | 직 | 하 | 다 | 하 | 찮 |
|   | ④ 다 | 채 | 롭 | 다 |   | 하 |   |   | 다 | 다 |
|   |   |   |   |   |   | 다 |   |   |   |   |
|   |   |   |   | ⑦ 정 | ⑧ 거 |   |   |   |   |   |
|   |   |   |   | ⑦ 성 | 대 | 하 | 다 |   |   |   |
|   |   |   |   | 스 | 하 |   |   |   |   |   |
|   |   |   | ⑧,⑨ 안 | 쓰 | 럽 | 다 |   |   |   |   |
|   |   |   | 락 |   | 다 |   |   |   |   |   |
|   |   |   | 하 |   |   |   |   |   |   |   |
|   |   |   | 다 |   |   |   |   |   |   |   |

## 解答

### 副詞

**第46天 — P. 429**

Ⅰ 거듭 — 자꾸 / 기껏 — 고작 / 구태여 — 일부러 / 고스란히 — 그대로

Ⅱ 1. 꽉 2. 결코 3. 간혹 4. 고작 5. 금세

**第47天 — P. 438**

Ⅰ 도리어 — 오히려 / 꾸준히 — 끊임없이 / 남김없이 — 모조리 / 난데없이 — 불쑥

Ⅱ 1. ② 2. ④ 3. ③ 4. ①

**第48天 — P. 447**

Ⅰ 1. ④ 2. ③ 3. ② 4. ②

Ⅱ 1. ② 2. ③

**第49天 — P. 456**

Ⅰ 1. 오로지 2. 양껏 3. 아무쪼록 4. 어차피 5. 아무래도

Ⅱ 1. ② 2. ③

**第50天 — P. 465**

Ⅰ 1. ④ 2. ③

Ⅱ 1. ① 2. ③

## 부사 가로세로 퀴즈 — P. 466

|   |   |   |   |   |   |   |   |   | ① 오 |   |
|---|---|---|---|---|---|---|---|---|---|---|
|   |   |   |   |   |   |   |   | ① 비 | 로 | 소 |
|   |   |   |   |   |   |   | ② 도 | ② 무 | 지 |   |
|   |   |   |   |   |   |   | 턱 |   |   |   |
|   |   |   |   |   |   | ③ 나 | 름 | 대 | 로 |   |
|   |   |   |   |   |   | 란 |   | 고 |   |   |
|   |   |   |   |   | ④ 간 | 절 | 히 |   |   |   |
|   |   |   |   |   | 신 |   |   |   |   |   |
|   |   |   | ⑤ 고 | 스 | 란 | 히 |   |   |   |   |
|   |   |   | ⑥ 기 | 왕 | 이 | 면 |   |   |   |   |
| ⑦ 하 |   | ⑦ 힘 | 껏 |   |   |   |   |   |   |   |
| ⑧ 마 | 지 | 못 | 해 |   |   |   |   |   |   |   |
| 터 |   |   | 야 |   |   |   |   |   |   |   |
| 면 |   |   |   |   |   |   |   |   |   |   |

國家圖書館出版品預行編目資料

50天搞定新韓檢高級單字 新版 / 金耿希（김경희）、
金美貞（김미정）、卞暎姬（변영희）著
-- 修訂二版 -- 臺北市：瑞蘭國際, 2025.06
488面；17×23公分 -- （繽紛外語系列；150）
譯自：쏙쏙 한국어 TOPIK 어휘 고급 50
ISBN：978-626-7629-45-1（平裝）

1.CST：韓語 2.CST：詞彙 3.CST：能力測驗

803.289　　　　　　　　　　　　114005868

繽紛外語系列 150

# 50天搞定
## 新韓檢高級單字 新版

作者｜金耿希（김경희）、金美貞（김미정）、卞暎姬（변영희）
責任編輯｜潘治婷、王愿琦・校對｜潘治婷、王愿琦

韓語錄音｜朴芝英・錄音室｜純粹錄音後製有限公司
封面設計｜劉麗雪、陳如琪・版型設計｜余佳憶・內文排版｜陳如琪

瑞蘭國際出版

董事長｜張暖彗・社長兼總編輯｜王愿琦
**編輯部**
副總編輯｜葉仲芸・主編｜潘治婷・文字編輯｜劉欣平
設計部主任｜陳如琪
**業務部**
經理｜楊米琪・主任｜林湲洵・組長｜張毓庭

出版社｜瑞蘭國際有限公司・地址｜台北市大安區安和路一段104號7樓之1
電話｜(02)2700-4625・傳真｜(02)2700-4622・訂購專線｜(02)2700-4625
劃撥帳號｜19914152 瑞蘭國際有限公司
瑞蘭國際網路書城｜www.genki-japan.com.tw

法律顧問｜海灣國際法律事務所　呂錦峯律師

總經銷｜聯合發行股份有限公司・電話｜(02)2917-8022、2917-8042
傳真｜(02)2915-6275、2915-7212・印刷｜科億印刷股份有限公司
出版日期｜2025年06月初版1刷・定價｜550元・ISBN｜978-626-7629-45-1

◎ 版權所有・翻印必究
◎ 本書如有缺頁、破損、裝訂錯誤，請寄回本公司更換
[SOY INK] 本書採用環保大豆油墨印製

쏙쏙 한국어 TOPIK 어휘 고급 50
Copyright©2014 Kim kyoung hee, Kim Mi Jeong, Byun young hee
Original Korea edition published by Sidaegosi Publishing Corporation.
Taiwan translation rights arranged with Sidaegosi Publishing Corporation.
Through M.J Agency, in Taipei
Taiwan translation rights©2016 by Royal Orchid International Co., Ltd.